마흔에서 아흔까지

행복한 노년을 위한 인생지도

마흔에서 아흔까지

초판 1쇄 발행 2005년 3월 7일
초판 12쇄 발행 2012년 5월 1일

지은이 유경 | **펴낸이** 이영선 | **펴낸곳** 서해문집
이사 강영선 | **주간** 김선정 | **편집장** 김문정
편집 허승 임경훈 김종훈 김경란 정지원 | **디자인** 오성희 당승근 안희정
마케팅 김일신 이호석 이주리 | **관리** 박정래 손미경
출판등록 1989년 3월 16일 (제406-2005-000047호)
주소 경기도 파주시 교하읍 문발리 파주출판도시 498-7 | **전화** (031)955-7470 | **팩스** (031)955-7469
홈페이지 www.booksea.co.kr | **이메일** shmj21@hanmail.net

ISBN 978-89-7483-243-8 03810
값은 뒤표지에 있습니다.

이 도서의 국립중앙도서관 출판시도서목록(CIP)은 e-CIP 홈페이지
(http://www.nl.go.kr/cip.php)에서 이용하실 수 있습니다.(CIP제어번호: CIP2005000338)

노년 전문가 유경이 말하는 ART OF AGING

마흔에서 아흔까지

| 행복한 노년을 위한 인생지도 |

서해문집

시작하며

'프리랜서 사회복지사' 제가 몸담았던 노인복지관을 떠난 후 홀로 일하면서 스스로 만들어 쓰기 시작한 말입니다. 울타리 없이 일하다보니 바람이 불거나 비가 내리면 춥기도 했고, 외로움에 눈물 흘린 적도 있습니다. 그러나 조직이나 기관에 속해서 일하다보면 놓치기 쉬운 일들을 눈 밝게 볼 수 있었고, 스스로 모든 책임을 지면서 튼튼하고 씩씩해졌습니다. 무엇보다 다양한 곳에서 많은 어르신들을 만날 수 있었습니다. 그 분들의 내리사랑이 사람들에게 이름도 익숙하지 않은 '프리랜서 사회복지사'로 여기까지 오게 이끌어주셨습니다.

노년 이야기가 그 어느 때보다 풍성한 요즘입니다. 그러나 잘 늙어 가는 길을 찾기란 점점 더 어렵게만 느껴집니다. 사람들은 노년을 여러 가지 사회현상 가운데 하나로 보거나 아니면 통계상의 숫자로만 취급하려 합니다. 또한 단순한 생물학적인 변화로만 보기도 하고, 경제적인 측면만을 따지면서 우리들의 어깨를 짓누르는 짐으로 여겨 벗어나려고만 합니다. 사실 노년이 우리 인생의 끝이라면, 그래서 그 이상은 아무것도 없다면 잘 늙으려 애쓰는 일이 아무 의미도 없을 것입니다. 그저 되는 대로 살다가 생을 마치고 이곳을 뜨면 되니까요. 그러나 우리들 생의 마지막 시기인 노년에는 분명 삶의 숨겨진 의미가 담겨 있습니다. 사람이 늙지 않은 채 영원한 젊음으로 머문다면 어떻게 될까요. 노년 속에 우리들 생의 신비와 삶의 이치가 숨겨져 있음을, 그동안 제가 만난 수없이 많은 어르신들이 몸으로 마음으로 영적인 성숙함으로 가르쳐주셨습니다. 그래서 저는 늘 고민합니다. 노년에 대한 거부와 외면을 넘어 어떻게 하면 노년을 있는 그대로 받아들이고 더불어 사이좋게 살아갈 수 있을지 말입니다.

저는 요즘 거의 하루도 빼놓지 않고 한강을 향해 걷습니다. 제가 사는 동네에서 한강까지는 1.5km, 조금 열심히 걸으면 30분이 채 안 돼 한강을 볼 수 있습니다. 그러나 해찰 심한 어린아이처럼 곧바로 앞만 보며 가는 일은 없습니다. 하늘도 보고, 버석거리며 바람과 몸 맞대고 노는 마른 풀들도 보고, 한강으로 흘러드는 작은 하천에 오늘도 오리 가족이 나와 있는지 궁금해 하는 사이에 제 옆으로는 자전거나 인라인스케이트를 탄 사람들이 휙휙 스쳐 지나갑니다. 달리기하는 사람들과 빠르게 걷는 사람들이 저를 앞질러 갑니다. 어떤 때는 그들을 따라서 속도를 좀 내보기도 하지만 힘에 부치고 재미가 없어서 이내 그만둡니다. 제 힘에 맞춰 알맞은 속도로 걷는 것이 자유롭고 좀더 오래 걸을 수 있어서 좋습니다.

제가 다른 사람에게 맞추지 않고 저만의 속도로 걸어 한강을 오가는 것처럼 저만의 이야기로 잘 늙는 길을 찾아 나서기로 결심하고, 나름대로 찾아낸 그 길의 지도가 여기 있습니다. 완벽하진 않지만 이 지도를 보면서 누군가 샛길 하나라도 찾아낼 수 있다면 참 행복할 것 같습니다. 지금 노년을 살고 계신 분들과 또 앞으로 노년을 살아가게 될 사람들이 다 같이 운동화 끈을 단단히 조여 매고, 제가 만든 이 지도를 보면서 아름다운 노년에 이르는 길을 찾아 함께 떠났으면 좋겠습니다.

차례

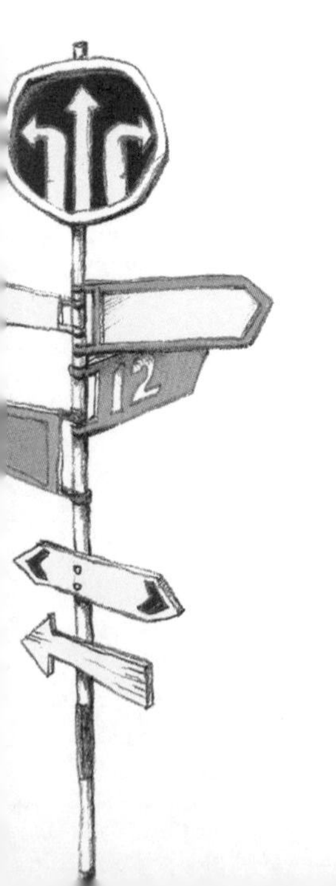

행복한
노년을 위한 인생지도

다시
나이듦을 생각하며

아름다운 노년을 위해 중년에 꼭 해야 할 10가지

1. 노년에 관심을 가져라
2. 건강한 자만이 노년에 이를 수 있다
3. 생활능력, 선택이 아닌 필수!
4. 일하는 노년이 아름답다
5. 세월을 나눌 친구를 만들어라
6. 나의 부부관계는 안녕한가?
7. 어디서 누구와 살지 정하라
8. 여성이여, 나이듦을 준비하라
9. 삶의 완성을 위한 죽음준비
10. 노년준비, 지금 당장 시작하자!

15년 전, 아나운서를 그만두고 노인복지를 하겠다고 했을 때 걱정하며 말리던 선배와 동료들이 이제는 나를 만날 때마다 묻는다. 어떻게 그렇게 일찍 노인복지에 눈을 돌렸느냐고. 그러면서 부러움 섞인 한 마디를 빼놓지 않는다. 노후준비 하나는 확실하게 하겠구나. 이런 사정은 남편도 마찬가지여서 친구들이나 직장 동료들과 이야기를 나누다 보면 아내 덕에 노후 걱정은 없겠다는 소리를 심심찮게 듣는다고 한다. 그럼, 실제로는 어떨까? 중이 제 머리 못 깎고 식칼이 제 자루 못 깎는다는 속담이 괜히 나왔겠는가. 노인복지 전문가라고 불리면서 내 앞가림도 제대로 못한다는 자괴감에 시달린 게 하루 이틀이 아니다. 그런데 어느 순간, 조금이나마 사람들의 노년준비를 돕겠다고 나선 내가 마냥 이러고 있어서는 안 되겠다는 생각이 들었다. 이미 노년기에 접어든 분들은 마지막까지 인간의 존엄성을 잃지 않도록 도와드리고, 노년기를 앞둔 사람들에게는 노년준비를 잘하도록 도움을 주었으면 좋겠다는 것이 내가 노인복지를 시작할 때의 초심(初心)이었으니 말이다. 중년에 이른 내 주위 사람들을 보노라면, 노년에 대한 무지 속에서 막연한 두려움만 키워 가는 경우가 많다. 나는 그들에게 지금부터 준비하면 나이 들수록 더 큰 자유를 누릴 수 있다고 말하고 싶다. 그리고 자유로운 노년을 위한 살뜰한 안내자가 되고 싶다. 그래서 쏟아져 나오는 노년준비 안내서와 지침서에서 적당히 골라낸 것이 아닌, 노인복지 현장에서 노년의 삶을 살고 계신 분들과 몸으로 마음으로 함께하면서 건져 올린 노년준비의 길을 여기에 죽 펼쳐 놓기로 했다. 내가 만든 지도가 비록 완벽하지 못하고, 이정표가 아직 선명하지 못할지라도 함께 걸어가보면 어떨까. 어차피 노년은 아직 우리가 가보지 않은 길, 그러기에 우리가 지금부터 걸어가는 길이 모두 길이 될 수 있기 때문이다.

노년준비의 첫걸음은 노년에 대한 관심. 알아야 준비할 수 있다. 동네 골목이나 목욕탕, 지하철, 아니면 영화나 드라마에서 노인이 눈에 띄면 관심을 갖고 지켜보자. 노인은 머지않아 만나게 될 우리의 얼굴이며, 우리가 갈 길을 앞서 걸어가는 선배들이기 때문이다. 노년에 대한 관심을 바탕으로 나의 노년 그림을 그려가며 하나씩 준비해보자.

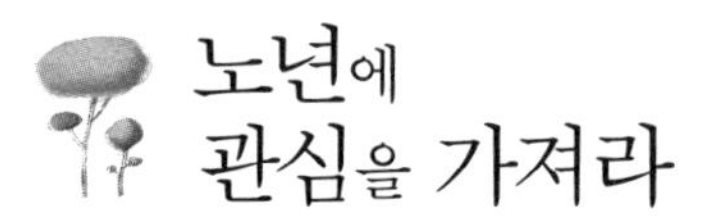

노년에 관심을 가져라

몇 살까지 살고 싶은가?

친정아버지와 우리 집 둘째 딸아이의 생일은 앞뒤로 나란히 붙어 있다. 아버지 생신은 아버지 생신대로 아이 생일은 아이 생일대로 챙길 것이 있으니 머릿속이 복잡한 중에, 나란히 동그라미 쳐진 달력을 들여다보다가 문득 아버지 연세와 아이 나이를 가만히 셈해보았다. 1923년 생, 83세. 1993년 생, 13세. 그러고 보니 아버지와 둘째의 나이 차가 딱 70년이다. 두 아이 모두 제왕절개 수술로 낳는 바람에 둘째의 생일이 아버지 생신 바로 전날이 되리라는 것은 아이가 태어나기 전에 이미 알고 있었지만, 두 사람의 나이 차를 계산하기는 이번이 처음이었다. 친구들과의 생일파티며 생일선물에 대한 기대로 그저 즐겁기만 한 아이와, 당뇨로 인해 생신 축하 가족모임의 메뉴 선택마저 부자유스러운 아버지를 생각하니, 해마다 한 사람도 빼놓지 않고 똑같이 나눠 가지는 '나이'에 대해 생각이 모아진다.

별일 아닌 작은 일에도 갑자기 불이 붙으면 열렬히 빠져드는 성격이 어디 가랴. 식구들의 나이를 죽 적어 놓고 들여다보면서 숨어 있는 대단한 법칙이라도 찾아낼 듯, 아예 계산기를 가져와 두드리며 서로 더하고 뺀다. 앗, 드디어 발견! 친정어머니-나-큰딸아이, 모녀 3대가 78세-46세-14세로 어머니와 나의 나이 차가 32년, 나와 큰아이의 나이 차 역시 32년이다. 아이가 중년의 내 나이가 되었을 때 나는 정확히 지금 어머니 나이가 되는구나 싶으니 신기하기도 하고 이상하기도 하다. 나이와 함께 달라져 가는 어머니의 행동이며 생각을 시시각각 확인하는 일은 솔직히 유쾌하기보다는 속상할 때가 더 많은데, 이 다음에 내 아이도 내게서 같은 기분을 느낄 수 있겠다 생각하니 순간 아찔해지는 기분이었다.

20대 젊은 사람들에게 "몇 살까지 살고 싶은가"를 물었더니 대부분 50대까지라고 답했다고 한다. 평균수명 77세(남 73.4세, 여 80.4세 / 통계청, 2002)에 비해 자신이 살고 싶은 나이를 아주 적게 잡은 것인데, 간혹 옆의 친구가 70대 혹은 80대까지라고 답하면 "너 그렇게 오래 살고 싶어?"하면서 비웃기도 하더란다. 같은 질문을 30대, 40대, 50대에게 하면 20대와는 전혀 다른 대답이 나올 것이다.

그렇다면 지금 내 마음은 어떤가, 정말 몇 살까지 살고 싶은가…….

'아무리 그래도 아이들 고등학교 마치고 대학 들어가는 건 봐야지. 아니지, 대학 간다한들 제 앞가림도 못할 게 뻔한데 제 짝 찾아서 자리잡는 것까지는 좀 봐주고 가야지. 앞으로 아이들이 한 10년 안팎으로 결혼을 할 텐데, 그럼 내가 너무 일찍 가는 거니까 안 되겠네. 부모님이 내 나이 마흔 넘어까지 사셔서 좋았는데 아이가 마흔쯤 되면 내 나이는……'

아마도 각자의 나이와 처지에 따라 생각이 많아지면서 마음이 은근히 복잡해지기 시작할 것이다. 특정 나이의 사람이 앞으로 생존할 것으로 기대되는 평균 생존 햇수를 '기대여명(餘命)'이라고 한다. 우리가 알고 있는 평균수명이란 바로 출생시점의 기대여명을 뜻하는 것이어서, 지금 태어나는 아이들은 앞으로 평균 77년을 살 수 있다는 이야기가 된다. 통계청에서 나온 각 나이별 생명표를 찾아보니 열세 살 딸아이는 앞으로 약 71년, 마흔여섯인 나는 37년 정도를 더 살 수 있단다.

그런데 보다 중요한 것은 그 시간은 사고와 질병에서 살아남아야만 얻을 수 있다는 사실이다. 어르신들이 "노인은 아무나 되나" 하고 농담처럼 말씀하시지만, 솔직히 이 말이 괜한 농담은 아닌 것이다. 아름다운 청년의 때가 선물이듯이 노년의 때 역시 선물로 받는 것, 선물이 아니라면 노년이 되기 전에 이미 삶은 끝날 것이기 때문이다.

시간이 흐르면서 눈에 보이지 않게 쌓여 가는 나이. 한 번 더해지면 결코 줄어들지 않는 나이. 빨리 어른이 되고 싶은 열세 살 아이에게 나이란 빨리 많아졌으면 좋을 부러운 무엇이겠지만, 여든셋 아버지에게는 눈 깜짝할 사이에 늘어나버린 나이테 같은 것은 아닐지. 그럼 마흔여섯 내게 나이란 무엇일까.

어려서는 나이 한 살 더 먹는 것이 마냥 신나더니 언제부턴가 그런 마음은 슬그머니 자취를 감추고, 나이 듦 자체에 무심해지면서 잊고 살거나 애써 덮어두기까지 한다. 나이 듦과 늙음은 죽음과 마찬가지로 인간의 숙명이자 운명. 어차피 피해갈 수 없다면 있는 그대로 받아들일 일이다. 나이 듦 자체를 피하거나 버려야 할 것으로 여긴다면, 길어진 노년기만큼 그 의미 없음과 가치 없음을 감내해야 할 것이니 생각만으로도 두려운 일이다. 열세 살 아이가 앞으로 70년을 더 살아 할아버지만큼의 세월을 살아갈 수 있을지는 누구도 알 수 없지만, 분명한 것은 그 아이가 살아 있는 동안 쉬지 않고 나이를 먹을 것이라는 점이다. 바로 우리가 그래왔듯이. 그래서 '나이'는 오늘도 우리에게 사는 일의 무거움과 그 한없는 깊이를 들여다보게 하며, 또 하루만큼의 무게를 우리 인생에 올려 놓는다.

내 인생의 시계는 지금 몇 시일까?

버스 정류장 안내판 기둥에 어제는 없었던 새하얀 종이가 여러 장 붙어 있다. 가까이 다가가 들여다보니 주부들의 부업으로 인기를 모으고 있는 '노래방 도우미'를 구한다는 광고다. '노래방 도우미 모집, 룸 매상의 30% 지급'이란 글귀 밑에 일할 사람의 조건이 적혀 있는데, 조건이라는 것이 아주 단순해서 '25세에서 35세까지의 여성' 단 한 줄뿐이다. 나는 일단 나이 때문에 '노래방 도우미' 자격미달이다.

그런가 하면 또 아파트 관리사무소 앞 게시판에 못 보던 종이 한 장이 붙어 팔락팔락 눈길을 잡아끈다. 국민연금 상담요원과 업무 보조요원 모집 광고다. 어떤 일을 하나 하는 호기심에 앞서 나이가 먼저 눈에 들어온다. '상담요원은 18세에서 35세까지, 업무 보조원은 36세에서 40세까지'다. 광고지에 적힌 나이에 습관처럼 마흔여섯 내 나이를 견주어보는 것이 멋쩍어, 돌아서며 혼자 슬며시 웃고 만다.

얼마 전 신문에서 본 작은 기사가 기억난다. "숫자를 생각하면 가장 먼저 떠오르는 것이 무엇인가?"라는 질문에, 남자는 복권(로또 숫자), 여자는 나이라고 응답했다는 내용이었다. 나이란 사람이나 동식물이 나서 자란 햇수를 말하는데, 이 나이에도 여러 종류가 있다.

먼저 '신체적 나이.' 달력에 의한 나이라고도 하는 신체적 나이는 모든 사람에게 똑같이 적용돼, 지구가 태양을 한 바퀴 돌 때마다 1년씩 늘어난다. 둘째는 '생물학적 나이'로, 개인이 어느 정도의 신체적 성숙과 건강 수준을 갖고 있는가를 나타내는 나이다. 그러니까 신체적 나이가 같다 해도 생물학적인 나이가 젊으면 수명이 더 많이 남아 있다고 할 수 있다. 셋째로, 심리적 성숙과 적응을 제대로 하고 있는가를 보는 나이인 '심리적 나이'도 있다. 흔히 주위에서 신체적 나이는 많아도 심리적으로는 덜 성숙한 사람과, 반대로 신체적 나이는 어리지만 어른보다 성숙한 청소년을 보게 되는데, 바로 이 심리적 나이에서 오는 것이다. 넷째 '사회적 나이'는 교육받을 시기, 결혼 적령기, 취업과 은퇴 시기 등 사회 규범으로 정해져 있는 나이를 말한다. 마지막으로 '자각적 나이'가 있다. 이것은 자신이 스스로 느끼는 나이를 일컫는다. 주관적으로 어떻게 느끼느냐에 따라 50세 장년이 스스로를 노인이라 여길 수도 있고, 70대 노인이 50대 장년 수준으로 활동을 지속할 수도 있는 것이다.

그러니 한 사람의 나이란 단순히 생일 몇 번 지난 것으로 이야기될 게 아니며, 신체적 · 생물학적 · 심리적 · 사회적 · 자각적 나이를 종합적으로 평가해야 하는, 어찌 보면 무척 복잡하고 심오한 것이라 하겠다. 설명이 골치 아프다면, 간단한 그림을 그려서 내가 얼마만큼 와 있는지 알아보면 어떨까.

흰 종이에 가로로 선을 하나 긋고 맨 왼쪽의 시작점을 0으로, 맨 오른쪽 끝나는 점을 80이라고 하자. '인생 80시대'가 이미 시작됐으니, 굳이 평균수명의 남녀 차이를 따지지 않고 그냥 편하게 80으로 잡은 것이다. 80년 인생을 나타내는 그 선의 어디쯤에다가 지금의 내 나이를 한 번 표시해보자. 어린아이나 청년의 때를 보내고 있는 사람을 빼고는 거의 가운데 부분, 아니면 이미 오른쪽으로 가 있을 것이다. 그것만 봐도 살아온 날보다 남은 날이 적음을 확실히 알게 될 것이다.

내친김에 인생시계도 한 번 그려보자. 먼저 12시가 아닌 24시가 다 들어가도록 둥근 시계를 하나 그린다. 피자를 잘라 나누듯, 원의 중심을 통과하는 선을 네 개 그어 시계를 여덟 조각으로 나눈다. 80세가 24시에 오도록 적어 넣으면, 10세는 새벽 3시, 20세는 아침 6시, 30세는 오전 9시, 40세는 정오, 50세는 오후 3시, 60세는 저녁 6시, 70세는 밤 9시에 자리를 잡을 것이다. 이렇게 적어 넣고 지금의 내 나이를 표시한 후, 그 점을 향하도록 시계 바늘을 그려 넣으면 된다.

마흔다섯이 정확히 오후 1시 30분이니까, 마흔여섯은 그 옆쯤에 점을 찍으면 될 것 같다. 마흔이 넘었으니 이제 후반생(後半生), 찬란한 태양은 이미 지나갔다고 생각했는데 대단한 착각이었음이 한순간에 드러난다. 살아온 시간보다 남은 시간이 조금 적은 것은 사실이며, 오전 아닌 오후에 접어든 것은 분명하다. 하지만 오후 1시 30분이면 정오를 막 지나 여전히 해가 쨍쨍한 시간이 아니던가…….

나의 인생시계를 들여다보며 얼마만큼의 시간을 지나왔는지 알았다면 앞으로 어떤 시간을 살아갈지 결정하는 것은 순전히 내 몫이다. "나는 몇 살까지 살고 싶은가"를 심각하게 물으며 고민하고 있는 이 순간에도, 내 인생시계의 바늘은 비록 눈에 보이지는 않지만 째깍째깍 쉬지 않고 돌아간다.

마흔다섯이 정확히 오후 1시 30분이니까,
마흔여섯은 그 옆쯤에 점을 찍으면 될 것 같다.

마흔이 넘었으니 이제 후반생(後半生),
찬란한 태양은 이미 지나갔다고 생각했는데
대단한 착각이었음이 한순간에 드러난다.

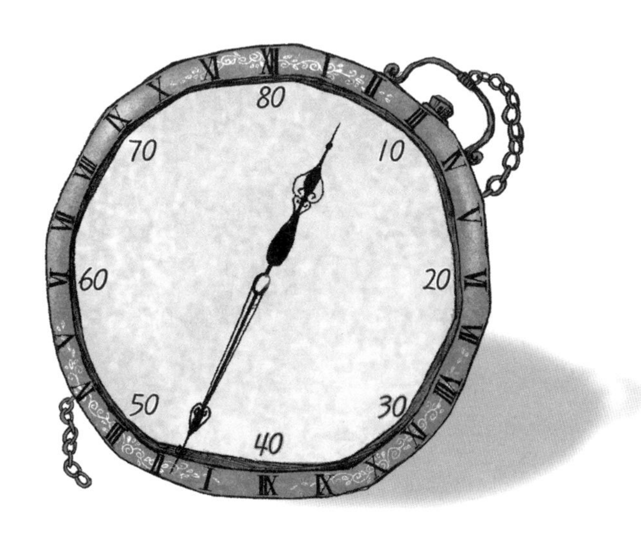

당신의 젊음 속에 당신의 노년이 있다

내 나이 올해 마흔 여섯, 노인대학 어르신들의 표현법으로는 인생학교 4학년 6반에 재학중이다. 7학년, 8학년인 70대와 80대 어르신들께는 까마득한 후배지만, 나름으로는 1, 2, 3학년 후배들을 밑에 죽 거느린 중간학년이다. 그런데 요즘의 중간학년, 즉 4학년과 5학년 학생들은 모였다 하면 두 가지 이야기를 지치지도 않고 해대는 특성이 있다. 바로 자녀교육 문제와 노후준비 걱정이다.

자녀교육 문제야 우리나라 학부모 모두가 교육전문가라는 말 그대로 더 이상의 설명이 필요 없을 터. 그렇다면 노년준비에 대해서는 왜들 그렇게 고민과 걱정을 하는 것일까. 사람의 수명이 점점 더 늘어나고 나이 든 사람들이 갈수록 많아지면서 고령화는 이미 사회적 관심사이자 모두가 함께 풀어가야 하는 중요한 과제로 우리 앞에 놓여 있다. 그러다 보니 자연스레 노년에 대해 생각하게 되고, 노년을 위해 과연 무엇을 준비해야 하나 고민하게 된 것이리라. 그런데 여기서 눈에 띄는 것은, 노년에 대한 생각과 고민의 끝은 거의 예외 없이 '걱정' 이라는 점이다.

사람은 누구나 지금 여기서 살아가는 모습 속에 자신의 노년을 잉태하고 있다. 이 엄연한 사실을 깨닫고 노년의 삶을 진지하게 고민하는 것은 참으로 의미 있는 일이지만, 그것이 걱정거리가 되어 지금의 삶을 짓누르고 다가올 노년에 대한 거부와 공포로 이어진다면 심각한 문제가 아닐 수 없다. 여기에는 노년준비를 재테크, 노

(老)테크로만 몰아가는 세상의 단순함과 경박함, 물질중심의 가치지향이 커다란 몫을 하고 있다.

이렇게 말하면 사람들은 가차 없이 내게 물을 것이다. "돈 없이 행복한 노년의 삶이 보장되는가?"라고. 그렇다면 나 또한 그들에게 되묻고 싶다. "돈만으로 행복한 노년의 삶이 보장되는가?" 나는 어찌됐든 같이 가야 한다고 생각한다. 노년의 삶을 행복하게 만들 수 있는 모든 것이 사이좋게 어우러져 함께 가야 한다고 믿는다는 뜻이다. 거기에는 물론 돈도 꼭 필요하고 건강 역시 빼놓아서는 안 될 것이며, 가족과 친구와 일과 여가와 취미와 죽음준비까지 모두 빠짐없이 들어가야 할 것이다.

녹색 노년을 위하여

임신한 여자들은 지나가는 아기들이 예사로 보이지 않고 아이들의 울음소리도 더 잘 듣는다고 하지 않던가. 병원에 가면 세상 사람들이 다 병에 걸려 아파하는 것처럼 여겨지지 않던가. 노년 역시 나의 일이고 나의 미래라고 여기면, 아마도 스쳐 지나가는 노인들의 모습이 결코 예사로 보이지 않을 것이다. 물론 우리의 노년은 지금 노년의 모습과 다를 수도, 또 같을 수도 있다. 그러나 지금 노년의 모습에서 크게 벗어나지는 못할 것이다.

중요한 것은, 모르는 일은 준비할 수 없다는 사실이다. 그러니 노년준비에 대해 겉핥기식의 관심과 막연한 걱정만 할 것이 아니라, 노년의 삶을 좀더 가까이에서 들여다보고 내 미래와 구체적으로 연결짓는 것, 바로 그 지점에서 노년준비는 시작된다.

젊은 사람들에게 노년하면 떠오르는 이미지를 물었을 때 가장 많이 나온 답이 '지저분하다, 냄새가 난다, 앉으면 존다' 였다고 한다. 그럼, 이번에는 노년하면 연상되는 색을 스스로에게 한 번 물어보자. 아마도 거의 회색, 검은색, 흰색 같은 무채색을 꼽지 않을까. 물론 일본에서 사용하기 시작해 우리나라에서도 널리 쓰이고 있는 Silver(실버), 즉 은색을 떠올리는 사람도 많을 것이다. 그러고 보면 우리나라나, 노인의 흰머리를 미화시켜 은발로 표현하고 그것을 노인을 지칭하는 단어 Silver(실버)로 사용하는 일본이나, 'Gray Panthers(회색 표범)' 라 하여 노인 권익운동단체 이름에 회색이 들어가는 미국이나, 자의든 타의든 노년의 색을 연상하는 범주는 놀랄 만큼 닮아 있다. 노년에 대한 우리의 생각이나 느낌의 출발이 거의 비슷하다는 것, 그것도 그리 우호적이지 않다는 것을 이렇게 또 확인하게 된다.

그래서일까. 사람들은 내게 심심찮게 묻는다. 노인 이야기가 지겹지 않으냐고, 어차피 노인복지의 끝은 죽음인데 허무하지 않으냐고, 어린이나 청소년 같이 변화가 눈에 보이고 반응이 즉각적으로 오는 대상과 일하는 게 훨씬 신나지 않겠느냐고. 눈만 뜨면 노인 이야기에, 입만 열면 노년 영화에 노년 책이니, 사실 옆에서 보기에는 좀 답답해 보일 수도 있겠다. 요즘 같은 상상초월, 예측불허, 변화무쌍의 세상에서 나이 듦과 늙음과 죽음 이야기만 매일 하고 있으니 지켜보는 이들의 갑갑증을 이해 못할 바도 아니다.

그러나 어디 나무가 꽃만으로 존재하는가. 뿌리가 있고 줄기가 있으며 가지가 있고 잎이 있어 나무 아니던가. 겨우내 숨죽이고 있던 나무에서 갖가지 색깔과 모양의 꽃이 피면 그때서야 사람들은 나무에 눈길을 돌리고 한없는 사랑과 경탄의 헌사를 바친다. 그러나 꽃이 지고 나면 그뿐, 나무는 늘 있던 자리로 돌아가 사람들의 눈과 기억의 뒤편으로 물러앉는다. 아니, 나무는 늘 그 자리에 있는데 다만 사람들이 꽃 진 나무에 더 이상 관심과 눈길을 보내지 않는 것. 그러니 꽃 진 나무가 더 푸른 것을 알지 못한다.

노년도 마찬가지다. 젊음의 꽃이 화사하게 피었다 진 자리에 푸른 잎을 무성하게 달고 서서, 사람들에게 시원한 그늘을 드리우고 새들에게도 앉았다 갈 자리를 내어주는 노년을 우리는 꽃이 졌다는 이유만으로 돌아보지 않는다. 꽃이 아닌 잎을 통해 푸름을 얻는다는 것을 알지 못하는 까닭이다. 꽃 피는 청춘의 때에 지니지 못한 것을 비로소 얻게 되는 나이 듦의 선물을 우리는 애써 무시하고 외면하며, 저만치 멀어져간 젊음을 애타게 그리워하고 못내 잊을 수 없어 미련을 버리지 못한다.

아무나 노인이 되는 것은 아니다. 질병과 전쟁과 사고에서 일단 살아남아야 노년을 맞을 수 있다. 같이 중년을 보내고 있는 배우자와 친구들, 선후배들 가운데 과연 몇 사람이 살아남아 노년을 함께 보낼 수 있을지 생각하면 나이 듦 자체가 얼마나 무겁고 엄숙한 일인지 깨닫게 된다. 그러니 꽃만 생각하지 말 일이며, 꽃 진 자리를 묵묵히 지키고 있는 푸른 잎들에 눈을 돌릴 일이다. 젊음만이 세상에 존재하는 것이 아니다. 노년 또한 엄연히 우리 옆에 존재하고 있으며, 그 노년은 다름 아닌 앞으로 내가 걸어가야 할 분명하고도 명확한 길이다.

아무나 노인이 될 수 있는 것은 아니다. 질병과 사고에서 살아남아야 노년을 맞을 수 있는 법.
유병장수(有病長壽)는 무의미하다. 병든 노년을 보내고 싶지 않으면 지금부터 건강을 챙겨라.

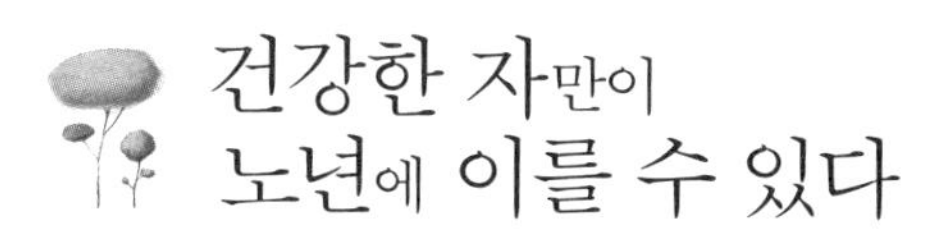

건강한 자만이 노년에 이를 수 있다

당당하게 도움 받으세요!

지난 2003년 여름, '척추간 협착증'으로 고생하시던 친정아버지가 허리수술로 병원에 입원해 계실 때의 일이다. 81세라는 연세 때문에 수술 전부터 모두들 걱정했지만 다행히 수술 결과가 좋았고, 입원실에 머물며 회복을 기다리시던 중이었다. 밤에 아버지 옆에서 주무신 어머니가 잠시 쉬러 집에 가신 동안, 나보다 두 살 위인 올케와 내가 낮 당번으로 아버지 옆을 지키게 되었다. 수술 전후의 금식에 이어 미음과 죽을 드시던 아버지가 그날 아침부터 드디어 밥을 드시게 되셔서, 올케와 나 둘 다 한시름 놓고 편안한 마음으로 이런저런 이야기를 나누고 있었다.

그때 갑자기 아버지의 당황하고 다급한 목소리. 제대로 배변이 되지 않아 관장을 한 것이 결국 말썽을 일으킨 것이었다. 우리 두 사람 모두 처음 겪는 일이라 정신 없이 침대 주위에 커튼을 둘러치고, 휴대용 변기를 들이대고, 정말 난리도 보통 난리가 아니었다. 급한 대로 처리를 하고 나니, 이제 씻겨드리고 옷을 갈아 입혀드릴 차례였다. 하루 종일 침대에 누워 계시면서 겨우 화장실 출입만 하는 정도였던 아버지는 반드시 허리에 보조기를 차고 움직이셔야 했는데, 허리를 제대로 들어 올리지 못하니 보조기 채워드리는 것만으로도 땀이 뻘뻘 났다. 환자인 아버지도 올케와 나도 땀 범벅이 되고서야 겨우 허리 보조기를 채워드릴 수 있었고, 조심조심 침대에서 내려와 네 발 보행기를 이용해 드디어 샤워실로 모시고 가는 데 성공! 그러나 문제는 아버지가 허리를 굽혀 환자복의 바지를 벗거나 손수 골고루 씻으실 수 없다는 데 있었다.

샤워실에 들어가 자리를 잡고 서신 아버지가 문 밖에서 기다리고 있는 나를 부르신다. 그래도 며느리보다는 딸이 좀더 편하게 느껴지셨던 모양이다. 샤워실의 안전바를 단단히 붙잡으시도록 한 후, 아래옷을 벗기고 닦아드리기 시작했다. 아버지를, 그것도 아랫도리를 씻겨드려야 한다는 부담감 때문에 근심스럽던 마음과는 달리, 막상 샤워를 시작하니 우리 아이들 씻겨줄 때가 생각나 차분해지면서 아무렇지도 않았다. 앞쪽은 아버지가 직접 씻으시고 나는 엉덩이 쪽을 닦아드렸는데, 평소에는 그렇게도 체격이 좋아 보이시던 아버지의 두 다리가 어찌나 살이 없고 가느다랗던지 쭈글쭈글한 피부가 쓸쓸하기까지 했다. 깨끗하게 씻고 새 환자복으로 갈아입으신 아버지가 부축을 받으며 침대에 누우시더니 고개를 벽 쪽으로 돌리며 혀를 차신다. "쯧쯧, 내가 실수해서 너희만 고생했구나." 환자로 어쩔 수 없이 다른 사람의 손을 빌려야 하는 아버지를 바라보며, 살아가면서 서로 주고받는 의존에 대해 생각하지 않을 수 없었다.

사람은 인생의 첫 20년 동안 부모를 비롯한 많은 사람들에게 의존하고, 그 후 40년에서 50년 정도 지나면 다시 또 누군가에게 의존하는 삶을 살게 된다. 건강한 동안에는 최대한 독립적으로 살 수 있다 해도 마지막 순간에 이르면 대부분 다른 사람의 도움을 받지 않을 수 없게 된다. 어릴 때 다른 사람의 도움이 필요한 것처럼 나이 들면 들수록 더 많은 사람의 도움이 또다시 필요하다는 의미다. 곰곰 생각하면, 사람이 성장하면서 가장 큰 목표로 두는 것 중의 하나는 독립을 유지하는 것이 아닌가 싶다. 그것도 최대한의 독립 말이다. 그런데 결국 인생의 마지막 시기에 이르러서는 다시 의존으로 돌아가야 하다니, 참으로 모순되고 받아들이기 어렵게 느껴지기도 한다. 그러나 이 역시 인생의 피할 수 없는 과정이라면 기꺼움으로 받아들여야 할 것이다.

다른 사람한테 절대 보여주고 싶지 않고 결코 맡길 수 없으리라 생각하던 배변까지도 스스로 해결하지 못하는 날이 오는 게 자명한 이치다. 피하고 외면한다고 마음대로 되지 않는다. 그래서 나는 어르신들께 도움도 당당하게 받자고 말씀드리곤 한다. 고생하며 살았으니 도움은 당연한 보답이며 고마워할 필요도 없다는 것이 아니라, 어차피 겪어야 할 일이라면 주눅 들지 말고 감사함으로 받아들이자는 뜻이다. 사실 인간은 서로에 대한 의존을 통해 함께 살아가는 것의 참 의미를 알고, 한 존재를 자신의 내면 깊은 곳에 영원히 새겨두게 되는 것 같다. 나이 들어 누군가의 수발을 받을 때 미안하고 고맙다는 마음도 잊지 말고 지녀야 할 덕목이지만, 의존조차 당당하게 수용하는 자세 또한 필요하다. 물론 의존의 시기를 최대한 늦추도록 노력해야 하는 것은 말할 필요도 없겠다.

내 건강은 내가 지킨다!

노년생활을 이야기할 때 가장 먼저, 또 가장 중요하게 다루어지는 부분은 두 말할 것도 없이 건강이다. 노년이라고 해서 다 같은 노년이 아니라 65세에서 74세까지를 전기고령자(연소노인, young-old)라고 하고, 75세부터를 후기고령자(고령노인, old-old)로 구분하기도 하는데, 후기고령자 쪽으로 가면 갈수록 건강 문제가 심각하게 나타난다. 특정한 질병의 문제라기보다는 전반적인 노쇠로 인해 자유롭게 활동하는 데 어려움이 많아지고 다른 사람의 도움이 필요한 분들의 숫자가 가파

르게 늘어난다.

노년의 건강은 치료나 완치의 개념보다는 더 나빠지지 않도록 관리하고 유지하는 것이라 해도 무리가 없을 것이다. 중년과 노년에 맞는 질병관리, 운동요령, 건강유지법이야 그 분야 전문가들이 많으니 조목조목 열거할 필요는 없을 것 같고, 다만 노인복지 현장에서 어르신들을 만나면서 경험한 것을 가지고 나름대로의 방향을 짚어볼 수는 있겠다.

먼저, 노년의 건강에서는 역시 치료보다 사전관리가 중요하다. 노년의 건강이 문제가 되는 것은 개인의 고통에만 국한된 것이 아니라 사회적으로도 여러 가지 이유가 있다. 일단 질병을 치료하는데 들어가는 의료비 부담이 문제다. 노년기는 다른 연령대에 비해 잘 낫지 않고 점점 나빠지기만 하는 만성질환을 가진 사람들의 숫자가 많을 수밖에 없는데, 이런 노인인구가 점점 늘어나다보니 의료비 문제가 세대 갈등으로까지 번지는 상황이 되어버린 것이다.

또한 이에 못지 않은 것이 환자 간호와 수발의 어려움이다. 예전에는 가족들이 완전히 책임을 졌지만 이제는 젊은 사람들이 더 이상 노인 간호와 수발에만 매달릴 수만은 없는 형편이다. 여기에 일시적이거나 단기적인 것이 아니라 뇌졸중이나 치매 등 장기적인 보호가 필요한 경우는 가족이나 자식들의 힘만으로는 도저히 감당할 수 없는 사태가 벌어진다. 그렇다고 경제적으로도 합당하고, 이런저런 조건에 잘 맞는 시설이 많은가 하면 그렇지도 않다. 양적으로도 부족하고 욕구별로도 세분화되어 있지 않아 마땅한 시설을 찾을 수가 없는 형편이다. 그렇기 때문에 노년기 환자의 발생은 개인과 가족과 사회에 두루 고민이 될 수밖에 없다. 노년기 건강에서 치료보다는 질병의 사전예방과 관리가 중요한 이유가 여기에 있다.

이와 더불어 노년은 노년대로 스스로의 건강에 책임을 지는 자세를 가져야 한다. 시간이 없어서, 돈이 없어서, 마음의 여유가 없어서 등등의 핑계를 대고 싶으면 차라리 '게을러서'라고 하는 편이 정직할 것이다. 사람은 누구나 최상의 건강상태일 때 스스로에 대해서도 좋게 생각한다. 이미 노화를 경험하면서 자신의 한계를 깨닫게 된 노년기보다, 노화가 이제 막 시작된 중년기에 오히려 건강을 상하기 쉽다. 이유인즉, 몸의 변화를 미처 파악하지도 못하고 변화에 적응하지도 못한 상태이기 때문이다. 아직도 젊음에 대한 미련이 남아 건강의 기준도 젊은 쪽에 치우쳐 있기 십상이다.

바로 옆에 있는 배우자도 챙겨줄 수 없는 게 건강인데 하물며 자식이야 더 말해 무엇하겠는가. 요즘은 건강관리 잘 못하는 부모님께 자식들이 "누구 고생시킬 일 있으세요?"하는 말도 서슴지 않는 세상이다. 내 건강 내가 챙긴다! 노년에도, 노년을 앞둔 중년에도 명심해야 할 기본수칙이다. 그밖에 잘 기억해두고 내 것으로 만들어 실천해야 할 것으로는 걷기, 올바른 식습관, 금연, 정기적인 건강검진, 숙면 등이 포함된다.

세 가지는 버리고, 세 가지는 지녀라

그런데 한 가지, 질병 · 치료 · 예방 · 간호 · 운동 · 재활 · 영양 등을 전문적으로 다루는 의사, 간호사, 물리치료사, 영양사의 눈이 아니라 평범한 사회복지사로서 노년의 건강과 관련해 나름대로 공부를 하고 자료를 수집하다보니 공통지침을 발견할 수 있었다. 세세한 전문정보야 전문가들에게 맡길 일이고, 나는 노인대학의 어르신과 노년준비교실의 중년들에게 생활 속에서 쉽게 실천할 수 있는 간단한 정보를 전하는 것으로 일찌감치 내 목표를 정해 놓았다.

먼저, 몸에 좋은 음식 목록에서 절대 빠지지 않는 것이 '우유와 된장국' 이다. 그런데 어르신들 가운데는 우유를 드시면 설사하는 분들이 많기 때문에 나는 늘 지금까지 잡숴 오신 대로 된장국을 많이 드시라고 권한다. 단, 짜지 않게 끓이시라고 꼭 덧붙인다.

몸에 좋은 음식을 먹었다면 그 다음엔 마음의 건강을 위해 실천해야 할 일. 이 역시 어느 목록에서나 빠지지 않는 것이 있다. 바로 '웃음' 이다. 강의 때마다 웃음에 관계된 속담도 이야기하고, 웃는 얼굴과 찡그린 얼굴 그림을 그려 놓고 함께 웃는 연습도 하고, '웃음운동' 이라고 해서 다같이 일어서서 배꼽에 두 손을 포개고 허리와 어깨를 뒤로 젖히며 "우하하하!" 신나게 웃어대는 순서를 갖기도 한다. 연달아 다섯 번쯤 강의실이 떠나가도록 "우하하하!" 웃다보면 물론 운동도 되지만, 스스로 하는 짓이 우스워 결국은 서로 얼굴을 마주보며 "깔깔깔" 웃게 된다. 이 '웃음운동'은 언제 어디서나 내 강의의 마지막을 장식하는 신나는 시간이다. 아무리 웃음에 인색하신 남자 어르신이라 해도 이 '웃음운동'을 하면서 웃지 않는 분들은 아직까지 한 번도 본 적이 없다.

마지막으로 몸의 건강을 위해 빠짐없이 등장하는 것은 역시 '걷기'다. 언제 어디서나 할 수 있고, 옷차림이 어떻든 거의 구애받지 않으며, 아무래도 몸에 무리가 덜 가는 운동이기 때문일 것이다. 여기에 더해 혼자서도 얼마든지 할 수 있고, 돈이 들지 않는다는 커다란 장점도 있다. 물론 어르신들께는 무릎에 무리가 가지 않을 만큼만 걸어야 한다는 당부를 꼭 하고, 중년 여성들에게는 내 체험을 예로 들며 적극적으로 걷기를 권한다. 지하철역 에스컬레이터 이용하지 않고 걸어서 오르내리기, 바쁘지 않을 때 버스 한 정거장 미리 내려서 걷기 등은 직접 실천하고 있는 일이다. 또한 일부러 짬을 내서 동네 공원을 걷기도 한다. 이때의 걷기는 몸을 위한 단순한 운동이 아니라 혼자만의 시간을 갖고 나를 들여다보며 생각을 정리하는 시간이기도 하다.

살면서 버려야 할 세 가지는 '물질에 대한 욕심, 자녀에 대한 집착, 지나간 젊음에 대한 향수'라고 한다. 반대로, 살면서 지녀야 할 세 가지는 '감사하는 마음, 웃는 얼굴, 무엇이든 즐거운 마음으로 하기'라고 한다. 오늘도 나는 걷고 또 걸으며 버려야 할 것들에 매달리는 것이 아니라 지녀야 할 것들만 추려서 잘 간직하고 건강하게 노년을 맞아야겠다는 결심을 되새긴다. 건강한 노년을 위한 첫걸음을 내딛는다는 생각을 하면서 말이다.

수명이 길어지면서 돈을 버는 기간보다 모아둔 돈을 쓰기만 하는 기간이 엄청나게 길어졌다. 노년기의 생활자금을 어떻게 마련할 것인가. 개인연금 가입을 한 달 미룰수록 75만원씩 손해라고 하는데, 노(老)테크에 자신 없으면 전문가와 상담할 계획이라도 세워야 한다.

생활능력, 선택이 아닌 필수!

잘…… 늙고 싶어요

중학교 2학년과 초등학교 6학년 두 아이가 공부하는 것을 옆에서 봐주노라면, 계속 '정말 어렵구나!' 하고 감탄 아닌 감탄을 하게 된다. 내가 공부하던 시절보다 진도가 어찌나 빠른지, 중학교 2학년 수학쯤 되면 도저히 설명해주거나 풀 수 없는 문제가 수두룩하다. 모를 때는 그저 정직하게 빨리 털어놓는 게 약이어서, "엄마는 하도 오래 전에 배워서 솔직히 잘 모르겠다. 표시해 놓았다가 선생님께 좀 여쭤봐라."하는 말로 넘어간다. 그러니 결국 해줄 수 있는 일이라고는 아이들이 해놓은 문제풀이의 답이 맞는지 아닌지 채점하는 정도. 학습지 뒤쪽이나 혹은 별도의 책으로 나와 있는 해답지를 보며 열심히 채점하고, 틀린 문제를 다시 풀게 하는 것이 내 임무가 된 지 오래다. 그래서 아이들이 공부할 때 부르는 엄마의 별명은 "채점녀(채점하는 여자)"다.

어느 날, 둘째 아이가 비슷한 유형의 문제를 하루 이틀도 아니고 자꾸 틀리기에 따끔하게 야단을 치고 나서 "알았어, 몰랐어?" 하고 윽박질렀다. 아이는 기어들어 가는 소리로 "알았어요." 한다.

"그럼 이제부터는 어떻게 해야겠어?"

재우치니 아이가 여전히 기어들어 가는 목소리로 대답한다.

"잘……이요"

기가 막혀 웃음을 터뜨리고 말았다. 문제풀이 방법을 물었는데 앞으로 잘하겠다니. 말이야 틀리지 않아서 그보다 나은 답은 없지만 너무 썰렁하고 싱거워 웃을 수밖에 없었다. 그날 이후로 "잘……"은 우리 식구들의 애용어 1위 자리를 차지하였다. 만들기 숙제를 앞에 놓고 "엄마, 이거 어떻게 만들어요?" 물어오면 내 대답은 예외 없이 "잘……"이다. 그러면 아이는 "몰라, 엄마는 또 그래." 하면서 자기도 피식 웃음을 빼문다.

사람들은 내게 노년에 대해, 노후준비에 대해 자주 묻는다. "노인복지를 하는 당신 자신은 어떻게 늙고 싶은가?"에서부터 "노후준비는 걱정 없겠다. 나도 좀 알려달라." "우리 친정어머니가 좀 이상한데 어떻게 해야 하느냐?" "어디 저렴하고 좋은 양로원 한 군데 추천해줄 수 있느냐?" 등등, 질문은 말 그대로 각양각색이다. 다른 질문이야 각자 처한 상황이 다 다르니까 당장 그 자리에서 도움을 주지 못하면 여러 가지 길을 알아본 후 다시 이야기하기로 하는 경우가 많지만, 나 자신에 대한 것만은 사람들이 그 자리에서 무언가 확실하고 구체적인 답을 듣기 원하는 것 같다. 그러니 망설임 없이 답할 수밖에. "어떻게 늙고 싶으냐고요? 잘……이요."

그렇다면 정말 잘 늙는다는 것은 무엇일까? 이럴 때 보통 '성공적인 노화' 라는 표현을 쓰는데, 그 말은 '질병과 장애가 없고, 인지적 기능과 신체적 기능을 유지하며, 인생 참여를 지속하는 것' 을 의미한다. 다시 말해, 질병과 장애 발생의 위험성은 최대한 낮추고 연령에 맞는 신체활동과 정신적 활동을 통해 지적 기능인 인지기능을 유지하면서, 지속적으로 다른 사람들과 관계를 맺고 사는 것이 바로 성공적인 노년이다.

나이는 누구나 공평하게 먹는 것, 그러니 젊어서 생을 마칠 결심을 한 사람이 아니라면 누구든 잘 늙고 싶을 것이다. 그런데 잘 늙는 데 꼭 필요한 것들 가운데서도 결코, 절대로 빠질 수 없는 것이 바로 '돈' 이다.

돈 없는 노년은 서럽다지만……

대부분의 사람들은 노후준비하면 곧바로 돈을 떠올린다. 그래서 재테크로도 모자라 노

(老)테크라는 말까지 나왔으리라. 돈과 노년의 행복이 비례한다면 수단과 방법을 가리지 않고 돈을 모아야 하고, 무슨 수를 써서라도 곳간을 채워 놓아야 할 것이다. 물론 돈 없는 노년은 서럽다. 하지만 돈 있다고 행복이 보장되는 것도 아니다. 자신에게 합당한 규모와 현명한 관리가 뒤따를 때 돈과 노년의 행복이 맞물려 돌아가게 된다.

복지관에 근무할 때 내게 유난히 많은 정을 주셨던 한 어르신은 장사 수완을 타고나신 분이었다. 장사로 돈을 모은 데다가 평생을 근검절약하며 살아오셨고 또 허튼 곳에는 절대 돈을 쓰는 법이 없어서, 그 결과 모은 재산이 10억 원대. 딸 다섯에 아들 하나, 6남매를 두셨는데 어찌나 내핍생활을 하셨는지 재산분배 직전까지 자녀들 중 누구도 아버지가 모은 재산이 그렇게 많은 줄 몰랐다고 한다. 그런데 이 어르신이 아들과 다섯 명의 딸에게 나눠주신 재산의 비율이 놀랍게도 9억5천만 원과 5천만 원이었다.

몇 년 전 부인이 세상을 떠나고 부쩍 노쇠해진 이 어르신은, 딸네 집 근처에 살면 큰일나는 줄 아시고 아들네가 사는 아파트의 같은 동 아래층으로 거처를 옮기셨다. 하지만 생각지도 못한 큰돈을 너무 일찍 받은 젊은 아들과 며느리는 아버지 수발은 뒷전이고 재산 늘리느라 정신이 없으니, 그것을 지켜보는 딸들의 가슴은 타들어갈 수밖에 없었다. 급기야 갈등이 시작됐고, 어르신은 따뜻한 식사는커녕 위층에 사는 손자녀들 얼굴 한 번 제대로 보지 못한 채

자녀들의 불화와 반목에 가슴 아파하며 쓸쓸한 노년을 보내고 계신다.

또 다른 어르신은 칠십을 바라보는 연세에도 당신 소유의 가게를 운영하며 당당하게 사시는 분이다. 남편의 사업 실패로 장사에 뛰어들었다고 하시는데, 타고난 건강함과 능력으로 알차게 벌어 슬하의 2남 2녀 모두 잘 길러내셨다. 돈도 쓸 만큼 모아 놓았고 자녀들도 다 제 앞가림하면서 건실하게 살아 아무 걱정이 없으실 것 같은데도 이분 얼굴은 그리 행복해 보이지 않는다. 부부 사이가 별로 좋지 않아서 부부간에 오고가야 할 에너지가 다 자녀들에게로 향하는 것까지는 이해가 가지만, 문제는 당신이 자녀들에게 주시는 만큼 되돌려 받지 못한다고 느끼신다는 데 있다.

2남 2녀가 모두 마흔이 넘었건만 이 어르신께는 그저 어린아이다. 옷차림에서부터 집집의 커튼 색깔, 냉장고 크기까지 사사건건 시시콜콜 간섭을 하며 당신이 가진 돈으로 대신 해결해주려고 하시니, 누군들 어머니를 편안하게 대할 수 있겠는가. 다만 집안이 시끄러워지거나 어머니가 서운해 하시는 것이 부담스러우니 그저 시키는 대로 하는 시늉을 할 뿐이다. 속으로는 전혀 남을 배려하지 않는 어머니가 못마땅해 툴툴거리면서 말이다.

며느리들에게도 무척 잘해주시지만 끊임없이 새로운 간섭거리를 만들어내시는 탓에 결국 며느리들도 저만치 달아나기에 바쁘다. 그러니 아무리 잘해주셔도 이 어르신은 감사와 사랑을 돌려 받지 못하고, 어머니와 마주하면 아이 취급을 받는 자녀들 역시 감사하기보다는 불평을 하며 투덜거린다. 내가 그 어르신을 눈여겨보게 된 것은 저렇게 쏟아 부으시고도 왜 사랑 받지 못하실까 하는 궁금증 때문이었다. 사랑은 받는 사람이 원하는 것을 주는 것, 그것도 돈이 아니라 진정성으로 하는 것. 하지만 이 이치를 깨닫지 못한 어르신은 아직도 당신이 주고 싶은 것만 주면서 자녀들이 감사히 받지 않는다고 원망하며 서러워하고 슬퍼하신다.

돈을 무기 혹은 미끼로 사용해 꼭 쥐고 있으면서 "나한테 잘하는 사람에게 물려주겠다." "어디 얼마나 잘하나 보자, 내 눈에 드는 사람 몫이다!" 하며 자식들 간에 효도 경쟁을 붙이고 신경전을 벌이게 만드는 어르신은 또 어떨까. 그런 분들은 말씀으로는 형제간에 우애 있게 지내라 당부하면서도 비교하고 경쟁해서 자녀들을 싸우게 만드는, 어른으로서는 해서는 안 될 일도 서슴지 않으신다. 돈으로 사람의 마음을 조종할 수 있다고 굳게 믿으시는 것이다. 그분께 돈이 없다면 진실한 가슴과 정으로 맺어질 수 있었던 인간관계가 돈이 중심에 놓이면서 다 망가지고 어그러지는 것이다. 이런데도 돈이 많다는 이유로 그 어르신을 행복하다고 말할 수 있을까.

재산이라고는 비둘기 집 같은 작은 아파트 한 채, 가진 것이라고는 두 어르신의 생활비 정도, 그래도 할 일은 많아서 한 분은 자원봉사로 한 분은 같은 아파트 단지 안에 사는 아들네 살림 도와주느라 두 분 모두 하루가 정신 없이 지나간다고 하셨다. 두 분은 일주일에 딱 한 번 같이 복지관에 나오셔서 재미있게 놀다 가신다. 앞의 분들에 비하면 무척 가난한 편이어서 매달 생활비가 빠듯하지만, 그래도 머리 하얀 두 분이 손을 잡고 복지관 문을 들어서시거나 점심시간에 식당에 마주 앉아 반찬을 서로 집어주시는 모습은 행복한 노년을 보여주는 근사한 사진으로 내 머릿속에 찍혀 있다. 그저 지금의 삶이 감사하고 또 감사하다는 두 분. 돈은 많지 않아서 근근히 먹고사는 정도의 노년이지만 서로의 곁에 사람이 있고 사랑이 있어 보는 이들까지 행복한 노년이다.

어차피 돈으로 노년의 행복을 살 수 없다면 최소한의 비용으로 살 것을 각오하면서 다른 것에서 즐거움과 만족을 찾아나가는 것도 한 방법일 것이다. 세상 모든 것을 다 가질 수 없고 모두 누릴 수 없다면, 눈을 돌려 내가 가진 것에 감사하며 주어진 생을 최대한 멋있게 꾸려갈 일이다. 그러기 위해서는 우선 현실을 받아들여야 한다.

지나간 시간에 대한 후회와 회한으로 보내기보다 노년이라는 신체적, 심리적, 사회적 변화를 인정하고 받아들여야 하며, 경제능력 또한 세밀하게 검토해 자신의 수준을 정확하게 인식할 필요가 있다. 그러기 위해서는 당연히 변화를 두려워하지 않는 용기가 있어야 한다. 그동안 살아오며 소유했던 모든 것들은 시간이 흐르면서 손 안에 움켜쥔 모래알처럼 다 빠져나가게 마련이다. 소소한 일상이 바뀌는 것을 넘어 삶의 터전을 내놓아야 할 때가 올 것이며,

아무도 찾지 않는 쓸쓸한 처지가 될 수도 있다. 예상치 못한 재산상의 문제나 질병으로 인해 돈 걱정이 가장 큰 걱정으로 자리잡을 수도 있다. 그러므로 변화에 적응하는 능력이야말로 노년을 적극적으로 살아나가는 가장 좋은 방법 중의 하나이다.

아울러 문제에 똑바로 맞서는 자세가 필요하다. 노년과 함께 찾아올 복잡한 문제들을 '누군가 나서서 해결해주겠지, 아들이나 딸이 알아서 하겠지' 하며 다른 사람에게 책임을 미루거나 회피하지 않고, 직접 맞서서 하나씩 풀어나가는 것이 성숙함이며 원숙함이다. 그리고 다가올 문제를 미리 헤아리고 마음의 준비를 하며 살아가는 것이 바로 노년준비다.

노년에 필요한 생활자금 준비를 어떻게 해야 하는지 알려주는 안내서들이 무척 많이 나와 있다. 읽을 때마다 나의 무지가 한심하고, 씨앗이 될만한 기초자금도 모아두지 못한 재테크 실력에 혀를 찰 뿐이다. 그래도 기죽지 않고 스스로를 격려한다. 지금이라도 늦지 않았다! 천리 길도 한 걸음부터! 가계부에 노년준비 항목을 만들고 부채의 규모가 몇 %인지, 기본 생활비와 예상 생활비는 얼마나 되는지 정도만 따져봐도 시작으로는 훌륭하다고 믿는다. 몇 억대의 노년준비 자금을 마련하지는 못할지라도 내가 무엇을 하며 먹고살지는 그려봐야 하지 않겠는가. 그 일 역시 다른 사람이 해주지 않는다. 바로 내 손으로 지금 시작해야 한다.

긴긴 노년의 시간을 어떻게 보낼 생각인가. 지금부터 정말 하고 싶은 일을 찾아 나서자. 내가 좋아하는 일, 하고 싶은 일, 잘하는 일은 나 자신뿐 아니라 다른 사람을 위해 쓸 수도 있다. 죽을 때까지 사람을 지탱해주는 것은 사랑과 일임을 명심하라.

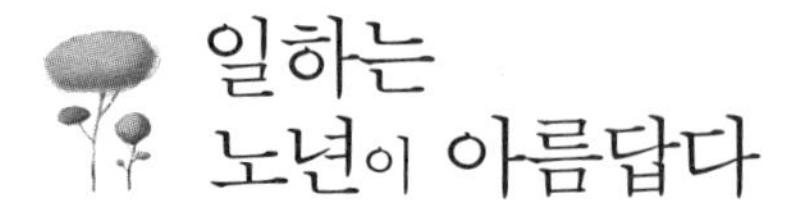

일하는 노년이 아름답다

최고의 노년준비는 자원봉사

2004년 7월 초, 서울 공덕동에 있는 한국사회복지회관 강당에서는 한국사회복지협의회에서 주최하는 '전국 사회복지 자원봉사대회'가 열렸다. 내가 노인복지관에 근무하던 때인 8년 전, 나의 권유로 자원봉사를 시작해 그동안 꾸준히 봉사활동을 해 오신 어르신께서 보건복지부장관 표창을 받으신다고 해서 꽃다발을 준비해 달려갔다. 상을 주고받는 기쁜 자리이긴 하지만 커다란 외부 건물을 빌려 화려하게 행사를 치르지 않는 것은 자원봉사활동의 진정한 의미와 가치를 되새겨보기 위한 것이라고 했다. 좋은 취지 덕분에 그리 크지 않은 행사장은 수상자와 축하객들로 발 디딜 틈이 없었다.

여러 종류의 상 가운데 보건복지부장관 표창을 받은 자원봉사자는 모두 42명인데, 그 어르신은 가장 연세가 많은 데다가 솜처럼 하얀 머리칼이 모두의 눈길을 끌어, 인사하실 때는 제일 큰 박수를 받으셨다. 아들, 며느리를 비롯해 축하하러 온 가족들 옆에서 나도 자랑스럽고 감사하는 마음으로 함께했다. 직장 근무하실 때와 똑같은 마음으로 결석 한 번, 지각 한 번 하지 않은 어르신의 성실함과 열정도 놀라웠지만, 옆에서 출근 뒷바라지하듯이 꼼꼼히 챙겨주신 사모님의 정성 또한 그렇게 아름답게 여겨질 수가 없었다.

시상식이 끝나고 '자원봉사 사례발표대회'가 이어졌다. 고등학생과 일반인, 그리고 사회복지사들이 각자의 자리에서 어렵고 고단한 이웃을 위해 펼치는 자원봉사활동들이 어찌나 감동적인지 나 자신을 반성하지 않을 수 없었다. 그런데 어느 행사나 그렇듯이 의미가 있고 소중한 자리라고는 하지만, 솔직히 내가 아는 분의 순서가 끝나고 나니 아무래도 지루해서 몸이 배배 꼬이는 것이었다. 행사장 바깥으로 나가 뜨거운 커피도 마시고 차가운 물도 마셔봤지만 시계로 향하는 눈길을 도저히 붙잡을 수가 없었다. 나만 그런 것이 아니라 모두들 어렵게 자리를 지키며 앉아 있었다.

그런데 행사장 분위기를 단번에 바꿔 놓는 일이 생겼다. 다름 아닌 할머니들의 힘이었다. '자원봉사 사례발표대회'의 심사가 진행되는 동안 마련된 축하공연에 주부 사물놀이 봉사단에 이어, 흰 바지에 진분홍 티셔츠를 받쳐입은 8명의 할머니들이 등장해 신나는 댄스음악에 맞춰 춤을 추기 시작하자 행사장은 한 마디로 열광의 도가니로 변했다. 할머니들의 춤은 이름하여 '썸머댄스'. 서울 강서노인종합복지관 '행복나누미 봉사단' 할머니들이었는데, 댄스를 배워 여기저기 행사에 찬조 출연하는 것이 바로 그분들의 봉사활동이었던 것이다.

노인복지관에 가보면 어르신들의 춤 사랑이 유별난 걸 알 수 있다. 전통 한국무용에서부터 스포츠댄스, 에어로빅, 포크댄스, 챠밍디스코, 레크댄스 등등, 이름도 종류도 어찌나 많은지 나 같은 사람은 뭐가 어떻게 다른 춤인지 알지도 못할 뿐더러 이름마저 생소한 경우도 많다. 그런데 썸머댄스라니, 여름에만 추는 춤일까? 아니면 신나는 댄스에 계절이 여름이라 '썸머'라는 이름을 붙인 것일까? 내 궁금증이야 어찌 됐든, 할머니들의 신나고 멋진 율동에 행사장은 금방 박수와 함성으로 가득 차고 훙겨운 열기가 지붕을 뚫고 하늘로 치솟아 오른다.

나도 고갯짓을 하고 발로 박자를 맞추며 손바닥이 아프도록 박수를 치는데 왜 그리 자랑스럽던지. 한구석에 얌전히 앉아 챙겨주는 것이나 받는 소극적이고 수동적인 할머니가 아니라, 자신만만하게 무대 위에 올라 온몸으로 삶의 즐거움을 표현하는 할머니들의 활짝 웃는 얼굴과 유연한 몸놀림을 바라보면서 순간 주책없이 코끝이 찡해지는 것이었다. '바로 저거야, 어르신들에게도 힘이 있다고.' 꾸준한 자원봉사로 상을 받은 어르신의 힘! 신나는 댄스로 행사장을 활기 있게 바꿔버린 할머니들의 힘! 세상은 이렇게 예상치 못한 힘에 탄력을 받아 굴러가는 것은 아닐까. 세상을 움직이는 것은 젊은 사람들의 힘만이 아니다. 거기에는 노년의 힘도 한몫을 하며, 그 힘은 바로 다른 사람을 위한 배려와 봉사와 사랑에서 나온다.

아, 자랑스런 두 아버지!

한 텔레비전 프로그램의 방송작가에게서 연락이 온 것은 지난 2004년 4월 초였다. 다양한 직업의 세계와 일하는 사람들을 소개하는 프로그램이라고 했다. 노인복지관 퇴직 후, '프리랜서 사회복지사' 라는 이름으로 3년 반 동안 혼자 일하며 나름대로 일자리를 찾아내고 일거리를 만들어온 나를 방송에 소개하고 싶다는 것이었다. 물론 그 전의 라디오 방송 아나운서 경력도 감안한 것이라며 아나운서에서 노인복지관의 사회복지사로, 그리고 이제는 프리랜서 사회복지사로 일하고 있는 내가 '중년 여성의 새로운 도전' 이라는 주제에 딱 맞는다는 이야기였다.

유감스럽게도 내가 비디오형이 아니라는 점과, 하는 일이 주로 강의나 원고 쓰기여서 다른 사람들에게 딱히 보여줄 만한 것이 없다며 여러 차례 고사했다. 하지만 노인복지 분야의 새로운 활동을 소개하는 것도 의미가 있겠고 개인적으로도 좋은 경험이 될 것 같아 결국 응낙을 했다. 비디오형이 아닌 것이야 이미 알 만한 사람은 다 알고 있다는 냉정한(?) 현실 인식도 결정에 한몫을 한 것이 사실이었다.

노인대학에 가서 어르신들 앞에서 강의하는 장면에서부터 내 방 컴퓨터 앞에 앉아 일하는 모습, 출판사에 가서 새로운 책에 대해 기획회의를 하는 것까지 6mm카메라에 차곡차곡 담기기 시작했다. 아주 오래 전 아나운서 시절의 빛 바랜 사진들도 카메라 불빛 앞에 드러났고, 내가 속해 있는 '어르신사랑연구모임' 회원들과의 토론도 빼놓을 수 없었다. 그런데 사실 내가 꼭 찍고 싶은 것이 하나 있었는데, 바로 친정아버지와 시아버지를 한자리에 모시고 이야기를 나누는 장면이었다. 직업활동을 소개하는 프로그램에 웬 아버님들 이야기인가 하겠지만, 지금까지 살면서 정말 잘했다 싶은 몇 안 되는 일 중 하나가 두 아버님을 자원봉사의 세계로 안내한 것이기 때문이다.

사회복지사, 그것도 노인복지를 전문으로 하는 사회복지사의 눈으로 보기에, 국어 교사이셨던 친정아버지와 일본어학원 강사 출신이신 시아버지는 더할 수 없이 소중한 자원이었다. 그래서 내가 근무하는 노인복지관에 오셔서 자원봉사활동을 하시도록 권했고 두 분 다 별다른 말씀 없이 바쁜 딸과 며느리를 돕는다는 생각으로 첫걸음을 하셨다. 노인대학생들의 출석부 정리라든가 인원통계 같은 사무보조로 시작해, 시간이 흐르면서 두 분 모두 과거의 경험을 살려 한글교실과 일본어교실 강사로 활동 범위를 넓혀 나가셨다.

사돈하면 참 어려운 사이지만 같은 복지관에서 자원봉사자로, 또 나란히 수업을 맡은 강사로 거의 매일 만나면서 말씀도 많이 나누시고 여유시간에는 나란히 포켓볼도 치시면서 좋은 친구 사이가 되셨다. 사돈이 한 복지관에서 같이 자원봉사를 하신다는 소문이 나면서 '사돈 봉사팀'이라는 이름을 얻어 여러 신문과 방송에 소개되기도 했고 어느 해인가는 자원봉사 표창도 받으셨다. 머리 하얀 두 분의 사돈이, 바로 나의 두 아버지가 나란히 단상에 올라 상을 받으실 때의 감격을 나는 아직도 잊을 수가 없으며 그 자리에서 느꼈던 깊은 감사의 마음을 지금도 고스란히 떠올릴 수 있다.

내가 복지관을 떠난 후 두 분도 차례로 자리를 옮기셔서, 요즘은 각기 다른 복지관 두 곳씩을 정해 한글교실과 자서전교실, 일본어교실의 강사로 봉사하고 계신다. 자원봉사는 두 분의 노년을 풍성하고 행복하게 바꾸어 놓았다. 두 분 아버님의 노년에 도움을 드린 것만으로도 노인복지 전공 사회복지사의 역할을 완수한 것 같아 가끔은 혼자 흐뭇해 하기도 한다.

함경남도에서 혈혈단신 홀로 남쪽으로 내려오신 친정아버지는 "지금까지 많은 사람들의 도움을 받고 살았으니 나도 힘닿는 데까지 다른 사람들을 돕다 가겠다."고 하신다. 평소 말씀이 거의 없으신 시아버지는 깔끔하고 부드럽고 예의바른 선생님으로 노인대학 여학생들의 사랑을 한 몸에 받고 계시다. 가르치기 위해 공부하면서 준비하고, 몸을 움직여 강의하러 다니고, 동년배를 만나 서로 소통하고……. 이보다 더 좋은 노년이 또 어디에 있을까.

결국 내 소망대로 나는 카메라 앞에 두 아버지와 나란히 앉았다. 바쁘다는 핑계로 살가운 말 한 마디 못 건네고, 따뜻한 진지 한 번 해드리지 못해도 두 분의 사랑은 넘치고 또 넘쳤으며, 그 사랑이 내게만이 아니라 자원봉사로 만나는 다른 어르신들에게도 고스란히 전해질 것이라 믿으니 그렇게 좋을 수가 없었다. 그렇게 감사할 수가 없었다. 자원봉사를 통해 노년을 행복하게 보내고 계신 두 아버지는 나중에 방송된 텔레비전 화면 속에서도 정말 멋지고 아름다웠다. 친정아버지는 올해 83세, 시아버지는 올해 78세이시다.

'노인 일자리 창출'은 '장기요양보험'과 함께 요즘 노인복지 분야의 가장 뜨거운 현안 중 하나다. 정부에서는 앞으로 몇 년 내에 30만 개의 일자리를 만들겠다, 지난 2004년에는 2만 5천 개의 일자리를 만들었다고 목소리를 높이지만 지속적이 아닌 일회성 일자리의 한계를 뛰어넘지 않으면 선심성, 과시용이라는 비난을 면치 못할 것이다. 일할 능력이 있고, 일하고자 하는 욕구가 있는 분들에게는 당연히 일할 기회가 공평하게 주어져야 마땅하다. 그러나 한편으로는 '일'의 개념을 확대해 자원봉사를 노년의 일로 인식하도록 돕는 것 또한 필요하다. 죽을 때까지 사람을 지탱해주는 것은 사랑과 일이라고 했는데, 자원봉사에는 이 두 가지가 다 넘치도록 들어 있기 때문이다. 중요한 것은 미리미리 준비하면 자원봉사도 더 잘 할 수 있다는 사실이다. 최고의 노년준비는 자원봉사이다.

노년의 가장 큰 적은 고독과 소외. 노년을 같이 보낼 좋은 친구를 많이 만들어두자. 하루아침에 친구가 하늘에서 뚝 떨어지는 법은 없다. 시간, 정성, 관심, 때론 돈이 들어간다. 하지만 '노후에 따뜻하게 지내려면 젊은 시절에 난로를 만들어 놓아야 한다'는 독일 속담도 있지 않은가.

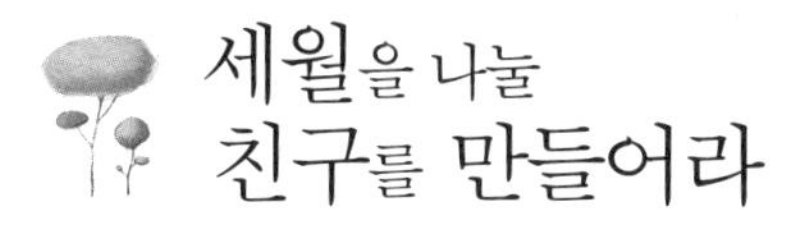

세월을 나눌 친구를 만들어라

나이 들어 친구 사귀기

나이 들어 친구를 사귀는 것은 어릴 때 친구를 사귀는 것과는 달라서, 나이라든가 사회경제적인 지위가 많은 영향을 미친다고 한다. 아마도 그래서 옛 친구가 좋은 모양이다. "새 친구 사귀는 정성의 반의반만 있어도 옛 친구를 되찾을 수 있다."는 말에서도 역시 사느라 바빠 소원해진 친구들을 다시 찾아 만나고 싶은 간절한 마음이 느껴진다. 어르신들 하시는 말씀이, 부부간에 못하는 말이나 자식에게 털어놓지 못하는 사연도 친구에게만은 솔직히 다 이야기할 수 있다고 하신다. 오랜 세월 동안 쌓아온 우정이 그만큼 넓고 깊다는 뜻이어서 부럽기도 하고 존경의 마음까지 갖게 된다.

어르신들 중에는 물론 노년에 접어들어 이웃이나 노인대학 등에서 새 친구를 사귄 분도 있지만, 대부분은 젊어서부터 죽 쌓아온 우정인 경우가 많다. 그러나 새 친구를 사귀든 오랜 옛 친구와 사이좋게 지내든, 중요한 것은 친구가 있다는 사실이다. 사람은 결코 혼자서는 살 수 없기 때문이다. 같이 늙어가며 생의 마지막 길을 함께 걸어가는 친구의 중요성을 굳이 되풀이 할 필요는 없을 것이다.

중년 이후에 친구를 사귀고 그 인연을 잘 이어나가려면 무엇보다 먼저 상대방을 존중할 줄 알아야 한다. 되는 대로 함부로 대한다면 친구라고 할 수 없다. 나이 어린 사람과 친구로 지내는 분들을 보면 나이 유세가 없으시다. 똑같이 존중하고 대우해주시기 때문에 젊은 사람과도 연령과 세대차를 뛰어넘어 친구가 되는 것이다.

나아가 예의 바르게 행동하면서도 자신의 뜻을 분명하게 밝혀야 한다. 겸손한 태도로 상대를 먼저 배려해주는 것은 기본이지만, 싫은 것도 좋은 척, 불쾌할 때도 아닌 척 하는 것은 오래가지 못한다. 남은 날이 얼마나 된다고 마음을 숨겨가면서까지 관계를 이어가겠는가. 솔직한 편이 서로를 이해하고 맞춰 나가는 데 도움이 된다. 자신에게 맞추라고 강요할 것이 아니라, 자신을 상대방에게 맞춰 나가면서 이미 맺은 우정을 귀하게 간직하고 잘 보듬어야 하며, 새 만남 역시 감사한 마음으로 새싹을 돌보듯 보살피고 물을 주며 잘 길러야 한다. 친구라는 존재 자체도 귀하지만 우정을 키워 나가는 과정 또한 우리 인생의 소중한 경험이기 때문이다.

슬픔과 기쁨을 함께하는 우정

뭐가 그리도 재미있을까. 까르르 터지는 웃음은 얼굴을 붉게 물들이고, 툭툭 건드리는 손에는 따뜻한 장난기가 묻어난다. 소곤소곤 귓가에 쏟아지는 이야기는 끝이 없고, 조금만 멀어져도 서운해 눈물이 난다……. 그런데 그 친구들 지금은 다 어디로 갔을까. 사진집 《FRIENDSHIP》* 에는 세계 여러 나라의 어린이와 젊은이들, 그리고 노인들이 100여 장의 사진 속에서 자기들의 우정과 사랑을 드러내며 활짝 웃고 있다. 때로 눈물과 슬픔이 보이기도 하지만, 전체적으로는 웃음을 머금게 하며 기분이 좋아 따라 웃게 만드는 사진들이다.

벌거벗었지만 낡은 타이어만 있어도 신이 나는 아이들, 놀잇감이라고는 마분지로 만든 빈 상자 하나뿐이지만 그 상자로 풀밭 썰매를 타며 하늘로 날아오른다. 아이들은 너도나도 물에 뛰어들며 환호성을 지른다. 우산 하나에 머리 셋을 들이밀고 등과 발은 고스란히 비를 맞으며 앉아 있어도 친구들이 있기에 그들은 아무렇지도 않다. 아이들이 서로 바꿔 먹는 막대사탕도, 할머니들이 나란히 앉아 같이 피우는 담배 한 대도 그 맛은 세상 최고다. 친구랑 함께 있으니까. 까만 피부의 아이들은 세상에 태어나 처음 보는 백인 아이가 신기해 눈을 떼지 못하지만 나와 다르다고 등돌리는 일

* 정현종 옮김, 《FRIENDSHIP》, 이레, 2002

은 없다. 얼음과 막대사탕을 나눠 먹는 아이들에게 시간은 그대로 멈추어 있고, 사람만이 아니라 동물들도 역시 소중한 친구로 옆에 머물러 있다.

어린아이들과 젊은이들의 사진이 천진함과 순수함에 웃음 짓게 만든다면, 주름살 가득한 노인들의 얼굴은 그 자체로 우리에게 인생을 보여준다. 무엇이 그리 우스운지 웃음을 터뜨리는 할머니들. 마주보는 것만으로도 너무 좋아 친구 얼굴에서 눈을 떼지 못하는 할아버지들. 얼굴 전체를 덮은 주름살에, 꼭 끌어안거나 서로 팔짱을 낀 그들의 손도 세월을 비껴가지는 못해서 역시 주름으로 손등이 자글자글하다. 인생의 지울 수 없는 흔적인 주름. 그 갈피에 담긴 삶의 그림자는 얼마큼일까. 웃음을 터뜨리는 할아버지와 할머니들 사진을 보며 아무 이유 없이 따라 웃는다. 그래서 웃음과 희망은 전염된다고 했나보다.

그러나 웃음의 순간만이 아니라 눈물 철철 흐르는 고통의 순간에도 어김없이 옆에는 친구들이 있다. 생의 마지막 순간을 맞은 할머니와 그런 친구의 가슴에 손을 얹고 마지막 길을 배웅하는 할머니의 사진을 펼치면, 죽음에 대한 두려움은 오히려 보잘것없다. 그보다는 삶이 보여주는 분명한 마지막 길, 그 길의 엄숙함을 마주하게 된다. 그들은 서로 무엇을 나누고 있을까. 지나온 삶일까, 아니면 새로 맞이할 또 하나의 삶인 죽음일까. 아니면 둘 다일까.

바지가 흘러내려 엉덩이가 다 드러나는 것도 모르고 어깨동무한 친구들과 발걸음을 맞추느라 정신 없는 꼬마가 바로 내 모습이

듯, 주름 가득한 얼굴에 호물호물한 입으로 웃는 할머니 또한 내 모습이다. 그때 우리 옆에 누가 있을까, 우리 옆에 누가 남게 될까. 꼬마 옆에도 할머니 옆에도 친구가 있으니 두 사람 모두 얼마나 행복한지. 나도 그 행복의 자리에 끼고 싶다.

'많은 사람들이 당신의 삶에 드나들 테지만, 참된 친구들만이 당신의 가슴에 발자국을 남길 것이다'
'우정의 단맛 속에 웃음과 즐거움 나누기 있을진저'
'진정한 친구는, 당신이 바보 같은 짓을 해도 결코 비웃지 않는다'

사진 사이사이에 적혀 있는 잠언들을 읽는 맛도 각별하다. 노년의 우정을 글이 아닌 사진으로 볼 수 있어 나는 가끔 이 책을 펴 놓고 나의 늙은 얼굴을 그려보기도 한다. 물론 그때 내 옆에 있어줄 사람들도 함께 그려보면서.

여든여덟 내 남자 친구를 소개합니다!

15년 전인 1990년에 나는 서른한 살이었다. 아무 준비도 없이 노인복지를 향한 열정만이 차고 넘치던 그때, 무작정 아나운서를 그만두고 몸담은 곳은 '중부노인종합복지관' (현재 노원노인종합복지관의 전신)이었다. 그곳에서 나는 정균식 아버님을 만났다. 아버님을 알고 지낸 세월이 벌써 15년, 어느 틈에 그렇게 많은 시간이 흘렀는지 모르겠다.

그 당시에는 어르신이라는 호칭이 널리 쓰이지 않았고, 노인복지관에 근무하는 직원들은 복지관에 오시는 어르신들을 대부분 "어머님, 아버님"으로 불렀다. 그게 버릇이 되어서 나는 지금도 정균식 "어르신"이라 하지 않고 "아버님"이라고 한다. "할머니, 할아버지"는 직원들의 나이로 봐도 적절하지 않고 또 어르신들이 할머니, 할아버지라는 호칭을 싫어하시는 경우가 많아서 잘 쓰지 않는다. 요즘도 나는 어르신들을 개인적으로 호칭할 때는 "어머님, 아버님"이라고 하고, 함께 모여 계신 자리에서 전체적으로 부를 때는 보통 "어르신" 그리고 공부시간에는 가끔 "남학생, 여학생"으로 칭하기도 한다.

정균식 아버님은 올해 여든여덟이시다. 내가 아버님을 각별히 여기게 된 것은 무엇보다 아버님의 격의 없고 겸손한 태도 때문이다. 아버님은 언제 어느 자리에서건 당신의 최고 학력을 내세우지도 않고, 사업을 해오신 경력을 앞세우지도 않으신다. 두 분 이상 모여 앉기만 하면 "왕년에 내가 말이야……"로 시작하는 다른 아버님들과는 확실히 다르셨다. 또 아버님은 무학(無學)의 어머님들과도 거리감 없이 노래교실이나 포크댄스교실에서 친하게 어울려 지내셨다. 다 그러신 것은 아니지만 배움이 많은 편에 속하는 아버님들은, 많이 배우지도 못하고 제대로 교양을 갖추지도 못하신 어머님들을 드러내놓고 혹은 은근히 무시하는 경향이 있다. 그러나 정균식 아버님은 말씀으로도 행동으로도 눈길이나 분위기로도 결코 그러는 법이 없으셨다. 깔끔하게 예의를 지키면서도 어머님들을 편안하게 만들어주시는 분이었다. 당신이 원하는 취미 여가활동을 알차고 재미있게 즐기시는 것만으로도 보기에 좋았는데, 한편으로는 봉사활동에도 일찍 눈을 뜨셔서 그 당시 처음 시작한 '치매 상담전화' 상담원 교육을 받으시고는 꾸준히 상담원 봉사활동을 해주셨던 기억이 남아 있다.

그 후 내가 출산과 대학원 진학으로 복지관을 그만두었다가 다시 1996년 송파노인종합복지관 개관 작업에 참여하면서, 아버님께 영어 기초반인 'ABC반' 강사를 부탁드렸다. 아버님은 댁에서 복지관까지 무려 왕복 세 시간이 걸리는 거리임에도 불구하고 내 청을 기꺼이 들어주셨고, 노인 학생들에게 잘 맞는 교수법으로 훌륭하게 자원봉사 강사 역할을 해주셨다.

이제 나는 프리랜서 사회복지사의 길을 가고 있고, 아버님은 이런저런 사정으로 자원봉사활동에서 은퇴를 하셨다. 요즘은 부인께서 편찮으셔서 간병에 많은 시간을 쓰시는데도, 짬을 내 근처 노인복지관 생활영어교실의 강사 아닌 수강생으로 등록해 공부하는 중이라고 하셨다.

아버님과 내가 얼굴을 마주 보는 것은 일 년에 한두 번 정도로, 같이 점심을 먹고 차를 마시며 이런저런 이야기를 나눈다. 죄송하게도 늘 아버님께서 먼저 전화를 주셔서 약속을 정하곤 하는데, 15년 동안 아버님과 나의 관계가 끊이지 않고 지속될 수 있었던 것은 순전히 아버님의 내리사랑 덕이다. 육친의 사랑과 보살핌 못지않은 아버님의 깊은 속정에 나는 늘 감격하고, 그래서 감히 "친구"라고 자랑을 하는 것이다. 같이 기뻐하고 슬퍼하고, 아무리 어려워도 서로 마음으로 버리지 않는 것이 친구니까 말이다.

아버님과 만날 때면 한 번은 아버님 댁 근처로 내가 가고, 그 다음은 아버님께서 우리 집 근처로 와주신다. 바로 지난주에 우리 집 근처로 오셨는데, 사모님 병구완으로 많이 수척해지긴 하셨지만 그래도 여전해 보이셔서 안도의 숨을 내쉬며 가슴을 쓸어 내렸다. 이제는 눈이 나빠져서 책도 많이 못 보신다기에 앞에 소개한 《FRIENDSHIP》이라는 제목의 사진집을 한 권 선물로 드렸다. 아버님은 주름 가득한 어르신들이 얼굴을 마주 대고 웃는 사진을 들춰보시면서 "나이 들어서, 그것도 남자들 간에 이렇게 정을 나누기는 참 어렵지……" 하며 혼잣말을 하셨다.

아버님은 올해 결혼 63주년을 맞으신다고 하셨다. 병원에 계신 사모님이 하루빨리 회복하셔서 두 분이 63년 된 우정을 앞으로도 오래오래 나누셨으면 좋겠다. 그래서 여든여덟 내 친구인 아버님이 내게도 더 많은 시간을 내주셨으면 좋겠다. 다음 번에는 꼭 내가 먼저 전화해야지, 이 철딱서니 없는 여자 친구는 다시 한 번 굳게 결심한다.

자녀들이 다 집을 떠나는 '빈둥지기(empty nest period)'가 빨라지고 길어졌다. 부부가 소 닭 보듯 한다면 인생의 후반부가 얼마나 괴롭겠는가. 배우자와 헤어지지 않고 같이 늙어가고 싶다면 서로가 서로에게 적인지, 이방인인지, 친구인지, 연인인지 헤아려보고 빨리 관계 개선에 나서야 한다.

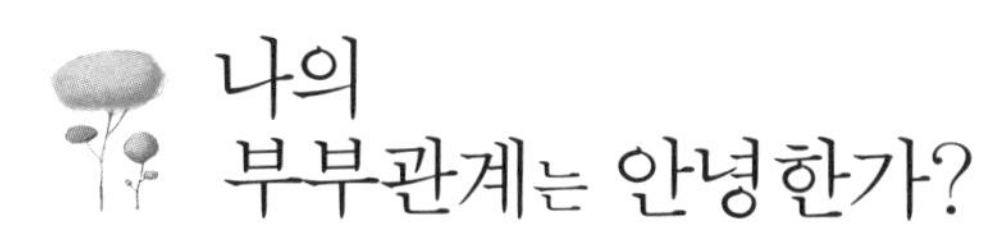

나의 부부관계는 안녕한가?

간병인 같은 부부

2003년 말, 남편 회사에 갑작스런 인사 이동이 있었다. 여러 사람이 자리를 옮기는 가운데 남편도 서울에서 부산으로 발령을 받았다. 근무기한이 딱히 정해진 것도 아니고 가족이 다 함께 옮기기에는 아무런 계획도 대책도 없었기에, 2004년 새해 첫 주가 시작되는 이른 새벽 남편 홀로 단출한 짐을 꾸려 임지로 떠났다. 두 아이 데리고 씩씩하게 집을 지키고 있을 테니 걱정 말라는 나의 큰소리에도 불구하고, 남편은 살림살이에 어설프고 눈물 많은 마누라가 영 못 미더운 눈치였다. 솔직히 나도 겉으로는 주말부부 생활을 즐기겠다며 여유를 부렸지만, 섭섭

하고 서운한 속내야 어찌 숨길 수 있겠는가.

그런데 남편이 부산으로 떠나기 전, 가까이 사시면서 우리 부부를 늘 다정하게 지켜보시는 시이모님께 인사를 드리러 가니 한마디 툭 던지신다.

"부부란 좀 멀리 떨어져 있어봐야 서로 귀한 줄도 알고, 애틋한 정도 생기는 법이다."

그러면서 덧붙이신다.

"중년에는 친구 같은 부부로 살지만, 늙으면 서로 간병인 같은 부부가 된다더라."

노년 준비서인 《아름다운 실버*Your Renaissance Years*》에서 저자 로버트 L. 베닝가는 노년기에 새롭게 만들어가야 하는 관계들을 이야기하면서, '당신의 부부 사이가 적인지, 이방인인지, 친구인지, 애인인지' 를 묻는다. '적' 이란 말년을 부부 싸움으로 보내는 사람들이다. 베닝가는 '적' 이 된 부부의 갈등은 그 뿌리가 워낙 깊어 남보다 긴 결혼 기간도, 은퇴 뒤의 한가함도 부부관계를 회복시켜주지 못하므로 전문가의 도움을 받으라고 권한다. '이방인' 이란 한마디로 남남 같은 부부를 말한다. 결혼해서 살다보면 바쁜 일과와 자녀양육 등에 시달리느라 부부 사이가 소원해지게 마련이다. 이때 부부관계를 다시 한 번 새로운 눈으로 보면서 적극적으로 문제를 풀려는 노력이 없을 경우 그들은 이름만 부부일 뿐 서로에게 '이방인' 인 것이다.

그렇다면 '친구' 같은 부부는 어떤 부부일까? 베닝가는 거의 매일 함께 이야기하는 부부, 상황이 힘들어져도 절대 서로를 버리지 않는 부부, 서로의 필요에 민감한 부부, 염려하고 보살피며 일상에서 상대에게 친절한 작은 행동을 할 줄 아는 부부라고 이야기한다. 또 바람직하긴 하지만 현실에서는 그리 많지 않은 부부로 '연인' 같은 부부를 꼽는데, 서로 만족한 성생활을 할 수 있는 부부라고 설명한다.

당시 예순둘, 노년의 초입에 들어서신 시이모님께서 말씀하신 '간병인' 같은 부부는, 적과 이방인 그리고 친구와 연인 같은 부부에다 '늙어 감'이라는 변수를 포함시켜 한 걸음 더 앞으로 나아간 것으로 여겨졌다. 그 누구도 노화로 인한 질병을 피해 갈 수는 없으며, 결국 누군가의 도움을 받으면서 길어진 노년기를 살아내야 한다.

그래서 '의존수명'이라는 말이 있다. 의존수명이란 생의 마지막에 이르러 여러 가지 질병과 장애에 시달리면서, 다른 사람의 도움을 받으며 살게 되는 기간을 뜻한다. 우리나라 사람들의 평균 의존수명이 무려 10년이라는 사실을 들어본 적이 있는지 모르겠다. 쉽게 말하면, 우리들 생의 마지막 10년을 노년기의 질병과 장애로 인해 혼자서는 도저히 살 수 없고 반드시 누군가의 도움을 받으며 살아야 한다는 말이다.

그런데 중요한 것은 실질적인 간병이든 정서적인 지지든, 현실적으로 가장 큰 도움을 줄 누군가의 1순위가 바로 배우자라는 사실이다. 그러니 '간병인' 같은 부부가 되어 간다는 표현은 얼마나 사실적이며 적나라한가. 우리들의 현실이 이럴진대 다시 한 번 곁에 있는 배우자를 돌아볼 일이다. 늙어서 서로 훌륭한 간병인이 되자는 뜻은 결코 아니다. 노년에 가장 친한 친구로 배우자를 꼽을 수만 있어도 참으로 다행스러운 일이 아닐는지.

부부의 인연은 무덤 속까지?

남편이 부산생활을 시작하고 나서 두 달쯤 지난 어느 주말, 두 아이를 데리고 남편이 근무하고 있는 부산에 갔던 적이 있다. 금요일 오후에 출발해 일요일 저녁에 돌아왔으니, 두 밤을 자긴 했지만 짧은 2박 3일 여행이었다.

가만 생각해보니, 갑작스런 주말부부 생활에 나와 남편 모두 두 달 정도 지나서야 겨우 적응이 되었고, 아이들 역시 그제야 비로소 별 불평 없이 평일의 아빠 없는 생활을 받아들이게 된 것 같다. 처음에는 어둠이 내리고 저녁 먹을 때쯤 되면 "아빠는 지금 뭐 하고 계실까?" "아빠는 누구랑 저녁 드실까?"하는 아이들 목소리를 듣기만 해도 눈물이 핑 돌았다. 복도에서 발자국 소리가 나다가 그 소리가 우리 집 앞을 지나가버리면 아이들도 나도 "에이, 아빠 오시는 줄 알았잖아."하며 마주 보고 슬며시 웃기도 했다. 밤이면 내 손으로 분명히 걸어 잠근 현관문을 확인하고 또 확인했고, 바스락 소리만 나도 겁이 나곤 했다. 물론 지금은 세 여자가 씩씩하게 잘해 나가면서, 오히려 혼자 있는 남편과 아빠를 열심히 걱정해주고 있다.

그런데 재미있는 것은 주말부부에 대한 같은 여자들의 반응이다. 그 반응은 정확히 두 가지로 나뉜다. "어머, 쓸쓸하겠다. 그나저나 남편 감시 잘해라. 남자들 외로우면 딴 생각한다더라."가 하나고, "좋겠다. 밥 안 해줘도 되고, 얼마나 좋을까. 나도 한 번 떨어져 살아봤으면……"이 다른 하나다. 그럼, 나는 어느 쪽일까. 쓸쓸한 것은 사실이지만, 남편을 감시하는 것은 내 힘 밖의 일이니 생각도 안 해봤다. 내가 남편을 감시해야 한다면 남편 또한 나를 감시해야 할 테니, 이미 그 정도라면 기대할 게 없는 부부일 것이다. 또 밥이야 워낙 집에서 먹는 경우가 드물었으니 평소에도 별 부담이 없었던 일이다. 그러면 뭐지?

내게 가장 큰 어려움은 남편과 시시콜콜한 일상을 나눌 수 없다는 것이다. 전화나 이메일로는 아이들 이야기며 집안 어른들 동정에 서로의 일까지, 마주 보며 말하는 것만큼 소상하게 주고받을 수 없기 때문이다. 거기다가 아이들과 사소한 부딪침이 있을 때 엄마와 아이 사이에서 슬쩍 중재 역할을 해줄 사람이 없으니 때로 가슴속이 답답해지기도 한다. 이런 내 속마음을 눈치 챈 남편이 기차표를 끊었다고 연락을 해왔고, 그 덕에 뜻하지 않은 부산행 기차를 타게 된 것이었다.

바닷가에서 흔히 볼 수 있는 모래가 아니라 자갈이 깔려 있는 태종대 자갈마당에 앉아 모처럼 바다 구경을 한다. 예쁜 돌을 줍느라 부산한 아이들 곁에서 남편과 나란히 앉아 말없이 바다를 보며 파도소리에 귀를 기울인다. 밀려왔다 물러나는 파도에 자갈이 구르고 서로 부딪치면서 대글대글 소리를 낸다. 돌들을 들여다보니 특별한 몇몇을 빼고는 다들 둥그렇다. 파도에 씻기고 서로 부딪쳐 모서리가 닳아버린 돌들이 부드럽게 손에 잡힌다.

노년에 이른 부부들을 보면 '참 닮았다'는 생각을 많이 하게 된다. '오래 살면 닮는다더니 맞는구나' 속으로 끄덕이기도 한다. 파도에 씻기고 서로 부딪쳐 모서리가 닳아 없어진 바닷가의 자갈들처럼, 노년의 부부 역시 사는 일에 이리저리 쓸리면서 서로가 서로를 온몸과 마음으로 받아들이며 부대꼈기에 그렇게 둥그렇게 닳아 서로 닮은 얼굴로 마주 보고 있는 것일까. 보기 좋은 노년의 모습들을 한 번 꼽아보라고 하면, 중년 여성들이건 대학생이건 빠짐없이 늙은 부부가 나란히 걷거나 다정하게 손잡고 걸어가는 모습을 이야기한다.

돌멩이 두 개가 서로 맞부딪쳐 닳을 때, 어느 한쪽은 제 모습 그대로 있고 다른 한쪽만 둥그렇게 닳아버리는 일은 결코 없다. 사는 일도 마찬가지여서 내가 변하지 않고 상대만 달라지게 할 수는 없다. 아프더라도 서로의 뾰족한 모서리를 갈아 둥그렇게 닳아진 얼굴로 마주한다면 꽤 괜찮은 노년이 될 것 같다. 우리 부부가 주말부부로 사는 지금의 어려움도 서로 닮은 얼굴로 늙어 가는 그 길의 소중한 양식이 되길 바라는 마음이 슬며시 가슴속에 자리를 잡는 것이었다.

간병인 같은 부부에다가, 서로 닮은 얼굴로 늙어 가는 부부 생각을 하는 가운데 문득 부부의 인연은 무덤 속까지인가 생각하게 만드는 일이 생겼다. 친구의 어머니는 아들 둘에 딸 셋을 두셨는데, 다섯 자녀 모두 결혼시키고 나서는 아버지와 두 분이 사셨다. 아버지는 아버지대로, 어머니는 어머니대로 이재에 뛰어나 두 분이 따로따로 재산을 모으셨는데, 그 규모가 아주 커서 정말 아무런 걱정 없는 노년을 보내신다고 했다. 두 분이 돌아가시면 쓰실 장지(葬地)를 미리 구해 놓을 때의 이야기다. 어머니가 "나는 너희들 아버지랑 같이 묻히기 싫으니 꼭 따로 묻어야 한다."고 신신당부하며 끝내 두 자리를 고집하셨다고 한다. 어머니는 지병이 악화돼 몇 해 전 65세로 세상을 떠나셨고, 준비해둔 곳에 묻히셨다. 그런데 혼자 남으신 아버지께서 어느 날 말씀하시기를,

"나는 너희들 엄마랑 합장하면 되니까 장지 한 곳은 이 다음에 큰애가 쓰도록 해라."

돌아가신 어머니는 말씀이 없으시고, 두 분 부부의 인연은 무덤까지 이르게 생겼다.

또 다른 친구의 시아버지와 시어머니는 한 집에 사시면서도 서로 말씀을 거의 안 하신다고 했다. 매사에 답답할 정도로 꼼꼼한 시아버지와 급하고 불같은 시어머니의 성격 차이 탓인지, 각방 쓴 지도 무척 오래 되셨고 사사건건 부딪치다보니 꼭 필요한 이야기가 아니면 거의 입을 다물고 지내신다는 것이다. 역시 나중에 쓰실 장지 구입 때의 이야기이다. 맞춤한 곳이 나섰을 때, 시어머니께서 아

무 말씀 없이 합장용으로 한 자리를 정하시더란다. 지난 정초에 친구 시어머니께서는 텔레비전 아침 방송에서 띠별 궁합을 알려주는 것을 지켜보시다가 슬며시 웃으며 이렇게 말씀하셨다고 한다.

"네 시아버지 띠랑 내 띠가 궁합이 맞는단다, 얘. 아이고, 그렇게 성격이 안 맞는데도 이만큼 산 걸 보면 정말 궁합이 좋긴 좋은가보다."

부부의 인연이 아닌 것 같다고 하면서도 부부 합장용으로 장지를 구입하시고, 맞지 않는 성격보다는 좋다는 궁합을 입에 올려 말씀하신 친구의 시어머니를 생각하며 부부의 인연이란 것이 어디까지인지를 곰곰 곱씹어보게 됐다.

노년기 부부의 유형을 보면, 부부간의 친밀감을 가장 중요하게 여기는 '부부중심형'과 배우자 한 사람은 부모 역할을 하고 다른 한 사람은 자녀 역할을 하면서 보호와 양육, 지배와 순종, 의존성의 특성을 갖는 '부모-자녀형'이 있다. 배우자의 한쪽이 건강을 잃었을 때 많이 볼 수 있는 형태이다. 그 외에도 친구나 동료로 행동하면서 부부관계의 친밀감과 부모 역할의 만족감이 섞여 있는 '동료형'이 있다.

또한 노년기 부부관계의 만족도를 보면 크게 두 가지로 나타나는데, 신혼기에 가장 높다가 중년기와 노년기를 통해 계속 낮아지는 형이 있는가 하면, 신혼기에 높다가 이후에는 낮아지지만 자녀들이 다 집을 떠나는 '빈둥지기(empty nest period)'에 다시 높아지는

U자형이 있다.

그런데 여기서 중요한 것은, 결혼에 만족한다는 노인의 대부분은 좋은 결혼관계에 관한 역사를 가지고 있다는 점이다. 즉, 행복한 결혼을 하고 중년기까지의 결혼생활이 만족스러웠던 부부가 노년기에도 만족스러운 결혼생활을 하게 된다는 것이다. 가족 안에서의 부부간의 평등과 역할 분담의 융통성이 결혼생활을 향상시킬 수 있다는 데 이의를 달 사람은 아마 한 사람도 없을 것이다. 행복한 부부로 노년기를 보내기 위한 준비 역시 결코 여기서 벗어나지 않는다. "열두 효자 악처만 못하다." "이 복 저 복 해도 처복이 제일이다." "이 방 저 방 해도 서방이 제일이다." …… 부부 서로가 서로에게 소중하고 각별한 존재라면 그 인연이 어찌 무덤 속에서인들 이어지지 못하겠는가.

살던 지역에 그대로 머물 것인지, 노년에 맞는 편리함과 복지서비스와 경제성이 있는 새로운 주거지로 옮겨갈 것인지 미리 정해 놓아야 한다. 또 누군가에게 의지할 수밖에 없는 상황이 되었을 때 부양이나 수발을 자녀에게 맡길 것인지, 아니면 전문적인 시설에 의탁할 것인지 결정해 두는 것이 필요하다.

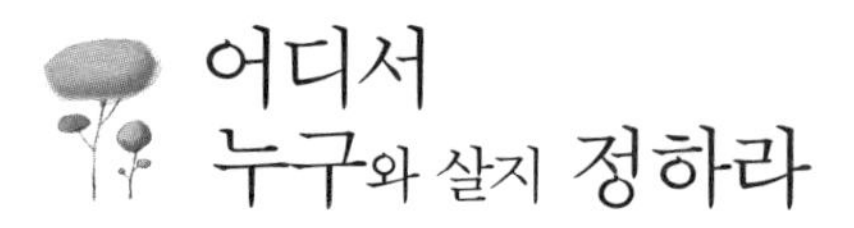

어디서 누구와 살지 정하라

어디에서 살까?

…… 먼저 도심에서 조금 벗어난 곳이면 좋겠다. 그렇다고 해서 교통이 불편해서는 안 되겠지. 단독주택 작은 마당에는 꽃도 좀 심고 꼭 개 한 마리를 길러야지. 마당에 풀어놓고 기르면서, 어린 시절 개 한 마리 기르기를 소원했던 아이들이 놀러와 실컷 데리고 놀게 해줘야지. 마당에는 작더라도 수돗가가 있으면 좋겠고, 난방이나 열관리 등은 공동주택 못지않게 편리하게 되어 있어야겠다. 물론 인터넷 전용선이 불편함 없이 깔려 있고, 또 그리 멀지 않은 곳에 영화관이 있어야 맘껏 영화를 볼 수 있겠지……

아직 완성되지는 않았지만, 내가 노년을 보내고 싶은 집에 대한 그림이다. 세세하게 보충하려면 한참 멀었지만 밑그림을 그리기 시작하면서 늘 집 생각만 하면 즐겁다. 집이 자리잡을 지역과 집 마련에 드는 자금에 대한 대책은 현재 전혀 없지만, 그 또한 앞으로 오래도록 궁리하고 채워나가야 할 빈칸이므로 시간 나는 대로 고민하는 중이다.

노년준비를 할 때 기억해야 할 중요한 한 가지는, 어디에서 살지 정하는 일이다. 우선 그동안 살던 지역에 그대로 머물 것인지, 새로운 주거지로 옮길 것인지 생각해봐야 한다. 자신에게 익숙한 지역과 집에 그대로 머물면 가장 좋다. 새롭게 적응할 필요도 없고, 이웃과 다시 관계를 맺어야 하는 부담에서도 벗어날 수 있으며, 지역사회 노인복지 프로그램에 대한 정보도 쉽게 얻을 수 있다. 그러나 노년이 되면 수입이 감소하므로 이제까지의 살림 규모가 자신의 경제상황과 맞는지 따져봐야 한다. 또 집안의 구조라든가 설비도 노인이 살기에 편리하게 되어 있어야 한다. 욕실이나 문턱 등을 개조해서 살아도 되지만 아직까지 우리나라에서는 이 분야의 지원이 그리 활성화되어 있지 않은 것이 사실이다.

이와 반대로, 자신에게 적합한 노인복지 서비스를 제공하는 지역이나 기관 근처로 옮겨 갈 수도 있다. 자녀들과 떨어져 혼자 사시던 어르신 한 분은 운동과 취미 프로그램 등 노인복지관에서 제공하는 서비스가 좋아서 아예 복지관 가까운 곳으로 이사를 하셨다. 노인대학생 중에서 가장 먼저 등교하고 뒷정리까지 한 다음 가장 늦게 하교하던 그 어르신은, 방은 비록 좁아졌지만 복지관 근처로 이사온 것이 이리도 편리하고 편안할 줄 몰랐다고 여러 번 말씀하셨다.

젊어서 산 중턱 높은 언덕 동네에 살다가 칠십이 넘어 평지에 있는 아파트로 이사를 하신 노부부 역시 당신들의 선택에 만족하셨다. 젊어서는 운동 삼아 언덕을 오르내릴 수 있었지만, 나이 드니까 장보기도 어렵고 외출하기도 힘들어 자꾸 집안에만 머물게 되어 옮겼다고 하신다. 물론 집의 크기가 작아지니까 다른 사람들이 어떻게 볼지 신경이 쓰이고, 재산이 줄어든 것 같아 불안하기도 하고, 또 낯선 곳에서 적응하기까지 시간도 좀 걸렸다고 하신다. 하지만 노년에는 역시 당사자가 살기 편한 곳이 제일이며, 재산가치나 남의 눈보다는 실용성이 최고라고 강조하셨다.

노년의 주거와 관련하여 또 하나 생각해야 할 것은 집 값과 생활비 문제다. 서울의 집 값이나 생활비가 다른 지역 중소도시보다 비싼 것이 엄연한 현실이다. 서울에서 큰돈을 치르고 좁은 평수에 사는 것보다 서울을 벗어난 지역에서 좀더 넉넉한 평수에 더 적은 비용을 지불하며 사는 것이 오히려 편안할 수 있다. 이럴 경우 그 차액으로 생활비를 충당할 수 있다는 이점도 있다.

부모와 자식간의 이상적인 거리

그런데 이 모든

주거상황에서 빼놓지 말고 고려해야 할 것은 자녀와의 거리다. 부모와 자녀가 한마음 한뜻으로 동거를 선택한 경우는 더 말할 필요가 없지만, 별거를 하는 경우라 해도 부모와 자녀의 거주공간이 지나치게 가까우면 간섭과 심리적인 부자유로 인해 예기치 못한 갈등이 벌어질 가능성이 높다. 그러나 또 지나치게 거리가 멀면 일상을 나누지 못할 뿐더러, 위급한 상황에 달려오지 못하니 서로 불안감이 생긴다. 그러니 '국이 식지 않을 정도의 거리'가 부모와 자녀가 사는 곳의 가장 이상적인 거리라는 말이 나온 것 아니겠는가. 부모와 자녀간의 거리는 부모님의 건강, 서로의 경제적인 상황, 심리적인 상태, 도움을 주고받아야 하는 정도 등을 모두 고려해 신중하게 결정해야 한다.

시부모님과 같은 빌라의 위아래층에 사는 친구는 처음에 참 좋았다고 했다. 부모님은 독립적인 생활이 보장되면서도 아들, 며느리가 가까이에서 언제든지 달려올 수 있다는 사실에 마음을 놓으셨고, 자식들은 일상의 소소한 부양과 간섭에서는 벗어나면서도 부모님에 대한 걱정을 줄일 수 있어서 만족스러웠다고 한다. 부모님과 한 집에서 동거하는 것이 아니라 서로 가까이 살면서 필요할 때 도움을 주고받는 방식은, 부모와 자녀 세대 모두 자유로움과 안정감이라는 두 가지 욕구를 동시에 채울 수 있어서 많은 사람들이 선호하는 것이 사실이다. 그런데 친구는 살아보니 참 불편하다고 토로했다. 부모님 댁이 1층이고 친구네는 3층인데, 들며 나며 부모님 댁을 그냥 지나칠 수도 없고 번번이 들를 수도 없어 참 난처하다는 것이다. 부모님 댁 현관 앞을 지날 때마다 갈등하게 되고 그러다 보니 마음이 불편해지고, 그렇다고 이제 와서 그걸 이유로 이사를 할 수도 없고 해서 친구는 계속 그 편치 않은 상태를 유지하고 있다.

한 남자 후배는 첫아이를 낳고 부모님 사시는 아파트로 이사를 해서 역시 위아래층에 살게 됐는데, 친구와는 반대로 후배네가 아래층에 자리를 잡았다. 그런데 문제는 아침잠 없으신 부모님께서 손자가 보고 싶다며 일찍 벨을 누르시는 것은 물론이고, 시시때때로 내려오셔서는 무슨 반찬을 해 먹는지, 청소를 어떻게 하고 사는지 일일이 간섭을 하신다는 것. 후배는 그 바람에 아내가 여간 스트레스를 받는 게 아니라고 하소연을 했다. 두 분 다 교사로 정년퇴직을 하셨기에 젊은 사람의 사정을 헤아리시리라 믿었고, 더구나 한 집에 모시고 사는 것도 아니요 위아래 살면서 사랑도 받고 도움도 받으리라 기대했던 후배 부부는 예상치 못한 사태에 당황해 하며 목하 고민중이다.

두 경우를 보면서, 일본의 어떤 시어머니와 며느리 이야기가 떠올랐다. 이들 고부는 한 울타리 안에 있긴 하지만 각기 독립적으로 되어 있는 두 채의 집에 따로 사는데, 한 사람이 외출한 동안 비가 쏟아져도 남은 한 사람이 빨래를 거둬주지 않기로 약속했다고 한다. 눈에 빤히 보면서도 자기 빨래만 거둬들이는 것이 지나치게 냉정하고 융통성 없다는 생각이 들었지만 설명을 듣고 나니 이해가 갔다. 알아서 빨래를 거둬주면 물론 처음에는 고맙고 좋지만 나중에 혹시라도 못하게 되거나 잊어버리면 서운해서 원망하게 되고, 그러다 보면 서로 불편해진다는 것이다. 이런 이야기를 먼저 꺼낸 쪽은 시어머니였다고 한다. 그러면서 시어머니는 나중에 정말 꼭 필요할 때는 망설이지 않고 도움을 청하겠다고 덧붙이셨단다.

앞서 말한 두 가정도 부모님들께 솔직하게 고민을 털어놓으면 해결되지 않겠느냐고 말할 수도 있다. 하지만 우리나라 시어머니와 며느리 관계를 생각하면 그러지 못하는 자녀들의 처지를 미루어 짐작할 수 있다. 이쯤에서 어르신들의 지혜와 현명한 판단이 필요하다. 아래층에 사시는 부모님 쪽에서 먼저 자녀들이 그런 점에 신경 쓰지 않도록 한마디 해주시면 문제가 해결될 것이고, 위층에 사시는 부모님 역시 젊은 사람들의 생활 리듬을 존중해 조금만 주의하신다면 힘들지 않게 어려움이 풀릴 것이다. 그래서 사실은 어르신들 쪽에서 먼저 한 발 앞서 헤아리고 배려하고 도와주셔야 한다. 사람이 어울려 살다보면 서로 좋자고 시작한 일이 고통으로 변하기도 하는 법이니 말이다.

내 친구 하나는 결혼 초부터 시부모님과 함께 살았는데, 몇 년 전 시아버지가 돌아가시고 지금은 어머님과 친구 부부, 아이 둘까지 다섯 식구가 살고 있다. 결혼 후에도 직장생활을 죽 해온 친구여서 집안 살림은 전적으로 시어머니 책임 아래 이루어졌고, 잠시 남편의 사업이 어려웠을 때는 친구가 실질적인 가장이 돼서 집안 경제를 이끌기도 했다. 사실, 직장 일하랴 살림하랴 아이 기르랴 종종걸음 치는 다른 직장 여성들과 달리 오로지 일에만 전념할 수 있는 친구가 나는 무척 부러웠다. 장보기, 음식 만들기, 청소, 빨래 등 모든 집안일과 아이 돌보기는 시어머니 소관이니, 친구는 휴일엔 늦잠도 실컷 자고 퇴근 후에는 배우고 싶은 것도 마음대로 배우러 다녔다. 그러면서도 시집 식구들과 남편 모두가 떠받드는 그 친구가 솔직히 내게는 공주나 왕비처럼 보인 적도 있었다.

그런데 얼마 전, 시어머니가 드디어 집안 살림과 아이 돌보기에서 잠시 놓여나 미국에 사는 딸 집으로 한 달 동안 휴가여행을 가셨다. 친구는 남편이 도와주지만 정신이 하나도 없다며 멋쩍은 듯 한마디 보탠다.

"솔직히 입안이 다 헐 정도로 힘들거든. 그런데도 왜 이렇게 홀가분한지 모르겠어. 시어머님께서 해주시는 것의 반의반도 못 챙기고 사는데 내 손으로 하니 솔직히 참 편해. 먼지 쌓인 집도, 텅 빈 냉장고도 전혀 불편하지 않은 걸 보면 참 이상해. 얘, 나 나쁜 며느리 맞지? 그렇게 몸 안 아끼고 우리 식구, 우리 애들 돌봐주셨는데 어머님 안 계신 걸 이렇게 편안해 하고 좋아하잖아. 정말 며느리가 남이어서 그럴까?"

누군들 딱 부러지게 답할 수 있겠는가. 돌아오는 길에 이런저런 생각으로 마음이 복잡했다. 자식들에게 헌신적인 시어머니도, 자기 맡은 역할을 나름대로 성실하게 잘 해내는 며느리도 어느 한 사람 나쁜 사람은 없다. 물론 잘못한 사람도 틀린 사람도 없다. 그러고 보면 부모님과의 동거든 별거든, 멀리 살든 가까이 살든, 집집마다의 사정에 맞춰서 결정할 일이다. 그렇긴 하지만 역시 사람 사이란 델 정도로 너무 뜨거운 것도, 꽁꽁 얼어붙을 정도로 너무 차가운 것도 좋지 않음은 분명하다. 데인 상처나 얼어붙은 상처 모두 아프기는 마찬가지다. 그러니 무조건 준다고 해서 환영받는 것도 아니며 받은 만큼 되돌려주지도 못한다는 인간관계의 진실을 잊지 말 일이다.

그럼, 나는 어떤가. 나는 친정부모님과 같은 아파트 단지의 다른 동에 살고 있는데 내 걸음으로 5분, 부모님들의 느린 걸음으로도 7, 8분이면 충분히 오갈 수 있는 거리다. 말 그대로 '국이 식지 않을 정도의 거리'여서, 어머니가 가끔 찌개를 끓여 들고 오시면 찌개는 딱 먹기 좋은 온도로 우리 집에 도착하곤 한다. 드물긴 하지만 나도 새로운 반찬을 만들면 아이들 손에 들려 친정에 가져다드리기도 한다. 할머니가 주실 심부름 값 오백 원을 기대하며 신나게 달려가는 아이들의 뒷모습을 볼 때마다, 국을 끓여 같은 자리에 앉아 함께 먹는 것도 물론 좋지만, 이렇게 국이 식지 않는 거리에 살면서 나눠 먹는 것도 나름대로 참 좋다는 생각을 한다. 여기서 무엇보다 중요한 것은 내가 사랑하는 상대방이 정말 편안하고 행복한지를 먼저 헤아리는 일일 것이다. 자신이 주고 싶은 대로 주는 것이 사랑이 아니라, 상대가 원하는 것을 주는 것이 사랑의 첫 번째 원칙임을 부모 자식간에도 잊지 말고 기억할 일이다.

한 가지 덧붙일 것은, 스스로의 힘으로 도저히 살아갈 수 없고 일상생활을 누군가에게 의지할 수밖에 없는 어려운 시간이 왔을 때 어떻게 할지 미리 결정해야 한다는 사실이다. 다시 말해, 전적으로 자녀의 수발을 받을 것인지 아니면 끝까지 자기 집에 살면서 비용을 지불하고 타인의 도움을 받을 것인지, 그것도 아니면 적당한 때 전문적인 시설로 옮겨갈 것인지 정해 놓아야 한다는 것이다.

사람을 고용하거나 시설에 입소할 경우의 비용 문제도 있으므로, 마음을 정한 다음에는 재산과 관련해서 복잡한 문제가 생기지 않도록 자식들에게 미리미리 의사표시를 해두어야 한다. 꼭 재산 문제가 아니어도 부모를 시설에 모시는 일로 자녀들 사이에 분란이 생겨 서로 미워하고 원망하며 등을 돌리는 일도 많으므로, 충분한 대화를 통해 자신의 선택을 분명히 밝힐 필요가 있다. 이 또한 나이 들어 어디에서 살 것인가 하는 문제에 속하는 것이므로 나중에 생각해도 된다고 미뤄서는 안 된다. 모든 일은 언제 어디서나, 또 누구에게나 일어날 가능성이 있음을 잊지 말자. 대충대충 되는 대로, 닥치면 해결하자는 생각만큼 노년준비에 도움이 되지 않는 것은 없으니 말이다.

여자가 오래 사는 데다가 남자가 연상인 경우가 많아, 여자가 뒤에 남아 평균 10년 정도를 홀로 보낼 가능성이 높다. 별도의 준비가 없는 전업주부는 특별히 신경 쓰지 않으면 노년생활이 곤란해진다. 노년준비를 하면서 홀로 남게 될 여성의 노년을 잊지 말고 고려해야 한다.

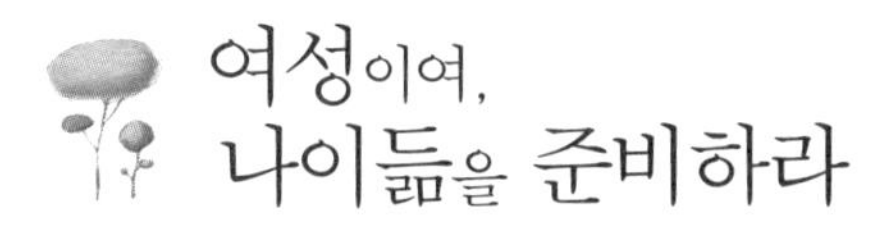

여성이여, 나이듦을 준비하라

꼬부랑 할머니 양춘옥(梁春玉)과 치매 할머니 ○○○

내가 어렸을 때는 요즘 아이들 같지 않게 집에서 할머니나 어머니께 듣고 배운 노래를 제법 흥얼거렸던 것 같다. "하나 하면 할머니가 지팡이 짚고서 잘잘잘, 두울 하면 두부장수 종을 친다고 잘잘잘, 세엣 하면 새색시가 화장을 한다고 잘잘잘……" "꼬부랑 할머니가 꼬부랑 고갯길을 꼬부랑 꼬부랑 넘어가고 있네. 꼬부랑 꼬부랑……" 지금도 기억하고 있는 노래들이다.

물론 요즘도 노래에 나오는 것처럼 '꼬부랑 할머니' 라고 불릴 만큼 심하게 허리가 굽은 어르신들을 이따금 만나긴 하지만, 옛날처럼 그렇게 자주 마주치지는 않는 것 같다. 척추 신경이 압박을 받는 척추간 협착증이나 골다공증이 '꼬부랑 할머니'를 만드는 주범이라고 하는데, 완전히 기역자로 굽은 허리에 지팡이를 짚고 힘겹게 걸으시는 그 할머니를 만난 것은 한 달 전쯤이었다.

1923년 생, 올해 여든셋. 함경남도 고원군에서 태어난 양춘옥 할머니가 중매로 시집을 가서 보니 남편은 몹쓸 노름꾼이더란다. 시집갈 때 마련해 간 옷가지마저 훔쳐 팔아서 노름으로 날려버리는 위인과 살아봤자 고생길이 훤하다는 생각에, 결혼생활 3년이 채 되기 전에 미련 없이 떠났다고 하셨다. 친정으로 돌아와서는 곧바로 함흥제사(製絲) 공장에 여공으로 들어가 8 · 15 광복 때까지 고된 노동을 했다. 8 · 15 광복에서 6 · 25 전쟁으로 이어지는 혼란한 시기에 어떻게 혈혈단신 남쪽으로 오셨는지는 알 수 없지만, 피난지인 부산 영도에서는 재봉틀로 구호품 의류를 수선해 자갈치시장에 내다 팔았고 전쟁이 끝난 다음에는 서울 남대문시장에서 옷 장사를 했다. 나중에는 포목상을 크게 하면서 서울역 뒤편 청파동에 자그마한 집도 마련했는데, 남대문시장에 그만 큰불이 나면서 장사 밑천을 모두 잃고 말았다는 이야기도 들려주셨다.

그 후엔 재래시장 골목에 좌판을 벌여 놓고 각종 젓갈류와 밑반찬을 떼어다 파는 장사를 하셨다는 할머니. 그때 무거운 반찬 함지를 머리에 이고 다니느라 허리에 무리가 갔고, 거기다가 눈길에 몇 번 넘어진 것을 제대로 치료하지 않아 결국 허리가 완전히 망가진 거라고 하셨다. 몇 년 전 장사를 그만두고 지금은 그동안 모아놓은 돈으로 생활하면서, 공원에 나가 앉아 있기도 하고 노인들에게 무료로 침을 놔주는 곳에 가끔 간다고도 하셨다. 부양해줄 자식 하나 없지만 열 평 남짓한 다 쓰러져 가는 집이 할머니 명의라서 무료 양로원은 꿈도 못 꾼다며, 이제 더 나이 들고 몸 나빠져 자리보전이라도 하게 되면 꼼짝없이 굶게 될 거라 말씀하시는 할머니. 글을 읽지 못하는 할머니는 교회에서 받아온 설교 테이프 듣는 게 낙이라며 씩 웃으셨다.

지팡이 하나로는 부족해 양쪽에 지팡이를 짚고 다니시는 할머니. 밤에 일어나 어둠 속에서 화장실 가는 일은 도저히 엄두도 낼 수 없기에 방안에 요강을 들여놓고 주무신 지 오래라는 할머니. 날이 밝고 아침이 왔을 때 요강을 바깥으로 들고 나와 헹구는 일은 또 얼마나 힘드실지. 혼자 살림에 몸까지 불편하니 제대로 끓여먹기도 어려워 전기밥솥에 밥을 한가득 해 놓고는 그때그때 대충 끼니를 때운다고 하셨다.

대한노인회에서는 우리나라 노인 인구를 나눠서, 8.3% 정도는 정부의 도움 없이 살 수 없는 분들, 약 50%는 동네 경로당을 출입하시는 분들, 그리고 30만 명 정도는 노인복지관에서 활동하시는 분들로 보고, 그 외에 골프나 등산 · 바둑을 즐기는 분들을 제외한 나머지 분들은 집이나 보호시설에 있는 노인으로 구분하고 있다. 양춘옥 할머니는 맨 마지막의 '집이나 보호시설에 있는 노인'에 해당되는 셈이다. 의지할 사람도 기댈 곳도 없지만 단지 자신의 이름으로 된 집이 한 채 있는 바람에 아무런 보호도 혜택도 받지 못하는 할머니. 이날 이때까지 혼자 살아와 특별히 쓸쓸할 것도 외로울 것도 없다고 하시는 할머니. 할머니의 굽은 허리 위에는 이 땅에서 남편 없이, 자식 없이, 가족 없이 홀로 살아야 했던 한 여성의 80년 삶이 무겁게 얹혀 있었다. 양춘옥 할머니의 기억자 굽은 허리가 내내 가슴에 남아 '너는 도대체 누굴 위해 노인복지를 하고 있는가' 묻고 또 묻는다.

서울시의 쓰레기 집합소였던 '난지도' 주변이 2002년 월드컵과 함께 평화공원, 하늘공원, 난지천공원, 노을공원, 난지한강공원으로 다시 태어났다. 이 다섯 개의 공원을 한데 묶어 '월드컵공원'이라고 부른다. 내가 살고 있는 곳은 고개만 돌리면 월드컵 주경기장이 빤히 바라보이는 성산동이다. 처음 이사오던 10여 년 전만 해도 여름철이면 한 보름 정도는 쓰레기 매립지 쪽에서 바람을 타고 간간이 쓰레기 냄새가 날아왔었다. 그러나 이제는 다섯 개의 공원에 둘러싸인 살기 좋은 곳이 되었으니, 공원을 걷거나 아이들과 인라인스케이트를 타고 달릴 때면 상전벽해(桑田碧海)란 말을 실감하곤 한다.

특히 쓰레기 산 모양을 그대로 하고 있는 '하늘공원'은, 이름 그대로 하늘이 가깝게 눈으로 다가들고 발 아래로는 한강이 시원하게 펼쳐져 있어 서울 도심에서는 쉽게 만나기 어려운 독특한 공원이다. 또한 어디선가 씨앗이 날아와 산처럼 쌓인 쓰레기 더미에 뿌리를 내린 온갖 식물들과 함께, 풍력발전기며 생태학습 프로그램이 진행되고 있어 멋진 풍광과 함께 좋은 교육장이기도 하다.

지난해 가을, 하늘공원에서 '억새 축제'가 한창일 때의 일이다. 사람들이 워낙 많다고 하니 가까이 사는 나 같은 사람이야 나중에 한적할 때 가면 되지 싶어 관심도 두지 않고 있었다. 그런데 어느 날 저녁, 후배 하나가 전화로 하늘공원 올라가는 길을 묻는 것이었다. 미혼이니까 밤에 친구들과 놀 겸 왔나보다 생각하며 길을 알려주고, 지나가는 말로 누구와 왔느냐고 물으니 어머니를 모시고 왔단다. 후배의 어머니라면……. 치매가 막 시작된 어머니를 돌보며 마음 고생 몸 고생이 심한 것을 알고 있었던지라 그 자리에 그대로 서 있으라고 이르고는 한걸음에 달려나갔다.

길 한쪽으로 비켜서서 딸의 손을 잡고 얌전히 서 계신 어머니는 자그마한 키하며 동그란 얼굴까지 후배와 똑같았다. 다가가 인사를 드리니 배시시 웃기만 하신다. 셋이 나란히 하늘공원을 오르는데 예순아홉이셔도 근력이 좋아 잘 걸으셨다. 하늘공원에 다 올라 알록달록 조명을 받고 있는 억새를 보시더니 "얘, 이쪽은 억새고 저쪽은 갈대니?"하고 물으신다. 후배는 어머니 손을 이끌며 다정하고 친절하게 설명해드린다. 모녀의 뒤를 따르는데 눈시울이 저절로 뜨거워진다.

4남매 중 하나는 외국에 있고 나머지는 다 직장생활을 하니까 어머니는 하루 종일 혼자 집에 계신다고 했다. '치매주간보호센터'(치매 어르신들을 낮 동안 돌봐드리는 곳)를 이용하려고 해도 오후 4시면 문을 닫으니 어머니가 자식들 퇴근시간까지 가 계실 곳이 없다는 것이었다. 야간에 치매 어르신들을 돌봐드리는 곳이 없으니 가족들은 가족들대로 환자는 환자대로 고생이 말이 아니다. 사는 곳 가까이에 경로당이 있긴 하지만 어머니도 기존의 경로당 회원 어르신들도 서로가 서로에게 적응을 못하신다고 했다. 그동안 참석해오던 친구들 모임에도 가능하면 빠지지 않고 나가시도록 자식들이 도와드리긴 하지만, 어머니 친구들도 더 이상은 감당할 수 없다며 좀 꺼리는 눈치여서 조심스럽다고 했다.

하루 종일 사람이 그리운 어머니는 어디를 가든, 무엇을 잡수시든, 사람만 있으면 그저 좋아하신다고 했다. 그날도 후배가 전화를 해서 공원에 갈 거니까 옷 미리 챙겨 입고 계시라고 하니 무척 좋아하시더란다. 그러면서 후배가 막 웃는다.

"집에 가 보니까 엄마가 글쎄 위아래에는 '츄리닝'을 입고 목에는 턱하니 진주 목걸이를 하고 계시잖아요."

같이 웃지만 어느새 둘 다 눈물이 차 오른다. 밤바람이 차가워 그만 산을 내려온다. 길에는 양쪽으로 빨갛고 파란 청사초롱이 불을 밝히고 매달려 있다. 어머님이 혼잣말을 하신다.

"오늘은 산이 호사를 하는구나! 이렇게 예쁘게 불도 켜주고 사람들이 보러 오기도 하고, 산이 호사를 하는 거지 뭐."

맞다. 쓰레기 산이 멋진 공원으로 변하더니 이제는 억새 축제까지, 사람들이 아끼고 사랑하는 곳이 되어 가니 호사는 호사다. 젊어서 교사이셨다는 어머니. 먼 하늘을 바라보시는 어머니는 지금쯤 어느 곳에 마음을 두고 계시는지. 잘해드리는 모습이 보기 좋다는 내게 후배는 말한다.

"나 어려서 엄마 속 엄청 썩혔어요. 엄마 돌아가시면 정말 후회 많이 할 거예요. 그나저나 사람 그리워하는 우리 엄마 마음놓고 보낼 만한 치매주간보호센터나 빨리 찾아주세요."

노인복지를 한다면서 어머니와 후배에게 아무것도 해주지 못하는 나는 그저 미안하고 속상해 돌아서며 또 눈물이 났다.

이 두 분은 자신들의 노년을 보낼 만큼의 돈은 모아 놓으셨다. 하지만 두 분의 노년은 행복이라든가 편안함과는 거리가 멀어 옆에서 보기에도 안타깝기만 하다. 양춘옥 할머니는 돈을 모으는 것에는 신경을 쓰셨지만, 자기 자신을 돌보고 보살피는 일에는 소홀하셨다. 남편이나 자식, 가족 없이 홀로 살아야 하는 노년에 대해 전혀 준비가 없으셨다. 모든 생활이 돈을 벌며 건강을 유지하던 젊은 시절처럼 이어질 줄 아셨던 것이다. 그저 돈 있으면 다 될 것이라고 생각했지만, 결국은 가지고 있는 많지 않은 재산 때문에 정부의 도움은 도움대로 받을 수 없고 자신의 생활은 여전히 불편하기만 한 지경에 이른 것이다. 몸이 망가지기 전에 좀더 일찍, 앞으로 나이 들어 어디에서 누구의 도움을 받으며 어떻게 살 것인지 생각했더라면 지금보다는 훨씬 나은 노년을 보낼 수 있었을 것이다. 안타깝고 또 안타까운 일이다.

후배 어머니의 경우는 일찍 남편을 떠나보내고 딸 셋 아들 하나를 잘 길러내셨는데, 마침 남편이 재산을 좀 남겨주셔서 생활은 크게 곤란하지 않으셨던 것 같다. 다만 아들이 최고라는 생각으로 사셨던 모양이다. 그날도 내가 딸 둘이라고 이야기하자 어머니는 곧바로 말씀하셨다. “아들 없단 말이야? 나는 하나 있는데!” 그러면서 “그 아이는 아들인데도 딸처럼 잘해!” 자랑스럽게 말씀하셨다. 옆에서 가만 듣고 있던 후배가 참지 못하고 웃으며 어머니께 항의한다.

“엄마, 정말 그렇게 생각해? 아들은 외국에 가 있어서 엄마 아픈 것 하나도 돌봐드리지 못하고 딸 셋이서 고생 고생하는데. 뭐? 아들이 딸처럼 잘한다고? 기가 막혀서……”

어머니는 무슨 뜻인지 아시는지 모르시는지 또 배시시 웃으신다. 그 순간 아들 얼굴이라도 떠올랐던 것은 아니었을까.

치매가 찾아온 것이 물론 어머니 탓은 아니다. 그러나 그로 인한 고통은 오로지 어머니와 그 자식들의 몫이다. 아무리 치매 어르신들을 돌보는 곳이 많이 늘어났다고는 하지만, 정해진 시간 이외에 추가로 시간을 연장해서 돌봐드리거나 야간보호는 아직 없기 때문에 환자나 그 가족이 겪는 고통은 무척이나 크다. 그러니 어머니는 그 작은 몸으로 우리 사회의 노인복지 실상을 몸소 증명하고 있는 셈이다. 물론 양춘옥 할머니도 마찬가지고. 나는 오늘도 이렇게 노인복지 이론서에서는 결코 배울 수 없는 노년의 갖가지 삶을 눈으로 보고 마음으로 만난다. 하지만 나 자신의 무능함에 기가 꺾여 입을 다물 수밖에 없다. 그런데 왜 이 어르신들의 웃음은 그렇게 맑고 순하고 깨끗하기만 한 것인지…….

죽음준비는 지금 당장 죽을 준비를 하는 것이 아니라, 언제 어디서 어떻게 다가올지 모르는 죽음에 대해 생각하면서 지금 살아가고 있는 내 삶의 방식을 진지하게 성찰해보는 일이다. 잘 죽는다는 것은 잘 사는 일이므로, 죽음준비를 통해 인생을 돌아보고 더 나은 날들을 계획할 수 있다.

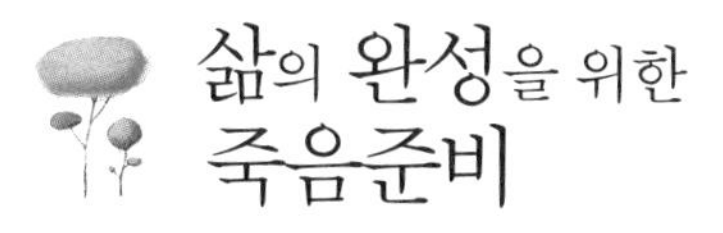

삶의 완성을 위한 죽음준비

천(千)의 바람이 되어

사촌언니의 별명은 납작코였다. 다들 코가 오뚝하게 높지는 않지만 그래도 보통은 되는 식구들 사이에서 언니의 코는 유난히 낮았다. 거기다가 무슨 이유에서인지 -경제적인 이유는 아니었음이 분명한데- 고등학교에 진학을 시키지 않아 언니는 원하는 만큼 공부를 할 수도 없었다. 사촌을 포함해서 동생들이 모두 학교에 다니고 진학을 할 때 언니는 공장에도 다니고 집안 살림도 돕고 했던 기억이 난다.

그 후 언니는 착한 사람을 만나 결혼을 했고, 2년 터울로 아들 둘을 낳아 이제는 재미있세 사나 싶었다. 그러나 형부가 젊은 나이에 만성 간염으로 병치레를 하느라 일을 할 수 없게 되면서, 언니가 재봉 일부터 식당 서빙까지 닥치는 대로 일을 하며 살림을 꾸리고 아이들을 공부시켜야 했다. 먹고사느라 바쁜 데다가 밤에도 일을 하니 보통 때는 물론이요 명절 때도 언니를 만나기는 힘들었다. 1999년 가을이던가, 친척집 잔치에서 언니를 잠깐 본 것이 그나마 가장 최근에 만난 기억이다.

그런 언니가 식당 일을 마치고 새벽에 퇴근하려다가 쓰러졌다는 연락을 받은 것은 지난해 2월 1일 일요일 아침이었다. 언니는 심한 뇌출혈로 수술을 받았고, 의식을 찾지 못한 채 중환자실에 누워 있었다. 머리에는 붕대를 감은 채 기계의 도움을 받아 숨을 이어가고 있는 언니를 보니 가슴이 아팠다. 건강할 때는 바쁘다는 핑계로 전화 한 통, 얼굴 한 번 보지 못하다가 이렇게 목숨이 위태로운 지경이 돼 누워 있어야 비로소 만나는구나 싶어 목이 메고 눈물이 쏟아졌다.

중환자실 앞 의자에 앉아 있으려니 어린 시절 언니 생각이 났다. 어른들이 대놓고 놀려대는 납작코 소리가 얼마나 싫었을까, 동생들이 학교에 다닐 때 자기만 같이 다니지 못했으니 그건 또 얼마나 마음 아팠을까. 이미 돌아가셨지만 살갑게 품어주지 않은 부모님 원망도 많이 했겠고, 남편에게 화도 많이 났으리라. 그래도 두 아들 모두 어엿한 대학생이 되어 큰아들은 군대 제대를 앞두고 있고 작은아들은 입대를 기다리고 있으니, 그 든든함은 또 얼마나 컸을지.

아픈 엄마 생각에 고개를 푹 떨어뜨린 채 나란히 앉아 있는 두 조카를 보니 비 맞아 날갯죽지 젖은 어린 참새들 같다. 평소에 스무 살 넘으면 어른이라고 생각했는데, 엄마를 잃을지도 모른다는 두려움에 떠는 두 아이는 결코 어른이 아니었다. 어머니의 죽음 앞에 서 있다면 마흔 중반의 나도 그 아이들과 전혀 다르지 않을 것이다.

결국 언니는 말 한 마디 못하고 눈 한 번 뜨지 못한 채, 쓰러진 지 8일 만인 2월 9일 세상을 떠나고 말았다. 마흔아홉 언니 뒤에는 몸이 아픈 남편과 스물셋, 스물한 살 두 아들만 남았다. 사촌언니는 친정어머니에게는 오래 전 세상을 떠난 여동생의 큰딸이었다. 언니가 뇌출혈로 갑자기 쓰러져 병원으로 옮겨졌다는 말을 들었을 때만 해도 어머니는 "아이고, 내가 한 번 가봐야지." 하면서 말리는 우리들을 기어이 따라나서 어렵게 언니 얼굴을 보고 오셨다. 하지만 언니가 세상을 떠나자 영안실에도 장지(葬地)에도 걸음을 하지 않으셨다.

고인이 손아랫사람이어서가 아니라 죽도록 고생만 하다가 너무 젊은 나이에 떠난 조카의 죽음이 애통해 도저히 그 자리를 감당할 수 없노라고, 어머니는 내게 눈물 섞어 말씀하셨다. 그러면서 "평생 불쌍하게 살았으니 편안하게 묻히기라도 해야지." 하시며 오래 전에 어머니가 준비해두었던 장지를 언니 앞으로 내놓으셨다. 마침 어머니는 오빠가 교회 묘지를 구입한 것이 있어 장지 걱정은 없으신 터였다. 그래서 언니는 먼저 세상 떠난 자기 친정어머니(내게는 이모) 앞자리에 누웠다.

얼마 전까지만 해도 살아 숨쉬고 울고 웃던 사람이 한순간에 쓰러져 눈 한 번 뜨지 못하는 중환자가 되어 누워 있다가, 목숨을 거두자마자 차가운 영안실로 옮겨지고 그리고는 또 사흘째 되는 날 땅속에 묻히다니, 허망하기 이를 데 없었다. 그 무엇도 그 누구도 허망함에 답을 해주지 않았다. 비록 얼마 지나지 않아 일상에 파묻혀버린다 해도 가까운 사람의 죽음은 늘 우리를 근본적인 물음으로 돌아가게 만든다.

"인간은 왜 죽음을 피할 수 없는 것일까?"

아무런 대답도 찾을 수 없는 이런 질문에 부딪치면 나같이 평범한 사람은 일단 한 발 물러나 '왜'를 묻지 말고 '어떻게'를 물으라고 했던가.

"그럼, 사람은 어떻게 죽어야 하나?"

언니가 누워 있는 중환자실 앞을 지키며 나는 '죽음준비'에 대한 생각을 멈추지 못했다. 그 생각은 기계의 도움 없이는 한순간도 언니의 목숨을 지탱할 수 없고, 그 상태가 언제까지 지속될지 누구도 알 수 없는 불확실함 속에서 시작된 것이었다. 물론 언니는 그리 길지 않은 동안 병상을 지키다 떠났지만, 의식이 없는 환자의 오랜 연명치료를 두고 고민하며 고통스러워하는 사람들을 보기란 그리 어려운 일이 아니다. 한 생명에 대한 문제이므로 의료진과 가족 그 누구도 결정하기 어렵고, 또 누구도 온전히 책임질 수 없기에 참으로 혼란스럽다. 그러니 갑작스런 죽음 앞에서 자신의 인간적 존엄을 잃지 않고, 또 남겨질 가족들의 혼란을 막아줄 수 있는 최상의 방법은 죽음을 준비하는 것뿐이다.

그러나 아무리 '죽음준비교육 전문지도자 과정' 공부를 하고 있고, 한 달에 한 번씩 죽음 독서모임 '메멘토모리(memento mori는 '죽는다는 사실을 기억하라'는 뜻의 라틴어다)'에 참석해 다른 사람들과 함께 죽음 관련 책을 읽거나 영화를 보고, 가끔은 죽음이 담긴 시를 나눠 읽기도 하면서 죽음준비에 대한 고민을 하고 있지만 아직 턱없이 부족함을 느낄 뿐이다. 그러니 아직 내 것을 가지지 못하고 설익은 상태에서 책에 나와 있는 이런저런 죽음준비 지침을 소개하는 것보다는, 내가 나의 죽음을 생각하며 내 가족에게 남기려고 골라둔 시 한 편을 소개하는 것이 지금의 내게는 진실한 행위인 것 같다.

이 시는 원래 영어로 씌어 있는데 지은이는 알 수 없으며, 아라이 만이라는 일본 사람이 엮은 일본 시집 《천(千)의 바람이 되어》에 실려 있다고 한다. 미국이나 유럽에서는 조금씩 변형된 버전으로 널리 알려져 있으며, 영화감독 하워드 혹스의 장례식과 마릴린 먼로 25주기, 2002년 미국 9.11 테러 1주년 추도 모임 때도 낭독되었다고 한다. 나는 《출판저널》 2004년 3월호에서 이 시와 그에 얽힌 이야기를 읽었다.

천의 바람이 되어

내 무덤 앞에서
울지 마세요

나는 그곳에 없습니다
잠들어 있지 않습니다

천의 바람,
천의 바람이 되어

저 넓은 하늘을
지나가고 있습니다

가을에는 빛이 되어
밭에 내리쬐고
겨울에는 다이아몬드처럼
반짝이는 눈이 됩니다

아침에는 새가 되어
당신의 잠을 깨웁니다
밤에는 별이 되어

당신을 지켜줍니다

내 무덤 앞에서
울지 마세요

나는 그곳에 없습니다
나는 죽지 않았어요

천의 바람,
천의 바람이 되어

저 넓은 하늘을
지나가고 있습니다

천의 바람,
천의 바람이 되어

저 넓은 하늘을
지나가고 있습니다

저 넓은 하늘을
지나가고 있습니다

'리빙 윌(Living Will)' 을 아시나요?

죽음준비에 '리빙 윌(Living Will)' 이란 것이 있다. '리빙 윌' 이란 '생전 유서' 라는 뜻인데, '존엄한 죽음을 위한 선언서' 라고도 한다. 즉, '인간의 존엄성을 유지하면서 죽을 권리를, 건강하게 살아 있을 때 선언하고 서명해두는 것' 을 말한다. 혹시라도 병에 걸려 치료가 불가능하고 죽음이 임박할 경우에 대비해, 생명을 인위적으로 유지하기 위한 연명치료에 대한 거부 의사를 분명히 표시하고, 아울러 이에 따르는 모든 행위의 책임이 자신에게 있음을 밝히는 선언서에 서명을 하는 것이다. 선언서의 내용은 세계적으로 거의 같은 내용이라고 한다.

사촌언니가 세상 떠나는 것을 보면서 나는 죽음준비에 대한 생각이 조금 더 구체화되는 경험을 했다. 장례식이며 삼우제(三虞祭)가 끝나고도 한참 지나, 조카를 먼저 떠나 보낸 친정어머니의 마음도 좀 안정이 되었다 싶을 때 용기를 내어 부모님께 '리빙 윌' 에 대해 설명드렸다. 두 분께서는 며칠 곰곰이 생각하시더니 서명을 하셨다. 그러면서 아무리 살 만큼 살았다 해도 연명치료를 전혀 하지 않는다면 자식들이 서운하고 괜히 죄스러울 것이므로, 연명치료가 가능하다면 하긴 하되 '일주일만' 해주면 좋겠다고 밝히셨다. 당신의 죽음과 관련한 이야기를 흔쾌히 받아들여 결단을 하신 부모님의 모습이 그렇게 좋아 보일 수가 없었다. 여기 부모님께서 서명하신 '존엄한 죽음을 위한 선언' 원문을 소개한다.

존엄한 죽음을 위한 선언*

저는 제가 병에 걸려 치료가 불가능하고 죽음이 임박할 경우를 대비하여 저의 가족, 친척, 그리고 저의 치료를 맡고 있는 분들께 다음 같은 저의 희망을 밝혀두고자 합니다. 이 선언서는 저의 정신이 아직 온전한 상태에 있을 때 적어 놓은 것입니다. 따라서 저의 정신이 온전할 때에는 이 선언서를 파기할 수 있겠지만, 철회하겠다는 문서를 재차 작성하지 않는 한 유효합니다.

* 저의 병이 현대 의학으로 치료할 수 없고 곧 죽음이 임박하리라는 진단을 받은 경우, 죽는 시간을 뒤로 미루기 위한 연명조치는 일체 거부합니다.
* 다만 그런 경우 저의 고통을 완화하기 위한 조치는 최대한 취해주시기 바랍니다. 이로 인해, 예를 들어 마약 등의 부작용으로 죽음을 일찍 맞는다 해도 상관없습니다.
* 제가 몇 개월 이상 이른바 식물인간 상태에 빠졌을 때는 생명을 인위적으로 유지하기 위한 연명조치를 중단해주시기 바랍니다.

이와 같은 저의 선언서를 통해 제가 바라는 사항을 충실하게 실행해주신 분들께 깊은 감사를 드립니다. 아울러 저의 요청에 따라 진행된 모든 행위의 책임은 저 자신에게 있음을 분명히 밝히고자 합니다.

* 오진탁 지음, 《죽음, 삶이 존재하는 방식》, 청림출판, 2004

노년준비 사전에 "나중에, 이 다음에"는 없다. 나중에, 여유가 생기면, 집부터 넓히고 나서, 아이들 좀 키워 놓고, 하면서 미루는 사이에 세월은 혼자 저만치 달아나버린다. 지금 당장 할 수 있는 일부터 시작하자. 이번 달부터 지출에 노년준비 자금을 위한 항목이라도 집어넣으면 어떨까. 준비하는 사람만이 진정 자유로워질 수 있다.

노년준비, 지금 당장 시작하자!

늙음을 알면 지금의 젊은 삶이 달라진다

지은 지 20년이 다 돼 가는 아파트 단지에서 사는 일의 즐거움은, 어느 커다란 숲에라도 온 듯 깊어진 나무 그늘에 몸을 기댈 때이다. 나무는 언제부터 이 자리에 서 있었던 것일까. 이 넓고 커다란 그늘을 만들어 내기까지 도대체 얼마만큼의 시간이 흐른 것일까. 나처럼 작은 인간의 나이와는 견줄 수 없는 나무의 나이가 까마득하고 무거워 마음속으로 '나무님' 하고 조용히 불러본다. 내 속내를 아는지 모르는지 무심한 나무는 불어오는 바람에 몸을 내맡긴 채 말이 없다. 나는 나무처럼 나이 들고 싶다. 나무처럼 늙고 싶다.

누군가 내게 노년을 한마디로 정의해보라고 한다면, 나는 망설임 없이 "머지않아 만나게 될 나의 얼굴"이라 말하리라. 노인복지관과 노인대학, 경로당, 동네 골목길, 슈퍼마켓, 목욕탕, 지하철 안에서 어제도 오늘도 만났으며, 내일도 변함 없이 마주치게 될 어르신들은 앞으로의 내 삶을 보여주는 거울이다. 노년에 대한 거부감과 거리감으로 가려진 우리 눈은 그 거울을 제대로 보지 못한 채 젊음의 잣대로 노년을 저울질할 뿐이다. 늙음보다는 젊음이 좋은 것이며 우월한 것이라고. 허나, 정말 그럴까…….

사람들은 노년 이야기를 좋아하지 않는다. 너도나도 노년준비에 대해 걱정은 하지만 노년을 직접 바라보려 하지는 않는다. 노년준비는 나의 일이지만 늙는 것은 여전히 남의 일인 것이다. 이런 거리감과 거부감과 낯섦은 어디에서 시작된 것일까. 아마도 그것은 속도와 생산과 변화와 효율이 지상최고의 가치인 젊은 세상에서 노년은 그 반대편에 자리하고 있기 때문일 것이다. 둔하고 느리고 변할 줄 모르는 노년, 사람들은 그 겉모습만을 알기에 두렵고 싫어 외면한다. 노년의 삶에 들어 있는 생의 신비와 깊이를 전혀 알지 못하기에 저만치 도망가 숨어버리는 것이다.

그러나 그 누가 인간의 운명이며 숙명인 나이 듦과 늙음과 죽음을 피해갈 수 있을까. 인생의 어느 한 시기는 결코 다른 시기와 동떨어져 존재할 수 없는 것. 노년 역시 아기에서 아이로, 또 청년으로, 중년과 장년으로 이어지는 삶의 일직선상에 놓인 한 과정일 뿐이다. 애써 덮는다고 해서 감춰지지 않으며 결코 사라지지 않는다. 늙음을 인정하고 내 것으로 받아들이면 지금 여기에서의 젊은 삶이 달라진다. 지금 내가 사는 모습 속에 이미 늙음이 잉태되어 있는데 어찌 함부로 살 것이며 생을 가벼이 여길 수 있겠는가. 우리는 살아가는 모습 그대로 노년을 맞는다. 잘 늙고 싶은가. 그렇다면 길은 한 가지뿐. 지금 여기서 잘 사는 것이다.

서로 다른 노년의 얼굴들

사람들은 심심찮게 내게 묻는다. 눈만 뜨면, 입만 열면 노년의 삶을 이야기하는 당신은 도대체 어떻게 늙어 가고 싶으냐고. 언제나 변함 없는 내 대답은 잠시 뒤로 미루고 노년의 얼굴들을 한 번 살펴보자. 어떤 얼굴로 늙어 가고 싶은지, 잘 늙어 간다는 것은 도대체 무엇인지 답을 찾아보는 길이 될 수도 있다.

그동안 내가 만난 노년의 얼굴들을 떠올려본다. 그분들의 출생지나 출생년도, 일상습관, 인간관계 같은 것은 내게 중요하지 않다. 노년의 그분들과 만났던 기억만이 내게 남아 있을 뿐이다. 하여 여전히 그 자리를 지키며 아름답게 살고 계시면 감사한 일이고, 이미 세상을 떠나셨다 해도 그 또한 잘 살고 가신 생이기에 기꺼운 마음으로 아쉬움을 접을 수 있다.

먼저 외길 인생의 순정함과 고집이 부드러움 속에 감춰져 있는 분들의 얼굴이다. 온 민족이 다같이 평등하게 자유를 누리며 살았으면 좋겠다는 소망을 품고 광주 YWCA 명예회장으로 민주화와 통일운동에 앞장섰던 조아라 선생님. 80년 인생의 4분의 3에 해당하는 60년 동안 한결같이 무대를 지켜오셨고, 2004년 4월에는 〈길〉이란 제목의 자전극에서 "나는 그 길을 갈 것이다. 시간이 끝날 때까지……"라고 독백하시던 연극배우 백성희 선생님. 생계를 위해 배운 피아노 조율로 평생을 살았고, 시각장애인에게 피아노 조율 가르치는 일을 제2의 사명으로 삼으셨던 피아노 조율사협회 고문 이보정 선생님.

이 변화무쌍한 세상에서 오로지 한 가지만 바라보고 매진해온 사람들은 도대체 어떤 사람들일까. 그런 외길 인생은 또 얼마나 큰 용기와 대가를 지불해야 하는 것일까. 고통스럽고 외로운 길을 변함 없이 걸어올 수 있었던 힘은 바로 자신에 대한 정직함일 터. 타협하거나 편한 길을 택하지 않은 것은 자신의 인생, 결국 인간의 삶 자체에 대한 정직한 믿음이 있었기에 가능했으리라.

또 하나는 꿈이 사라지지 않은, 그래서 아직도 꿈꾸고 있는 노년의 얼굴이다. 김경선 할머니는 1989년 12월 《문학공간》이란 잡지에 단편소설 〈달맞이꽃〉이 신인상으로 당선되면서 문단에 나오셨는데 당시 71세였다. 어린 시절부터 소설가가 되고 싶었던 할머니는 보따리 장사에, 수지침 봉사에, 정신 없이 바쁜 생활 속에서도 책을 손에서 놓은 적이 없다고 하셨다. 소설가의 꿈을 이룬 것이 그저 감사하고 행복하다며 자전적 장편소설을 한 편 쓰겠노라 말씀하실 때는 얼굴이 말 그대로 해처럼 빛났다. 시인 이기형 어르신은 1982년에 《망향》이란 첫 시집을 내셨는데 그때 이미 60이 넘으신 연세였다. 북한에 계신 어머니를 만날 때까지는 결코 쓰러지지 않는다며, 고향과 어머니를 그리워하는 시와 통일을 염원하는 시를 쓰신다던 그분의 눈빛은 한 마디로 형형했다.

포기하지 않고 꿈을 꾸었기에, 많은 사람들이 하던 일에서 물러나는 나이에 자신의 꿈을 이루고 새롭게 시작했으며 어떠한 어려움 속에서도 묵묵히 앞을 향해 걸을 수 있었을 것이다. 꿈이 있는 노년은 얼마나 아름다운가. 가정과 세상의 의무에서 놓여나 온전히 자신을 들여다보고 새롭게 만들어 나갈 수 있는 노년에 아무런 꿈도 꾸지 않는다면 너무나도 슬픈 일. 잃어버린 꿈 한 조각은 영영 임자를 만나지 못한 채 한 줄기 바람이 되어 사라질 것이다. 그리하여 "늙은이들은 꿈을 꾸고, 젊은이들은 환상을 보리라."(요엘서 3:1)

결코 지울 수 없는 또 다른 노년의 한 얼굴은, 사회적으로 대단한 평가를 받거나 이름을 얻는 일은 아니지만 자신이 하고 싶은 일, 할 수 있는 일을 소리 없이 해내시는 분들이다. 새벽길을 걸어 집집마다 우유를 배달하시며, 우유를 넣을 때마다 그 가정을 위해 기도하신다는 고형석 할아버지를 나는 기억한다. 또 사회안전법으로 28

년 동안 옥살이를 하고 나와서, 밥이 없으면 굶어죽고 언론의 자유가 없으면 질식해서 죽는다는 믿음으로 아침마다 신문을 돌리시던 김시중 할아버지의 얼굴 또한 또렷하게 기억한다.

이름도 없고 빛도 없이 사시는 것처럼 보일지 모르지만 정말 이 분들이야말로 자기세계가 분명한 분들이다. 남이 알아주든 알아주지 않든 자신이 하고 싶은 일, 해야 한다고 생각하는 일을 끈기 있게 정성껏 하시는 분들. 대단한 고집과 의지를 지닌 분들이지만 편안함을 먼저 느낄 수 있었던 것은 그분들의 신념에서 나오는 힘과 밝음 때문이었을 것이다. 또한 몸을 움직이는 노동을 통해 얻을 수 있는 건강함과 깨끗함도 그분들의 노년을 빛나게 만들었으리라.

성숙한 모습으로 잘 늙으신 분들은 절대 자신의 것만을 고집하지 않는다. 자신의 것이 귀하고 소중한 만큼 다른 사람의 것도 소중하기 때문에, 강한 자기주장을 하더라도 부드럽고 차분하게 이끌어 가며 결코 남의 것을 무시하거나 남을 우습게 여기지 않는다. 또한 늘 긍정적이며 삶에 대한 낙관과 꿈을 버리지 않기에 아름다운 세상에 대한 소망을 간직하고 있다.

그런데 성숙한 분들의 넉넉함은 결코 경제적인 이유에서 나오는 것이 아니다. 돈이 있든 없든, 남이 높은 평가를 하든 그렇지 않든, 자기 자신의 자리를 지키면서 하고 싶은 일, 해야 하는 일, 할 수 있는 일을 해 나가기 때문에 누구보다도 행복하고 보람 있는 노년을 보내며 당당하고 여유 있게 생활하는 것이다.

덧붙여, 우리가 잊지 말아야 할 것은 지금 힘들고 어렵게 사시는 분들이 결코 젊은 시절의 무능함 때문에 그렇게 사는 것은 아니라는 점이다. 열심히 땀 흘리며 살아도 대를 물려 이어지는 구조적인 빈곤 속에서 노후대책을 생각하기는커녕 먹고살기에 급급해 앞만 보고 달려오신 분들의 굽은 어깨와 휘어진 허리, 주름진 얼굴에 담긴 아픔은 누구라 할 것 없이 우리 모두가 나눠 져야 할 짐이다. 이 짐을 함께 나누어 질 때 모두가 아름답고 성숙한 노년을 맞을 수 있을 것이다.

늙음을 저만치 치워 놓는 것이 아니라 늙음과 더불어 함께 살아갈 때 우리는 온전한 인생을 알 수 있고 살 수 있다. 채워도 채워도 모자라기만 하고 가져도 가져도 목마르기만 한 삶이 아니라 비우고 덜어내는 노년, 얻으려 애쓴 삶의 끝에 이르러 내려 놓는 삶이고 싶다. 우리는 가까운 슈퍼마켓에 갈 때는 슬리퍼를 꺼내 신지만, 먼 길 떠나기 전에는 운동화를 찾아 신고 끈을 새로 묶는다. 노년을 알고 인생길을 간다는 것, 잘 늙는다는 것이 무엇인지 물으며 걸음을 옮겨 놓는다는 것은 곧 슬리퍼 대신 운동화를 준비하는 일. 나는 오늘도 운동화를 신고, 인생길을 밝혀주는 노년이라는 등불 하나 손에 들고 길을 나선다.

노년준비는 바로 지금부터!

지난해, 큰아이가

강화도로 교회 여름수련회를 갔을 때의 일이다. 2박 3일 중 가운데 날 저녁쯤이었던 것 같다. 안부전화를 건 아이가 갯벌체험을 했다며 한껏 들뜬 목소리로 말한다.

"엄마, 글쎄 나는 강화도가 동해인 줄 알았는데 서해래요. 그래서 갯벌체험을 할 수 있었던 거예요."

중학교 1학년이면 강화도가 어디에 있는지 정도는 이미 알고 있으리라 생각했던 나와 남편은 솔직히 좀 당황했다. 그래서 당장 커다란 우리나라 지도를 한 장 구해 아이 방 방문에 붙여 놓았다. 그 후부터는 어디를 가든 우리 가족이 살고 있는 서울에서 지금 갈 곳이 어느 쪽에 있는지 살펴본 다음에 길을 나서곤 한다. 그리고 돌아와서도 거쳐 온 길을 한 번씩 짚어본다. 그런데 막상 이렇게 해보니 어른인 내게도 많은 공부가 되고 도움이 된다. 내가 전체 지도상의 어디쯤 있나, 어느 방향으로 가는 것인가, 어디 어디를 거쳐 지금 이 자리로 다시 돌아왔나…….

그리하여 우리들의 긴 인생길에도 지도가 꼭 필요하다는 것을, 그 지도가 자세하고 최신 정보를 담고 있을수록 길 찾기가 쉽겠다는 생각에 이른다. 미리 살아볼 수 없는 인생길의 지도는 다름 아닌 바로 내 앞을 걸어가고 있는 인생 선배인 노년의 모습일 터. 살아있는 지도가 내 앞에서 걸어가고 있는데 어찌 길을 잃고 헤맬 수 있으며, 더 나은 길을 찾아내지 않을 수 있겠는가. 닮고 싶은 노년의 모습은 물론 더 나은 길이며, 절대 닮고 싶지 않은 노년의 모습은 갈팡질팡 헤맬 수밖에 없는 길일 것이다. 노년이라는 지도를 보며 남은 인생길을 어디로 해서 어떻게 갈 것인지, 어디에 도착해 짐을 풀 것인지 그려보자. 그 안에 이제까지는 알 수 없었던 생의 신비가 있음을 발견하게 될 것이다. 노년은 생의 마지막에 이를 수 있는 아름다운 마지막 역(驛)이다. 그 역을 향한 긴 여행길의 출발 시각은 바로 지금이다.

행복한 노년을 위한 인생지도

1. 노년이 되면 달라지는 10가지
2. 잘 놀기 위해 배워야 할 10가지
3. 일하는 노년을 위해 기억해야 할 10가지
4. 풍요로운 인간관계를 위한 10가지
5. 마음을 여는 대화법 10가지
6. 젊음을 부르는 사랑법 10가지
7. 노년 왕따 예방지침 10가지
8. 노년기의 10가지 유형
9. 죽음을 만나기 전에 생각할 10가지
10. 잘 익은 노년을 위한 10가지

노년이 되면 달라지는 10가지

오늘 내가 강의를 맡아서 하게 된 곳은 서울 시내의 한 노인복지관. 현관을 들어서자 벌써 포켓볼장과 탁구장에서 들려오는 탄성과 왁자한 웃음이 예사롭지 않다. 등에 '자원봉사'라고 적힌 노란 조끼 차림의 어르신께 사무실 위치를 여쭤보니 환하게 웃으며 앞장서신다. 그냥 말씀으로만 알려주셔도 된다고 했지만 아랑곳하지 않고 씩씩한 걸음으로 벌써 계단을 오르신다.

사람에게 첫인상이 중요하듯이 거의 매일 방문하는 노인복지관 역시 처음 맞닥뜨리는 어르신들의 인상으로 전체 분위기를 파악하게 된다. 깔끔하지만 조금은 쌀쌀하게 느껴지는 어르신들, 차림새는 그리 세련되지 않지만 푸근하고 털털한 어르신들, 말씀으로 표현하진 않아도 행복하고 즐거워 견딜 수 없다는 듯 유쾌한 표정의 어르신들, 왜 그런지는 모르지만 조금은 어둡고 축 처져 있는 어르신들까지, 다양한 어르신들의 얼굴과 모습은 늘 새롭게 다가오며 그날의 강의를 어떻게 진행할지 궁리하게 만든다.

오늘의 강의 대상은 다른 때와 달리 50대 중반에서부터 60대 초반까지의 예비노인들이다. 프로그램 이름이 '노년준비교실'이기 때문이다. 노인복지관은 보통 65세부터 이용이 가능하므로 이분들은 앞으로 이 복지관을 이용할 후보들이기도 하다. 제대로 노년을 준비하지 못한 상태에서 노년에 접어들어 많은 어려움을 겪고 계신 지금 어르신들의 전철을 밟지 않도록, 예비노인들의 노년준비를 좀 더 적극적으로 도와드리려고 복지관에서 특별히 마련한 프로그램이었다.

개강식과 자기소개에 이어 내가 첫 시간을 맡았는데, 주어진 강의제목은 '노년이 되면 달라지는 것들'이다. 담당자는 노화(老化)와 노년기생활을 이해하는 데 도움이 될 만한 기본적인 이야기들을 쉽고 재미있게 해달라고 요청했다. 솔직히 노인복지학 책을 펼쳐보면 어느 책이든 첫 장부터 노화에 따른 생물학적, 심리적, 사회적, 경제적 변화가 죽 나와 있다. 그러니 문제는 이 많은 변화 중에서, 실제 노화를 경험하고 있고 노년을 바로 눈앞에 두고 있는 이분들의 생활에 밀접하고 도움이 될 만한 것들을 어떻게 간추려 소개할 것인가 하는 점이다. 그것도 지루하지 않고 졸리지 않고 재미있으면서도 의미 있게 말이다.

어르신들 앞에 나서서 고개 숙여 인사드리고 "안녕하세요? 지금 막 소개받은 유경입니다!" 하고 내 소개를 하니 "안녕하세요?" 하고 화답하시는 분, 짝짝짝 몇 번의 박수로 인사를 대신하는 분 등 각양각색이다. 그렇다면 처음부터 다시 시작이다. 조금 크고 높은 목소리로 인사하시는 방법을 설명해드리면 어르신들의 눈이 반짝이기 시작한다. 내가 원하는 대로 인사를 하지 않으시면 2시간 내내 인사 연습만 할 수도 있다는 엄포 아닌 엄포에 겁먹는 시늉을 해주시는 그 마음을 어찌 모르랴.

내가 인사를 드리면 눈은 웃고 입으로는 "안녕하세요?" 하고 소리내 인사하면서, 손으로는 크게 박수를 치며 화답해주시는 것이 바로 내가 어르신들께 원하는 인사법이라고 설명하고는 곧바로 복습에 들어간다.

"눈은 어떻게 하시라고요?"

"웃어요!"

"입으로는요?"

"안녕하세요, 해요!"

"손은 어떻게 하신다고요?"

"박수 쳐요!"

초등학생 기분으로 돌아간 어르신들은 벌써부터 웃으며 박수를 치신다. "자, 이제 시작합니다. 잘해주세요!" 하고 다시 한 번 예쁘게 고개 숙여 인사를 드리고 "어머님 아버님, 안녕하세요? 유경입니다!" 하면, 어르신들은 한마음 한소리로 "안녕하세요?"를 외치며 크게 박수를 치신다. 물론 눈은 다들 웃고 계시다. 당연히 점수는 백 점. 이어서 나는 감사하다는 인사와 함께, 어르신들께 인사 받으려고 그런 게 아니라 귀한 시간을 내서 이렇게 만났는데 인사를 하는 둥 마는 둥 하면 너무 섭섭해서 그런 거라고 설명을 한다. 그리고 앞으로 다른 강사들에게도 이렇게 인사를 하시면 모두들 신나고 행복해서 강의를 더 잘할 것이라고 일러드린다.

오늘 수업에서 다루게 될 내용을 간략히 소개하면서, 앞에 서 있는 나는 지금 4학년 6반에 재학중이라고 덧붙이면 어르신들이 또 웃으신다. 나이를 학년으로 표시하는 것은 어르신들이 먼저 시작하셨기에, 당신들끼리 사용하는 셈법을 젊은 내가 쓰니 귀엽기도 하고 재미있기도 해서 웃으시는 모양이다. 노인복지관에서 일하면서 보니 언제부턴가 어르신들께서 60대는 6학년, 70대는 7학년, 80대는 8학년으로, 한 살, 두 살은 1반, 2반으로 바꿔서 부르시는 것이었다. 63세는 6학년 3반, 75세는 7학년 5반……. 70세가 되신 어떤 어르신은 7학년 0반이라고 하지 않고 6학년 10반이라고 재치 있게 말씀하셔서 모두를 즐겁게 만들어주기도 하셨다. 어르신들께 여쭤보니 직접 나이를 말하는 쑥스러움도 줄고, 학창시절의 기분도 난다고 하셨다.

시작하면서 재미있고 편안한 말로 분위기를 풀었으니, 이제 본격적으로 수업에 들어간다. 이미 노년기를 보내고 있는 분들이나 노년을 바로 눈앞에 두고 있는 분들은 물론, 중년, 청년, 어린아이 할 것 없이 '노년이 되면 달라지는 것들'에 대해 먼저 공부해야 하는 이유는 무엇일까? 한마디로, 무엇이 달라지는지 알아야 주위의 어르신들을 이해하고 도와드릴 수 있으며, 한 걸음 더 나아가 자신의 변화를 받아들이면서 앞으로 펼쳐질 노년에 대한 그림도 그려볼 수 있기 때문이다.

우리 모두가 노년과 더불어 살아가는 방법을 배우려면 다른 것에 앞서 노년의 변화를 알고 이해하는 것이 우선되어야 한다. 그래서 노년이 되면 달라지는 것들을 살펴보는 일은 노년 이해에 한 발짝 다가서는 일이기도 하다. 그러다 보면 어느새 저절로 말하게 될 것이다. "아, 그래서 그러셨구나!" "그래, 맞아. 내가 그래서 힘들었구나." "팽팽한 내 몸도 언젠가 저렇게 바뀌어 가겠구나."

하나, 몸이 변한다

각자 다 다른 속도로 늙어 가긴 하지만 공통적인 변화들이 있다. 눈에 보이는 흰머리와 주름살 같은 것말고도 보이지 않는 수많은 변화가 일어난다. 뼈가 가벼워지고 밀도가 낮아져 쉽게 부러지며, 등이 굽어 키가 작아지고 근육의 힘도 줄어들고 심장박동은 약해지며 폐활량이 적어진다. 체온을 유지하는 능력도 떨어지기 때문에 젊은 사람들이 쾌적하다고 느끼는 방의 온도가 노인들에게는 춥게 느껴지기도 한다. 소화기가 약해지므로 음식물을 섭취하고 배설하는 데에 젊은 사람과는 달리 크게 신경을 쓴다. 수면 패턴이 변하기도 하는데, 새벽에 지나치게 일찍 일어나시면 낮에 움직이도록 유도한다거나 해서 적극적으로 조정해야 서로가 괴롭지 않다. 또 밤에 소변 보는 횟수가 많아지므로 화장실 가까운 방을 쓰시거나 방에 소변기를 준비해드리는 것도 한 방법이다. 아무튼 몸이 변한다는 것 하나만 기억해도 노인들의 행동과 사고방식의 많은 부분을 이해할 수 있다.

둘, 시각 · 청각 · 미각 · 후각이 전체적으로 둔해진다

먼저 시력의 문제다. 노안(老眼)으로 인해 돋보기는 필수품이며, 백내장은 너무 흔해서 심각하게 여기지 않을 정도다. 어둠에 적응하는 능력이 많이 떨어지므로 밤 외출에 특별히 주의해야 한다. 청력에도 변화가 온다. 청력이 약화돼 잘 알아듣지 못하면 아무리 인지 능력이 정상이라 해도 이해하고 판단하는 데 지장이 생길 수 있다. 잘 안 들리므로 다른 사람들이 이야기할 때 자신만 빼놓거나 흉을 보는 것으로 여겨 소외감을 많이 느끼게 된다.

미각이나 후각의 변화에 대해서는 능력이 감퇴된다는 쪽과 그대로 유지된다는 쪽이 팽팽하지만, 대체로 조금은 둔해진다는 의견이 많다. 음식을 직접 조리할 경우 미각의 둔화로 몹시 짜게 만들어 드실 수 있으니까 잘 관찰해야 하고, 또 가스 냄새를 잘 맡지 못할 수도 있으므로 가스 중간밸브를 늘 잠그도록 일러드리는 것이 필요하다.

셋, 기억력이 많이 떨어진다

나이 들수록 오래 전 일을 기억하는 장기기억보다, 어떤 일을 5초나 10초 후에 회상해내는 단기기억 능력이 크게 약화된다. 텔레비전 프로그램 중에 여러 명의 출연자가 나와 재치와 순발력을 겨루는 '브레인 서바이버'라는 프로그램이 있다. 출연자들이 세 줄로 나눠 앉는데, 그 중 나이가 많은 사람들이 앉은 가운데 줄을 일러 '낙엽줄'이라 부른다. 새싹이나 푸른 잎이 아닌 낙엽답게(?) 다른 출연자들보다 정답을 맞추는 확률이 낮다. 기를 쓰고 순위 다툼을 하는 것은 아니기에 대부분 웃고 즐기며 막을 내리지만, 볼 때마다 순간기억력에 의지해 해결해야 하는 문제들이니 연장자일수록 불리할 수밖에 없다는 생각을 하게 된다.

나이 들면 누구나 마찬가지다. 고향 마을 고샅길은 눈을 감고라도 그려낼 듯 선명하지만, 신문 보느라 썼던 돋보기를 잠시 벗어놓고는 찾지 못해 집안을 뱅뱅 돈다. 지갑이나 열쇠를 손에 들고 찾아 헤매는 일도 다반사다. 가벼운 건망증은, 벽에 칠판을 걸어두고 메모를 한다든가, 열쇠 · 지갑 · 휴대폰 · 돋보기처럼 자주 쓰는 물건을 늘 한자리에 두는 노력만으로도 어느 정도 해결이 가능하다.

넷, 노년에도 사랑과 성(性)이 존재한다

나이 들어 달라지기도

하지만 유지되는 것 중의 하나가 사랑과 성(性)인데, 이런 어르신들의 기본 욕구를 무시하는 것으로도 모자라 주책이라고 치부하는 것은 젊은 사람들의 오만이다. "밥만 먹고 어떻게 살아?" "어디라도 가서 회포를 풀고 싶지만 병이 무서워서 말이야." "우리 영감하고 각방 쓴 지 10년도 넘어!" "나는 아직 거뜬한데 집사람이 옆에 얼씬도 못하게 해서 괴롭지, 뭐." "새벽에 눈이 떠지면 얼마나 옆구리가 시린지 몰라." 때론 농담인 듯, 때론 지나가는 이야기인 듯 던지시는 어르신들 말씀에 노년의 쓸쓸함과 함께 성적인 욕구를 충족시키지 못하는 고민이 담겨져 있음을 피부로 느낀다. '사랑의 질(Quality of Love)'을 빼놓고 '삶의 질(Quality of Life)'을 말할 수는 없다. 주위의 눈 때문에, 자식들 체면 때문에 고통받고 있는 노년이 바로 우리 곁에 있음을 명심할 일이다.

다섯, 우울증 경향이 늘어난다

신체적 · 경제적 · 사회적 · 정신적 · 정서적 의존을 피할 수 없는 노년의 상황은 쉽게 우울증으로 연결된다. 가까운 사람을 잃었을 때는 물론이고 소중하게 여기던 물건을 잃어버렸을 때도 의기소침해지며 우울함을 느끼게 된다. 노년기의 우울은 직접적인 증세로 나타나는 경우도 있지만, 흔히 불면증이라든가 체중감소, 두통, 복통, 관절통증 같은 신체증상에 가려져 있어서 '가면성 우울증(masked depression)'이라 부르기도 한다. 그러니 어르신이 몸이 아프다고 하실 때는 단순하게 신체에 나타나는 증상만 볼 것이 아니라 심리적 우울에서 오는 것은 아닌지 살펴야 한다. 심한 우울증은 자살의 가장 일반적인 원인이기도 하다.

여섯, 융통성이 없어지고 경직성이 증가한다

노인하면 떠오르는 단어 중에 빠지지 않는 것이 있다. 바로 옹고집에 고집불통. 어떤 일을 처리하거나 문제를 해결할 때 그동안 살아오면서 익숙해진 자신의 방법과 습관만을 고집한다. 그 방법이 옳지 않거나 실제로 이득이 없는데도 불구하고 누구의 의견도, 어떤 말도 들으려 하지 않는다. 한마디로 꿈쩍도 하지 않는 것이다. 손자녀 양육이라든가 집안 살림을 두고 며느리와 갈등을 빚기도 하고, 재산관리에 있어서도 자녀들과의 의견차이로 불화가 생기기도 한다.

새로운 것을 받아들이는 데도 마찬가지다. 새 것을 익히려면 옛날에 배운 것을 버리거나 바꾸어야 하는데 그것이 잘 되지 않는다. 말랑말랑하지 않고 딱딱하니 물이 스며들 틈이 없는 것이다. 유난히 심한 분도 계시지만, 대부분은 딱히 유별나서가 아니라 노년의 특성 가운데 하나를 드러내 보이는 것이므로 젊은 사람들이 한 번 더 이해하고 넘어가는 지혜도 필요하다.

일곱, 자꾸만 과거를 돌아본다

어르신들과 이야기 하다보면 왕년에 한가락 하지 않았던 할아버지 없고, 젊어서 예쁘지 않았던 할머니 없다. “내 인생 소설로 쓰면 열 권도 넘을 것!”이라는 말씀은 한 두 분만의 허풍이나 엄살이 아니다. 해방, 전쟁, 혁명, 독재, 민주화 열풍, 거기에 IMF까지, 이 모든 시간을 살아낸 어르신들이니 그 고생과 무용담이야 당연한 일. 거기다가 남은 시간이 얼마 없다는 생각이 어르신들을 자꾸만 옛날로 거슬러 올라가게 만든다. 좋았던 시절로 돌아가 행복해 하면서 어깨에 힘을 주어보기도 하고, 반대로 못 다한 것들을 아쉬워하며 후회하고 원망이 담긴 한숨을 쉬기도 한다. 무조건 옛날이야기가 지겹다고 외면만 할 것이 아니라, 당신이 살아온 생에 나름의 의미를 부여하는 과정으로 받아들이는 것이 중요하다.

여덟, 친숙한 물건에 대한 애착이 심해진다

어린아이도 손때 묻고 정이 듬뿍 든 낡은 담요나 베개, 인형을 내다버리면 슬퍼하고 가슴앓이를 하는 법. 하물며 평생 끌어안고 살아와 갈피마다 남다른 사연이 숨겨져 있는 물건에 대한 어르신들의 정은 어떻겠는가. 오래된 물건을 버리지 않고 간직하려는 어르신들과 새 것을 찾는 젊은 사람들 사이의 갈등은 어제오늘의 일이 아니다. 과거를 돌아보며 추억을 간직하고 싶은 마음과 익숙한 것들 속에서 안정감을 누리고자 하는 그 심정을 먼저 헤아려야 한다.

눈이 핑핑 돌 정도로 세상은 변했고 변해가고 있지만, 나와 내 가족과 내 주변만은 변하지 않는다고 믿고 싶어하는 마음이 그 안에 담겨 있다. 당신 자신도, 가족들도 치매가 시작된 줄 미처 몰랐던 어르신이 애지중지하던 물건이 갑자기 없어져버리자 혼란이 심해지면서 치매가 급속히 진행된 경우도 있다. 낡고 지저분하고 쓸데없는 고물이라고 생각해 젊은 사람 마음대로 어르신 물건 함부로 버릴 일이 결코 아니다.

아홉, 자기중심이 되기도 한다

타인을 이해하고 너그럽게 품는 것이 아니라 자기 생각만 하는 어르신들이 의외로 많다. 때로는 자기 식구, 자기 자식들만 눈에 보이기도 한다. 지하철에서의 자리양보 문제도 좀더 넉넉하고 부드럽게 해결하실 수 있으련만, 젊은 사람 처지는 아랑곳없이 당신만 생각해 소리부터 지르신다. 어린아이가 양보해드린 자리에 젊디젊은 당신 자식을 앉히고 당신은 노약자석으로 가신다. 도대체가 어른다운 구석이라고는 없어 보인다. 그 안에는 '내가 살면 얼마나 산다고, 무조건 나부터!' 하는 마음이 자리잡고 있고, 가만 있으면 손해볼까 무서워 목소리부터 높이면서 일단 자기 몫을 챙기는 것이다.

사실 세대간의 갈등은 이렇게 사소해 보이는 일에서부터 시작하지만 당신들은 미처 깨닫지 못할 뿐만 아니라, 설사 깨닫는다 해도 나서서 고칠 의욕은 별로 없다. 어르신들 쪽도 바뀌어야 하지만 한편으로 생각하면, 어느 한 군데 아프지 않은 곳 없고, 기운 없고 신명나는 일도 없는 어르신들의 하소연 정도로 여기면서 젊은 사람들이 먼저 한 발 물러나드리면 어떨까 싶기도 하다.

열, 그러나 노인이라고 다 같지는 않다

우리 사회에는 여성, 남성, 아줌마라는 세 가지의 성이 있다느니, 아줌마들은 모두가 다 염치없고 뻔뻔하다느니 하는 이야기를 들을 때마다 마흔여섯 아줌마인 나는 몹시 불쾌하다. "아줌마들 다 그렇지 뭐……"라고 하는 말에는 즉각 대답할 수 있다. "아줌마들이라고 해서 다 그렇지 않다! 아줌마들도 너희들처럼 다 다르다!"

노인도 마찬가지다. 젊은 사람들이 노인에 대해 가장 많이 하는 말 가운데 하나가 "노인들 다 그렇지 뭐……"이다. 이 말부터 우리 사전에서 없애자. "노인이라고 해서 다 그렇지 않다! 노인들도 젊은 우리들처럼 다 다르다!" 그런데도 우리는 늘 '노인' 이라는 한 범주 안에 모든 노인을 가두려 한다. 아줌마들이 다 같지 않은 것처럼, 또 요즘 아이들과 청소년, 청년들이 다 같지 않은 것처럼 어르신들도 다 같지 않다. 노인을 자신과 똑같은 한 사람으로 보는 것이야말로 진정한 노년 이해의 첫걸음이다. 그러니 이 다음에 내가 대접받고 싶은 대로 지금 어르신들을 대접하는 것이 가장 좋은 방법이다.

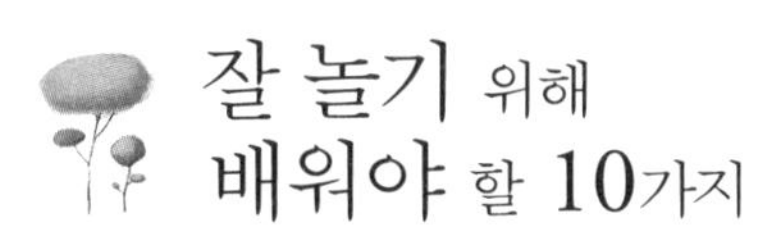

잘 놀기 위해 배워야 할 10가지

자유시간이 주어지면 주로 무엇을 하는지 나를 가만 들여다보니 좀 한심하게 느껴질 정도다. 아무것도 하지 않고 멍하니 있으면 큰일 나는 줄 알고 다 읽고 치워둔 신문이라도 다시 가져다 편다. 모처럼 빈 시간이 생겼는데 그냥 이러고 있어도 되나 하는 자기검열 기능이 빨간 불을 켜고 즉시 작동하는 것이다. 출퇴근을 하지 않고 집에서 아이들 기르고 살림하며 일하는 프리랜서이기에 무슨 일이든 짬짬이 처리하다보니 생겨난, 어찌 보면 지극히 자연스런 결과인지도 모른다. 그래도 아이들이 어느 정도 자라면서 한숨 돌리게 되었고, 덕분에 틈틈이 영화를 보러 다니는 것이 커다란 발전이라면 발전이다. 여기에는 걸어서 5분 거리에 상영관 10개 짜리 극장이 들어선

것도 큰 보탬이 되었음은 물론이다.

한가한 시간에 마주앉아 차 마시며 수다 떨 동네 친구 하나 사귈 틈이 없어 늘 혼자인 것이 내 여가활동의 특징이라면 또 특징이다. 혼자 다니면 어색하고 쑥스럽고 쓸쓸하지 않느냐고 묻는 사람들도 있지만 익숙해지니까 참 편하고 홀가분하다. 그러니 사실 내 여가활동의 핵심은 '혼자 놀기' 인지도 모르겠다.

그럼, 평생을 시간절약, 물자절약에 다 바치신 친정어머니의 자유시간은 어떨까. 어머니는 틈만 나면 우선 재봉틀에 앉으신다. 지난 봄 백내장 수술 이후 시력이 어느 정도 회복되셔서 바느질하는 데 불편함이 없으신 것이 그나마 다행이다. 큰 옷 줄이고 작은 옷 늘리고, 쿠션 커버며 이불깃이며 집에서 쓰는 소품 만드는 일이 취미이자 특기이니 여가시간을 주로 재봉틀과 함께 보내신다. 어머니의 그 다음 여가활동은, 아파트 1층 모퉁이 집의 장점을 살려 만들어 놓은 꽃밭을 돌보시는 일이다. 어린 시절 친구들과는 한 달에 한 번 정기적으로 고향 맛을 느끼게 해주는 함흥냉면 집에서 모이고, 그 밖의 모임 참석은 서너 달에 한 번 정도 비정기적으로 연락을 받고 나가시는 정도다.

흔히 노년기는 스물네 시간이 다 여가시간이라고 하지만, 올해 78세이신 어머니는 은근히 바쁘시다. 아버지와 두 분이 사시니 식사준비, 빨래, 청소는 아직도 변함 없이 어머니 몫이고 애완견 돌보는 일 역시 어머니가 주로 맡아서 하신다. 거기다가 가까이 사는 우리 집에 하루에 한 번 오셔서 살림 돌봐주시는 것까지 더하면 웬만

한 젊은 주부 못지 않게 시간이 빠듯한 분이다. 좋아하는 바느질을 하고 있노라면 시간 가는 줄 모르기 때문에 복지관 같은 곳에 일부러 가서 따로 취미활동을 할 필요성을 못 느끼신다는 어머니. 어머니는 당신 외손녀들 돌보는 것으로 다른 사람들을 위한 봉사활동을 대신한다 여기며 산다고도 하신다.

이상하게도 우리는 어려서는 교육, 젊어서는 일, 늙어서는 여가, 이렇게 구분해서 생각하는 경향이 있다. 그러나 하나하나 따져보면 교육과 일과 여가가 분리된 삶은 결코 행복할 수 없다. 아이들이 공부만 하면서 살 수 없는 것처럼 젊은 사람이 일만 하면서 살 수도 없고, 또 늙었다고 아무 일도 하지 않고 놀고 쉬기만 할 수는 없다. 개인이 어떤 인생주기에 있든 연령에 대한 편견 없이 원하는 공부를 하고 일을 하며 여가를 즐길 수 있는 사회야말로 가장 이상적인 사회일 것이다. 일과 여가와 교육이 균형과 조화를 이루는 이런 사회를 '연령통합사회' 라고 한다.

여가란 '비의무적 자유시간', 즉 우리가 살아가면서 사회와 가정에서의 역할을 수행하는 가운데 갖게 되는 휴식이나 재생산의 의미를 지닌 '여유 있는 시간' 을 뜻한다. 그러니 하루 스물네 시간 모두 의무적인 일에서 벗어나 있는 노년기를 '여가의 시기' 라고 부른다 해서 크게 잘못된 것은 아니다. 문제는 노년기의 여가가 개인의 욕구나 선택에 의한 것이 아니라 강제로 부여받은 것이라는 데 있다. 쉬고 싶지 않아도 쉴 수밖에 없고, 놀기 싫어도 노는 일밖에는 할 수 없으니 문제인 것이다. 거기다가 현재의 어르신들은 어려운 젊은 시절을 보내면서 일하지 않는 것을 죄악으로 여겨 왔기에 여가활동 경험도, 여가활동을 위한 훈련도 받지 못하신 분들이다. 재미있게 노는 방법도 모르고, 어떻게 하는 것이 잘 쉬는 것인지도 알지 못하니, 어영부영 세월을 죽이며 하루하루 지내시는 게 당연한 일이리라.

흔히 노년기의 네 가지 어려움〔四苦〕으로 빈곤, 질병, 고독과 소외, 무위(역할 없음)를 꼽는다. 개개인의 처지에 맞는 여가활동은 이 중에서도 고독과 소외, 그리고 역할 없음을 극복하는 데 아주 유용하다. 중요한 것은, 젊었을 때 다양한 여가활동 경험이 있는 분들이 노년기에도 역시 여가시간과 여가활동을 즐기신다는 사실이다. 결국 노는 것도 배워야 잘 놀 수 있다는 이야기다. '여가의 시기' 인 노년기를 재미있고 의미 있게 잘 보내려면 미리미리 노는 것에 대해 계획을 세우고 밑그림을 그려보는 것이 필요하다.

하나, 내게 맞는 취미와 여가활동을 찾자

직업활동이라든가 직업을 준비하는 활동은 분명 어떤 목표를 달성하기 위한 것이다. 그 목표를 이루고 만족을 얻기까지는 대체로 시간이 걸리게 마련이다. 취미 · 여가활동은 이렇게 어떤 목표를 달성하기 위한 수단이 되기보다는 목표 자체로 만족감을 얻을 수 있는 활동을 택하는 편이 좋다. 그러기 위해서는 우선 내가 지니고 있는 긴장을 풀어주고 기분을 바꾸게 하는 활동인지 살펴보아야 한다. 취미 · 여가활동임에도 불구하고 새로운 긴장을 만들어내서 몸과 마음에 부담이 생긴다면 좋지 않다. 또한 자신의 관심사와 경제적인 사정, 건강상태, 생활목표에 맞아야 한다. 평소 환경운동에 관심을 갖고 있는 사람이 골프를 시작하게 되면 골프장의 반환경적인 문제와 맞닥뜨리게 될 것이고, 그것은 곧 자신 안에서 갈등상황을 만들어내 진정한 휴식이나 여가와는 거리가 멀어질 가능성이 높다. 따라서 활동의 어느 한 면만을 보고 고를 것이 아니라, 전체적인 특성을 놓고 자신과 맞춰보아야 한다.

둘, 어떤 활동이든 꾸준히 하는 것이 제일 중요하다

꽃꽂이, 에어로빅, 수지침, 악기 다루기, 바둑, 달리기를 골고루 즐기며 다 할 수 있는 사람은 매우 드물다. 개인이나 사회에 해악을 끼치지 않는 한 나쁜 활동이란 없다. 다만 꾸준한 활동을 통해 얻는 것이 훨씬 많고, 그 과정에서 예기치 못한 소득을 얻을 확률이 높다. 예를 들어 걷기와 달리기, 에어로빅이 다 살 빼기와 건강증진에 도움이 되는 것은 사실이지만, 그보다는 자신에게 맞느냐가 가장 중요하고 그 다음에는 얼마나 오래 지속하느냐가 문제다. 활동이 나빠서가 아니라 하는 사람의 인내심 부족으로 인해 소기의 목적을 달성하지 못하는 경우가 많다.

내게 적합한 취미 · 여가활동을 고른 다음에는 꾸준히 하는 것이 가장 중요하다. 이렇게 한 우물을 파다보면 '전문가' 라는 뜻밖의 보너스를 얻기도 한다. 자신의 건강관리를 위해 나름대로 맨손체조법을 개발해 오래 혼자서 해오던 어르신은, 그 체조를 그림으로 그려넣은 책자를 만들어 물리치료사들의 검증을 받아 동년배 어르신들에게 보급하는 자원봉사 강사가 되었다. 건강을 위해 취미로 꾸준히 하다보니 준전문가가 되었고, 덕분에 즐겁고 보람 있는 노년을 즐기게 되신 예다.

셋, 여가활동도 일찍부터 배우고 훈련한 사람이 잘한다

무취미가 취미라고 말하는 것을 부끄러워해야 한다. 아직도 그런 말을 떳떳하게(?) 하는 중년을 만나면 무척 걱정스럽다. 아무런 취미도 없이 앞으로 긴긴 노년기를 어떻게 보내려나 싶어서다. 테니스 과부니 낚시 과부니 불평하는 친구를 만나면, 자신이 좋아하는 일이 분명하게 있는 남편과 노년 보내기가 훨씬 수월하다고 이야기하며 설득하게 된다. 내 남편이야말로 무취미가 취미인 사람이어서 걱정이 태산인데 말이다. '대장간 집에 식칼이 없다' 고, 우스운 일이다.

여가활동에 대한 지식과 기술은 적어도 중년기까지는 습득이 되어야 노년에 이르러서도 잘 이용할 수 있다. 나이 들면 확 달려들어 배우기도 어려울 뿐만 아니라 기능향상이 더뎌서 중간에 좌절하고 포기하기 쉽다. 나이 들어 뭐 하면서 살 것인가 하는 문제는 무엇 먹고 살 것인가 하는 문제만큼 무겁고 심각한 질문이다. 그때 가서 생각하면 이미 늦다. 그러니 먹고살기 바쁘다고 미루기만 할 것이 아니라 여가활동에 대해 적극적으로 생각하고 배울 기회를 가져야 한다. 자전거 타기를 한 번 배우면 오랜 시간 뒤에도 몸이 기억을 되살려 금세 적응하는 것처럼, 몸과 마음 모두 부드럽고 유연성이 있을 때 많이 경험하고 익혀두자. 노년을 행복하게 만들어주는데 돈보다 더 유용할 수도 있다.

넷, 혼자 하면서도 여럿이 함께할 수 있는 활동이 좋다

예를 들면, 그림은 혼자 그리는 것이지만 '그림 동아리'에서 활동하면 함께하는 활동도 된다. 서로 그림을 보며 품평도 하고 야외 스케치도 함께 다니면서 어울리는 즐거움을 누릴 수 있다. 뜨개질 모임을 보니 뜨개질을 하는 것은 물론 개개인이지만, 잘 하는 분이 처음 시작하는 분을 가르쳐드리고, 새로운 패턴에 대한 정보도 나누고, 동아리를 만들어 함께 작품발표회도 하면서 혼자만의 영역에 사회적 관계가 더해져 경험의 폭이 몇 배로 확대되는 것을 확인할 수 있었다. 스포츠댄스라든가 탁구, 배드민턴처럼 짝과 함께하거나 팀을 이뤄 하는 일이 즐겁기는 하지만, 짝이 없으면 못하는 경우도 생기므로 혼자 하는 활동이 반드시 포함되어야 한다. 아울러 자신만의 고유한 취미를 즐기며 홀로 충분히 풍요로운 시간을 보내고 있다 해도, 문을 열고 밖으로 나올 것을 권한다. 함께 어울려 살아가는 세상만큼 노년에 따뜻한 곳도 없기 때문이다.

다섯, 배우자와도 따로 또 같이가 좋다

노인복지관에 오시는 부부들을 보면 크게 두 가지 유형이 있다. 하루 종일 모든 활동에 똑같이 참여하는 부부가 있는가 하면, 오가는 길만 같이 다닐 뿐 각자 따로 활동하는 부부도 있다. 나는 '따로 또 같이'를 추천하고 싶다. 취향이 완전히 동일하고 다른 친구가 전혀 필요 없다면 물론 일심동체가 되어 활동하시는 것을 막을 이유가 없다. 하지만 그렇지 않다면, 각자의 취향에 따라 자유롭게 활동을 하시면서 마음 맞는 프로그램에만 같이 참여하시는 쪽이 좋겠다.

밖에 나와서 다양한 분들과 만나고 대화하는 일은 한집에서 같이 사는 두 분의 부부관계에도 긍정적인 영향을 미친다. 그동안 살아온 방식 그대로 자신의 취미와 여가활동까지 아내가 똑같이 따르기를 바라는 남자분들이 계시는데, 이는 미성숙함의 소치다. 물론 부부가 취미 · 여가활동을 같이 하면 우선 대화시간이 늘어나고 서로 간의 이해가 깊어지는 것은 사실이다. 하지만 취향이 다를 경우 절대 상대방에게 강요해서는 안 된다. 취미 · 여가활동의 궁극적인 목적 역시 행복이므로 상대방의 의사를 최대한 존중해주어야 한다.

그것을 노년에 이르러서도 깨닫지 못하신 분들은 아무리 아름다운 취미 · 여가활동을 하신다 해도 설익은 노년을 보내고 계신 것이다.

여섯, 혼자 놀기를 즐겨라

예전에 인기 있던 코미디 프로그램에서 한 개그맨이 나와 "혼자 놀기의 진수"라며 '시체놀이' 따위를 보여준 적이 있다. 취미 · 여가활동에서 혼자 놀기는 매우 중요하다. 혼자 놀 줄 아는 사람만이 다른 사람과 같이 놀 줄도 아는 법이기 때문이다. 혼자 놀 줄 모르는 사람은 사실 같이 어울려서 노는 법도 모르면서 그저 다른 사람을 쫓아가는 것이라고 할 수 있다.

같이 사는 배우자도, 둘도 없는 친구도 언젠가는 결국 헤어져야 하는 것이 노년의 현실이다. 혼자 노는 것을 배우지 못하면 늘 누군가에게 시간과 관심을 구걸할 수밖에 없다. 미장원에도 혼자 가고, 영화관에도 혼자 가고, 옷도 혼자 사보고, 음식점에도 혼자 들어가보는 이 모든 것이 좋은 훈련이 될 수 있다. 하루의 일정 시간, 아니면 일주일의 어느 요일을 정해 나 혼자만의 시간으로 떼어놓자. 처음에는 어색하지만 혼자 노는 것도 자꾸 연습하면 또 다른 즐거움을 느낄 수 있다. '혼자 놀기'는 아주 좋은 노년준비 항목이기도 하다.

일곱, 다른 세대와 함께 어울리자

"노인들 자신은 노인전용식당을 좋아할까? 싫어할까?" 의견이 반반으로 갈린다고 한다. 젊은 사람들 눈치 안 보고 천천히 주문하고 느긋하게 식사할 수 있어서 마음이 편할 것 같다는 쪽은 찬성! 늙은 사람과 젊은 사람, 어린아이가 골고루 섞여 있어야 살맛이 나듯이, 자신도 노인이지만 눈에 보이는 사람들이 모두 노인이라면 밥도 맛이 없을 것 같다는 쪽은 반대! 선택은 물론 개개인의 몫이다. 하지만 취미 · 여가활동을 굳이 동년배들과만 하겠다는 생각을 버리면 생활의 폭이 넓어지는 장점이 있는 것은 확실하다. 노인복지관 포크댄스반 할머니들과 중학교 남학생들이 특별활동으로 포크댄스를 같이 했더니 처음에는 서로 적응이 안 돼서 불협화음이 있었지만, 3개월을 넘어서자 같은 활동을 한다는 동질감과 동료애가 생겨 더할 수 없이 정다운 커플이 된 사례도 있다. 연령을 뛰어넘어 취미 · 여가활동을 같이 하는 친구들을 만들자. 세대간의 이해의 폭이 넓어지고 동년배와는 나눌 수 없는 새롭고 신나는 경험을 할 수 있다. 가까운 친구 이름을 열 명 꼽았을 때, 두 명 이상이 10년 연상이거나 연하라면 세대차이를 걱정할 필요가 없는 사람이다.

여덟, 내 식대로 즐긴다

유행에 민감하고,

빨리 뜨거워지고 쉽게 식어버리는 성격 탓에 우리는 취미 · 여가활동도 유행을 따르는 경우가 많다. 자신의 기준 없이 남을 따르다보면 쉽게 흥미를 잃게 되고 지속성을 갖기 어렵다. 친구 따라 강남 간다는 말대로 무조건 친구를 따라해보지만 자신에게 맞지 않아 고전하게 되고, 노년에 최고로 좋다는 말 한 마디에 벌떼처럼 몰려들지만 결국 다들 금방 포기하고 물러난다. 그러므로 우선 나를 중심에 놓고 내게 잘 맞는지 살펴보아야 한다. 다른 사람에게 아무리 좋아도 내가 행복하지 않으면 소용없다. 문화적 가치에 어긋나지만 않는다면 다른 사람의 시선이나 평가에 구애받을 필요가 없다. 다들 뛰어갈 때 나만 걷는 일이 분명 어려운 일이기는 하지만, 내 속도로 걷는 일은 그 무엇보다 소중하다. 그 안에 내 삶의 가치와 방향과 정신이 녹아 있기 때문이다.

아홉, 사회적 여가에 눈을 돌리자

취미·여가활동을 통해 나 자신이 즐겁고 행복하고 삶의 의미를 느낀다면 그 자체로도 충분히 의미 있는 일이다. 하지만 개인의 발전과 만족에 그치는 것이 아니라 다른 사람을 위해 시간과 능력과 관심과 정성과 에너지를 쓰는 것은 노년의 삶을 아름답게 만든다. 자원봉사는 다른 사람에게 실질적인 도움을 주는 즐거움 못지않게, 사회적 유용감을 확인하고 자신감을 유지하는 데 많은 도움이 된다. 따라서 자원봉사활동은 가장 아름다운 노년의 모습이며, 동시에 최고의 노년준비이기도 하다. 자신과 가족에게만 집중돼 있던 눈을 돌려 다른 사람을 바라보는 일, 그리고 그들에게 작은 힘이나마 보태주는 일 역시 최고의 여가일 것이다. 자녀세대나 손자녀에게도 이보다 좋은 산교육은 없다. 좀더 많은 노년들이 개인의 여가활동에서 한 발짝 더 나아가 사회적 여가활동에 참여한다면 사회 전체의 노인 이미지 개선에도 한몫을 할 것이다.

열, 취미나 여가활동을 배우는 데 너무 늦은 때란 없다

취미나 여가활동에 대한 기술과 지식은 적어도 중년기까지는 습득되어야 한다고 했지만 무엇을 배우는 데 너무 늦은 때란 없다. 다만 30대에 한 달 배우면 될 것을 40대, 50대에는 3개월이나 6개월 이상 배워야 하므로 조금이라도 일찍 시작하는 것이 좋다는 이야기다. 그러나 젊은 사람보다 좀더 오래 천천히 배우면 어떤가. 내가 좋아서 하는 일은 과정 자체가 즐거움이며 기쁨인 것을. 평균수명 80시대다. 예순에 시작하면 앞으로 20년은 알뜰하게 잘 쓸 것이며, 일흔에 시작한다 해도 적어도 10년은 즐겁게 활용할 수 있다. 지금 바로 시작하면 남은 날들 중 제일 빨리 시작하는 것이다. 오늘은 남은 인생에서 가장 젊은 날이기 때문이다.

일하는 노년을 위해 기억해야 할 10가지

사실 사람이 아무리 돈이 많고 먹고살 것이 있다 해도 그것만으로는 얻을 수 없는 것이 있으며 채울 수 없는 것이 있다. 긴긴 노년의 시간을 어떻게 보낼 것인가. 자녀를 기르고 생활비를 버는 의무적인 일에서 완전히 벗어난 노년기는 '스물네 시간이 전부 여가' 라고 할 정도로 시간이 넘쳐난다. 직장에서 은퇴한 사람들이 제일 받아들이기 힘든 것이, 아침에 눈을 떴을 때 갈 데도 없고 주어진 일도 없다는 사실을 확인하는 것이라고 하지 않던가. 내게 주어진 아무 일이 없을 때, 사람은 금방 무기력해지며 의기소침해지고 자아존중감이 떨어지는 법이다. 아무런 쓸모도 없는 사람이라는 생각이야말로 가장 비참하고 위축된 노년을 만드는 주범이다.

그러니 일을 찾아 나서야 한다. 노년은 노년대로 내가 좋아하는 일, 하고 싶은 일, 잘 하는 일을 찾아야 하며, 노년을 앞둔 사람들은 또 그 나름대로 손에서 놓지 않고 오래도록 할 일을 미리 고민하고 찾아두어야 한다. 그 일이 돈을 버는 직업활동이어도 좋지만, 생계를 해결할 수 있는 방도가 있는 경우라면 돈은 못 벌어도 다른 사람에게 도움이 되는 일에서 큰 보람을 느낄 수 있다. 노년기의 일이 자신을 즐겁게 만들기도 하지만 다른 사람에게 보탬이 되기도 한다면 그보다 더 좋은 일은 없을 것이다.

프로이트는 "가장 성공적인 삶이란 사랑하고 일하는 것"이라고 했다. 다른 누군가를 사랑하고 하고 싶은 일을 하며 사는 것이야말로 한평생 가장 중요한 일. 따라서 일과 사랑은 성인기를 지탱케 하는 두 기둥이라 해도 지나친 말이 아니다. 그것은 청년의 때나 노년의 때나 결코 다르지 않다. 그런데도 노년의 일자리를 이야기하면 돌아오는 것은 "젊은 사람들도 일자리를 못 구해 난린데 노인들의 일자리까지……"하는 달갑지 않은 반응이 대부분이다.

요즘 일자리를 둘러싸고 특히 세대갈등이 두드러지는 것은 경기침체에 따른 청년실업 문제의 심각성으로 인한 것이기도 하지만, 노년기는 일에서 떠난 여가의 시기라는 잘못된 인식도 크게 한몫을 하고 있다. 일할 능력이 있고 일하고 싶은 욕구가 있는데도 순전히 나이 때문에 그 기회를 얻지 못한다면 무엇인가 잘못된 것이 분명하며 공평하지 못한 일이다.

실버취업박람회의 한 부스에서 구직신청서를 작성해 제출하고 나서 저만치 가시던 할아버지 한 분이 되돌아오시더니 갑자기 양복 윗저고리를 벗으신다. 그러더니 제자리 뛰기를 하시면서

"봐요, 나 이렇게 잘 뛰고 건강하잖아요. 얼마든지 일할 수 있으니까 꼭 좀 일하게 해주세요."

코끝이 매우면서 목이 칼칼해졌다. 도저히 그 어르신의 눈을 마주볼 수가 없었다. 또 어떤 할아버지는 구직상담을 하시다가 갑자기 입을 크게 벌리고 손가락으로 저 안쪽 어금니를 가리키신다.

"봐, 아직까지 이도 하나 안 빠졌다니까. 이렇게 튼튼하단 말이야. 시키는 일 뭐든지 할 테니까 나 좀 뽑아줘!"

눈시울이 뜨거워져 애꿎은 눈만 자꾸 깜빡거린다. 더 이상 무슨 설명이 필요하겠는가. 사실 노년기의 일자리 문제는 노년기만의 문제가 아니라 미래의 노년세대인 우리 사회 구성원 모두가 함께 풀어나가야 할 시급하면서도 중요한 과제이다.

지난해(2004) 여름을 유난히 뜨겁게 달구었던 노인복지 분야의 주요 이슈 가운데 하나가 '노인 일자리 사업'이다. 참여정부에서는 2007년까지 30만 개의 노인 일자리 개발을 목표로, 노인의 사회적 일자리 창출과 노인인력운영센터 설립에 발 벗고 나섰다. '노인 일자리'란 단편적인 활동에 초점을 맞춘 '일거리'와는 구분되는 것으로, 노인들의 능력과 적성에 맞으며 시간적 연속성과 공간적 실체를 갖는 활동을 말한다. 여기에 덧붙여 '사회적 일자리'라고

하면 사회의 발전이나 국민의 삶의 질 향상을 위해서 꼭 필요하지만 수익성이 낮아 민간시장에서 배제된 일자리를 뜻하는 것으로, 교육과 의료, 사회복지, 환경, 지역사회 개발 등 주로 비영리조직에 의해 창출되는 일자리이다.

구체적인 내용을 살펴보면 크게 공공참여형 · 사회참여형 · 시장참여형의 3가지로 나눌 수 있다. 공원 관리원, 매표원, 화장실 청소원, 주차 관리원 등을 '공공참여형'이라 한다면, '사회참여형'은 특정 분야의 전문지식과 경험을 지닌 분들이 복지시설이나 교육기관에 가서 강의를 하는 것으로, 문화재와 숲 생태 해설가, 1 · 3세대 연계 교육강사 등을 꼽을 수 있다. 또한 시장에서 경쟁을 통해 수익을 창출하는 지하철 택배, 세탁방, 도시락 사업, 재활용품점, 번역 · 통역 사업단, 실버용품점 운영, 실버대리운전과 같은 '시장참여형'도 있다.

나는 이 가운데 '사회참여형'인 '1 · 3세대 연계 교육강사 파견 사업'에 참여했다. 이 사업은 어린이집이나 방과 후 공부방 같은 유아교육기관의 3세대 어린이들에게 1세대 어르신들이 한자 · 바둑 · 서예 · 종이 접기 · 장구 · 하모니카 · 예절 등을 가르치는 프로그램이다. 나는 여기서 어르신 강사를 양성하는 또 다른 강사 노릇을 했다. 교육을 받은 어르신들은 대부분 교직에서 은퇴하셨거나 장구, 서예 등의 특기를 지닌 분들로 학력이나 경험이 출중하셨다. 교육은 보통 노인복지관에서 지역별로 모집을 해서 인성훈련, 직업의식, 각 분야별 전문교육, 교육안 작성, 강의 시연, 교생 실습 등의 내용으로 진행하였다.

나는 서울노인복지센터와 영등포노인종합복지관에서 강의를 했다. 나야 강의를 마치고 며칠 후 통장으로 입금된 강사료를 받으면 일이 마무리되는 셈이지만 어르신들은 교육을 수료했다고 해서 끝이 아니었다. 오히려 새로운 시작이 기다리고 있었다. 어르신들이 교육을 다 받으신 후 어린이집 강사로 채용되면 시간당 만 원, 그러니까 한 달에 20시간 강의를 하셔야 20만 원의 급여를 받으실 수 있었다. 경험이나 경륜, 능력에 비추어보면 턱도 없는 급여지만 그래도 무언가 할 일이 있다는 것, 아직도 이 사회에서 쓸모 있는 존재라는 확인에 어르신들은 그 어느 때보다도 의욕이 넘치셨다.

교육청 근무를 끝으로 정년퇴직하셨다는 한 아버님의 자기소개가 가슴에 남아 있다. 퇴직 후 아무 할 일이 없어 집에만 있었더니 친구 분이 그러시더란다. “그렇게 집에만 있으면 퇴직 3년을 못 넘기고 죽는다. 무조건 집 밖으로 나와라!” 그래서 마음을 정리하고 영(零)에서 다시 시작한다는 각오로 노인복지관에도 다니게 됐고, 이렇게 강사양성 프로그램에도 참여하게 되니 얼마나 좋은지 모르겠다고 하셨다. 뜨거운 공감의 박수가 터져 나온 것은 당연한 일. 옆에 서 있던 나는 눈시울이 뜨겁고 코끝이 찡해서 연신 헛기침을 해댔다.

이렇게 교육을 받으신 어르신들이 막상 어린이집이나 방과 후 교실에 가서 아이들 앞에 섰을 때 왜 어려움이 없겠는가. 제멋대로인 아이들을 어떻게 다뤄야 할지 몰라 쩔쩔매실 것이며, 예전의 교육방식이 통하지 않는다는 사실도 절감하게 될 것이다. 또한 자녀뻘 되는 그곳 교사들과의 화합과 소통에도 많은 시간이 걸릴 것이다. 그러나 어르신 강사와의 만남을 통해서 어린 세대인 아이들은 할머니, 할아버지를 보는 눈이 조금은 달라질 것이며, 젊은 세대인 교사들은 늙음과 더불어 살아간다는 것이 어떤 것인지 체험하게 될 것이다. 그것만으로도 어르신들과 내가 한여름 불볕더위에 땀 흘리며 공부한 것이 결코 헛된 일은 아니었으리라고 믿는다.

우리가 흔히 말하는 '노인교육'에는 세 가지 뜻이 들어 있다. 노인을 위한 교육, 노인에 관한 교육, 노인에 의한 교육이다. 먼저 '노인을 위한' 교육은 어르신들이 배우기를 원하시거나, 아니면 전문가들이 어르신들의 노년생활에 도움이 된다고 생각하는 교과목들을 복지관이나 노인대학 등에서 개설해 교육하는 것을 말한다. 그러니까 어르신들이 학습자가 되는 것이다. '노인에 관한' 교육은 어르신은 물론이고 어린이와 청소년, 중년 등 모든 연령대의 사람들이 나이 듦과 늙어 감을 이해하고 거기에 적응하며 노년을 준비하도록 돕는 것이다. 또한 '노인에 의한' 교육은 어르신들이 가진 지식과 기술을 바탕으로 다른 사람들에게 가르침을 제공하는 것인데, 그 대상은 어린이가 될 수도 있고 중년의 후배가 될 수도 있으며 동년배 어르신이 될 수도 있다. 여름과 겨울방학에 동네 경로당에서 어르신들이 아이들을 모아 한자나 예절을 가르치는 것이 좋은 예가 될 것이다.

역시 지난해 여름의 일이다. 서울에 있는 한 노인복지관에서 '어르신 자원봉사 강사양성 아카데미'라는 이름으로, 종이 접기·컴퓨터·서예·영어·한글·시조·한국무용 등 기왕에 가지고 계신 능력을 잘 다듬어 자원봉사 강사활동을 하시도록 돕는 프로그램을 진행하였다. 앞의 '사회적 일자리 찾기'와는 '일'과 '자원봉사'라는 점에서 달랐지만, '노인에 의한' 교육을 목표로 하고 있다는 점에서는 비슷한 점이 있었다. 다른 강사들과 함께 나도 어르신들께 강사의 역할과 자세, 학습대상자와 관계 맺기, 마음을 여는 대화법 등을 알려드렸는데, 솔직히 내가 무엇을 가르쳐드렸다기보다는 오히려 어르신들로부터 보이게 보이지 않게 가르침을 받고 돌아왔던 기억이 난다.

첫 시간의 일이다. 수강하시는 분들이 서로를 알고 처음 만나는 사람과 관계 맺는 연습을 하기 위해 '마음 열기' 프로그램을 진행했다. 예쁜 꽃 모양이 그려진 종이를 나눠드리고, 한가운데에 먼저 각자 자신의 별명을 써 넣으시도록 했다. 그리고 오른쪽 꽃잎에는 가장 자신 있는 일, 반대편 왼쪽 꽃잎에는 가장 자신 없는 일, 또 위쪽 꽃잎에는 살아오면서 가장 행복했던 순간을, 아래쪽 꽃잎에는 '어르신 자원봉사 강사양성 아카데미'에 지원하게 된 동기를 적으시도록 했다. 그런 다음 네 분씩 둘러앉아 꽃 모양에 담긴 내용을 중심으로 돌아가며 각자 자기소개를 하시도록 했다. 그러자 언제 머뭇거리며 어색해 했나 싶게 서로 인사를 나누고 소개들을 하시느라 교실 안이 금방 떠들썩해졌다.

감사한 것은, 그 자리에 계신 분들 가운데 한 분도 빼놓지 않고
이 프로그램 지원 이유를 쓰는 아래쪽 꽃잎에

"내가 가진 것을 나누려고, 조금이라도 베풀고 싶어서"
라고 쓰셨다는 사실이다.

그동안 나는 교실을 이리저리 돌면서, 팀원끼리의 소개가 끝난 후 앞에 나와서 대표로 자기소개 하실 분들을 찾았다. 재미있게도 별명이 같은 분들이 눈에 띄었다. 키가 훌쩍 크신 두 아버님은 "장대와 키다리"이셨고, 반대로 키가 작고 조금 뚱뚱하신 두 분은 "땅딸보와 땅딸이"였다. 또 "두꺼비"가 두 분 계셨다. 두 분씩 앞에 모시니 어찌나 별명이 딱 들어맞는지 여기저기서 웃음과 박수가 터진다. 홍일점(紅一點) 아닌 홍이점(紅二點) 두 어머님은 "왕눈이와 시계바늘"이셨다.

그런데 감사한 것은, 그 자리에 계신 분들 가운데 한 분도 빼놓지 않고 이 프로그램 지원 이유를 쓰는 아래쪽 꽃잎에 "내가 가진 것을 나누려고, 조금이라도 베풀고 싶어서"라고 쓰셨다는 사실이다. 돈이 생기는 것도 아니고 누가 알아주는 것도 아니지만 가진 것을 조금이라도 나눠서 다른 사람에게 도움이 되기를 바라는 어르신들의 그 마음이야말로 인생 선배만이 지닐 수 있는 넉넉함일 것이다. 키다리, 땅딸보, 두꺼비, 시계바늘…… 생긴 모습만큼이나 나이도 경험도 다 다르지만 '나도 할 수 있다'는 마음으로 남을 돕기 위해 땀 흘리는 어르신들이 계시기에 우리 후배들은 그 길을 따라갈 용기를 얻는 것이리라.

자신을 솔직하게 개방해주시고 수업에 진지하게 임해주시는 게 참으로 감사해 다음 날 수업시간에 어르신들이 좋아하는 달콤한 도넛과 음료수를 사들고 가 나눠드리니 "학생이 선생님을 대접해야지, 선생님이 학생을 대접하는 법이 어디 있냐?"며 기분 좋은 원성이 자자하다. 그러더니 반장 아버님이 긴급 제안을 하시겠다며 손을 번쩍 드신다.

"선생님, 오늘 수업 끝나고 우리 뒤풀이 하러 갈 건데 같이 갑시다!"

여기저기서 박수가 터지며 "같이 갑시다!" 소리가 이어진다. 알고보니 수업 마치고 늘 복지관 근처 생맥주 집에서 한 잔씩 하고 헤어지신다는 것이었다. 유감스럽게도 그날 저녁 약속이 있어 생맥주 집으로 가시는 어머님과 아버님을 따라나서지 못했는데, 지금 생각해도 아쉽기만 하다. 그 더운 여름날, 어머님 아버님들과 둘러앉아 "건배!" "건강을 위하여!" 외치며 나눠 마시는 생맥주는 얼마나 시원했을까, 얼마나 달콤했을까.

이처럼 할 일이 있을 때, 아니 일할 준비를 하는 것만으로도 어르신들은 생기를 얻고 힘을 얻는다. 그러니 어찌 우리가 일을 찾지 않고 살 수 있을까. 역시 죽을 때까지 사람을 지탱해주는 것은 사랑과 일이다. 그러니 일단 팔 걷고 나서서 내가 할 일을 찾아야 한다. 그 누구도 나를 위해 일거리를 찾아주지 않으므로.

하나, 노년기의 일은 생존의 문제와 직결되어 있다

당장 먹을 것이 없고 일상을 유지하기 어려운 어르신들에게, 일을 통한 자아실현이나 자아정체감의 확립은 다른 나라의 배부른 이야기일 수밖에 없다. 아기들이 타고 다니다 버린 유모차에 재활용 종이상자와 폐지를 한가득 싣고 밀면서 가는 허리 굽은 어르신을 본 적이 있을 것이다. 어느 시대나 국가는 재정의 한계로 인해 배고픈 사람을 완전히 책임지지는 못해 왔다. 민간단체나 종교단체의 지원 또한 충분하지 않으니 노인도 먹고살려면 일할 수밖에 없다. 일이 곧 생존인 어르신들에게 "젊은 사람들도 일자리 없으니까 가만 좀 계시라."고 하는 것은 잔인한 일이다.

둘, 일을 통해 쓸모 있는 존재임을 확인할 수 있다

사람은 언제 어디서나 필요한 사람이 되고 싶어 한다. 꼭 있어야 할 사람, 있어도 그만 없어도 그만인 사람, 차라리 없는 게 도와주는 사람, 세상에는 이렇게 세 종류의 사람이 있다고들 이야기한다. 그런데 누구도 '차라리 없는 게 도와주는 사람'의 처지에 놓이기를 원하는 사람은 없다. 노년은 존재만으로 귀하다는 것을 잘 알고 인정한다 할지라도, 당사자들은 그저 존재만 하는 것이 아니라 누구에겐가 도움이 되고 싶은 마음 간절하다. 연세 많으신 할머니들이 콩나물을 다듬고 빨래라도 개키려고 하면 며느리들은 "어머니, 안 하셔도 돼요. 가만히 앉아 계세요."라고 하지만 그게 정말 어르신을 위한 걸까? 소소한 집안일에서라도 도움이 되는 역할을 맡고 싶어 하는데, 하물며 직업활동에 있어서는 그 바람이 더욱 커질 수밖에 없다. 쓸모 있는 존재라는 확인은 곧장 자신감과 연결된다.

셋, 일은 노년의 신체적 · 정신적 건강에 큰 도움이 된다

규칙적인 활동은 몸의 건강에 많은 도움이 될 뿐만 아니라 정신건강을 유지시키는 기능을 한다. 은퇴한 후 기력이 없던 어르신들이 취업을 하게 되면 활기를 되찾는 것을 자주 볼 수 있다. 비록 노인 일자리가 단순 노무직이나 비정규직에 그치긴 하지만 일을 찾은 어르신 개인의 생활은 눈에 띄게 변한다. 사회적으로 폐기처분된 듯한 절망과 좌절에서 벗어나서 무언가 주어진 역할이 있다는 사실을 확인할 수 있기 때문이다. 또한 가정에서 뒷자리로 밀려난 것 같은 소외감이 일을 통해 해소되기도 한다.

넷, 노년에 일하는 것이 중요한 이유는 현재를 살게 하기 때문이다

많은 사람들이 노년에 접어들면 과거를 추억하면서 후회하거나 혹은 자랑하는 것으로 시간을 보낸다. 반대로 아직 오지 않은 앞날을 걱정하는 것으로 시간을 때우는 사람들도 있다. 건강이 나빠지면 어떻게 하나, 죽을 때 고생하면 안 되는데 등등 불필요한 걱정이 마음속을 가득 채우고 있다. 딱히 직업도 없고 마땅한 소일거리도 없고, 시간은 넘치도록 많으니 끊임없이 이야깃거리를 찾아내야 하는 것이다. 그러나 우리에게 주어진 유일한 것은 '바로 지금' 이다. 그래서 누군가 말하기를 "인생은 '바로 지금' 의 연속이다."라고 했다. 일을 한다는 것은 과거와 미래가 아닌 '바로 지금' 을 산다는 의미다. 현실감을 유지하며 늙어 가는 일은 우리 생을 보다 충실하게 만들어준다. 노년의 일을 통해 그것을 얻을 수 있다.

다섯, 일을 통해 우리는 사람을 만난다

그 누구도 혼자서는 살 수 없다. 우리 존재를 이 세상을 여행하며 지나가는 나그네라고 할 때, 누군가와 함께하는 것이 바로 이 여행의 핵심이다. 그래서 사람들은 짝을 찾아 결혼하고 자녀를 낳고 친구와 어울려 살아가며 일을 통해 또 다른 인간관계를 맺는 것인지도 모른다. 노인이 되면 시야가 좁아지고 관심을 자기에게만 쏟게 되어 함께하는 삶과는 점점 멀어진다. 이때 일이 '함께하는 삶' 을 회복시켜줄 수 있다. 혼자 골방에 박혀서 일하는 것이 아니라면 일을 하기 위해서는 사람을 만날 수밖에 없기 때문이다. 사람을 만나 자기 감정을 표현하고 상대방을 이해하고 서로 필요한 것을 나눌 수 있는 삶의 정겨움을 일을 통해 경험할 수 있다.

여섯, 노년에도 일을 하려면 철저한 자기평가가 필요하다

사람과 만나거나 함께 어울려 일하는 것을 좋아하는지, 사람과 섞이기보다는 혼자 조용히 일하는 것을 좋아하는지, 일단 자신에 대해 파악이 되어야 한다. 예를 들어, 직장에 있는 엄마 대신 집에서 아이들 간식도 챙겨주고 시간에 맞춰 학원에도 보내고 하는 '홈시터(Home-Sitter)' 일을 하려는 사람은 아이를 좋아해야 즐겁게 일할 수 있다. 또한 도움이 필요한 노인의 말벗이 되거나, 식사를 챙기고 병원에 동행하고 신문을 읽어드리는 활동을 하는 '실버시터(Silver-Sitter)'가 되고 싶은 사람 역시 사람 만나는 것을 좋아해야 한다. 누군가 곁에 있는 것을 싫어하는 성격의 사람이 이런 일을 하기는 무척 어려워서 다른 일을 하는 것이 좋다. 자신의 능력, 성격, 취향, 경제상황 등에 대한 꼼꼼한 평가를 바탕으로 일을 찾아나서야 한다.

일곱, 일에서 은퇴할 경우를 대비해야 한다

직장인은 물론 설사 자영업을 한다 해도 언젠가는 직업활동에서 은퇴하게 된다. 준비 없이 맞는 은퇴는 때로 목숨을 위태롭게 만들기도 한다. 밤낮을 가리지 않고 일만 하던 일 벌레, 일 중독자가 은퇴하고 얼마 되지 않아 세상을 떠났다는 소식은 이제 더 이상 낯설지 않다. 직업활동을 접으면서 자기정체성의 혼란을 경험하게 되고, 위축감과 함께 그동안 유지해오던 생활 리듬의 변화가 건강에 좋지 않은 영향을 미쳤을 것이다. 기업체나 사회단체, 복지관 등에서 좀더 적극적으로 은퇴준비교육에 대해 관심을 갖고, 개인도 은퇴 이후의 삶을 구체적으로 설계하며 준비해야 한다. 직업에서의 은퇴가 인생에서의 영원한 은퇴는 아니므로 철저한 준비를 통해 얼마든지 새로운 인생을 맛볼 수 있다.

여덟, 남은 날 동안 무엇을 하며 살 것인지 고민해야 한다

당장 끼니를 해결하기 어려운 사람의 고통과 달리, 또 다른 쪽에는 먹고살 것은 있지만 할 일이 없어 괴로운 사람들이 있다. 시간도 건강도 허락하는데 다만 할 일이 없을 뿐이다. 되는 대로 살기에는 인생이 너무 짧으며, "세월아 네월아" 하면서 시간을 죽이기에는 남은 시간이 아깝다. 한 치 앞의 일도 모르는 것이 인생이지만 나머지 날들을 무엇 하며 보낼지 미리미리 생각해야 한다. 직업활동과 연결될 수도 있지만, 일에서 벗어나 평생 소망으로 간직해온 일을 하면서 마지막 날들을 보낼 수도 있다. 이 고민이야말로 정말 빠르면 빠를수록 좋다.

아홉, 평생 하고 싶은 일을 찾으면 인생이 행복하다

직업을 흔히 세 가지로

나누어서 말한다. '목구멍이 포도청'이라고 나와 내 가족이 먹고살기 위한 '생업(生業)', 돈벌이이긴 하지만 사회에 참여하고 도움이 되며 자신의 성장을 경험할 수 있는 '직업(職業)', 돈을 못 벌고 남이 알아주지 않아도 그 일을 하는 게 그저 행복한 '천직(天職)'이 바로 그것이다. 우스갯소리로 도둑이나 사기꾼이 직업란에 자기 직업을 밝히지 못하는 것은 물론 잡혀갈까 무서워서 그러기도 하겠지만, 그 일이 사회에 도움이 되기는커녕 해를 끼칠 뿐만 아니라 자신의 성장에도 전혀 보탬이 되지 않는다는 사실을 스스로 잘 알고 있어서가 아니겠는가. 생업이나 직업, 천직의 분류에 딱 들어맞지는 않더라도, 평생 동안 하고 싶은 일을 찾은 사람은 행복한 사람이다. 평생직장이 아닌 평생직업의 시대에, 비록 돈은 많이 벌지 못한다 해도 평생 하고 싶은 일이 있다는 것만으로도 복 받은 사람이 분명하다. 지금부터라도 그 일을 찾도록 하자. 아직 늦지 않았다.

열, 자원봉사는 멋지고 아름다운 노년생활을 책임진다

나이가 들어 손에서 일을 놓게 되면 더 이상 가치 없는 존재이며 무능력한 사람이 되었다는 생각에 위축되게 마련이다. 자원봉사는 사회적인 역할을 회복시켜주면서 동시에 다른 사람에게 도움이 되는 쓸모 있는 존재라는 증명을 해준다. 또한 스스로가 소중한 사람이라는 자존심을 유지하게 도와주며, 생계유지를 위한 것이 아니라 자발적이며 자유로운 선택이기에 자기성장에 더 유리하다. 사회 전체적으로 볼 때도 실질적인 도움이 되는 것은 물론 노인에 대한 부정적인 이미지를 바꾸는 데도 기여한다. 오늘도 노인복지관과 노인대학 어르신들 가운데 관절염교실 어머님들은 건강체조봉사단을 구성해 무료양로원을 찾아가 그곳 어르신들과 같이 짝 체조를 하고, 소설교실 어머님들은 치매 어르신들에게 책 읽어드리는 봉사를 하신다. 한쪽에서는 아버님들이 나서서 몸 아프고 홀로 사는 동년배 노인들을 위해 도시락과 밑반찬을 배달하고, 한글 모르는 노인들을 모아 놓고 한글을 가르치느라 땀을 흘리신다. 멋지고 아름다운 노년의 모습이 바로 자원봉사 속에 들어 있다.

풍요로운 인간관계를 위한 10가지

'人', 사람 인자는 글자의 생김새 그대로 사람과 사람이 의지하며 살아가는 존재임을 나타낸다. 홀로 우뚝 서 있는 것이 아니라 두 획이 서로 기대야만 글자가 성립하는 것을 보면, 다른 사람과의 관계 속에서 살아가야만 하는 인간의 운명이 이미 글자 안에 들어 있는 것 같기도 하다. 한 걸음 더 나아가 '人間'에 이르면, 사람은 '사람과 사람 사이'에서 살아가야 하는 사회적 존재임이 보다 더 선명하게 드러난다. 서로 의지하면서 그 사이에서 살아갈 수밖에 없는 사람이란 존재가 다른 사람과 얽히고 설키며 영향을 주고받는 것을 우리는 '인간관계'라고 부른다. 이 인간관계는 우리에게 가장 중요하고도 큰 기쁨의 원천이면서 동시에 세상에서 가장 어렵고도 골치 아픈 일이기도 하다. 그러기에 일찌감치 인간관계 훈련이며 자기표현기술 프로그램들이 만들어지고, 이제는 '좋은 인간관계학회' 까지 생기게 된 것인지도 모른다.

사람은 누구나 자신이 맺고 있는 인간관계에 큰 영향을 받는다. 관계가 깨지거나 망가지면 아프고 힘들어 병이 나기도 하고, 관계가 잘 유지되거나 깨졌던 것이 회복되면 편안하고 안정된 마음으로 살 수 있다. 인간관계가 중요한 것은, '타인과의 관계 맺기' 가 사람의 본래 타고난 속성일 뿐 아니라 살아가면서 부딪치는 수많은 문제들을 해결해 나가는 데 꼭 필요하기 때문이다. 우리가 나이 들어 인간적인 성숙함을 통해 좋은 인간관계를 맺고 살아갈 수만 있다면, 다른 사람과 어울려 사는 바람직한 모습을 아래 세대에게 보여줄 수 있으며 또한 나이 듦에 수반되는 여러 문제들을 잘 해결해 나가는 실마리를 얻을 수 있다.

서울시내 모든 구(區)에는 한 곳씩 '노인복지관' 이 있다. 건강하신 어르신들은 이곳에서 하고 싶은 공부를 하거나 취미활동을 하시고, 치매나 뇌졸중을 비롯해 몸이 허약하신 분들은 따로 모여 사회복지사와 간호사, 물리치료사의 도움으로 재활 프로그램에 참여하면서 특별한 보살핌을 받으신다.

지난주에 강의를 하기 위해 찾아간 곳 역시 어르신들의 열기가 넘치는 한 '구립(區立) 노인복지관' 이었는데, 아늑한 강의실에는 그 구에 속해 있는 여러 경로당의 대표 어르신 마흔 분 정도가 모여 계셨다. 참석하신 분들의 연세는 대부분 칠십이 넘으셨지만 건강은 아주 좋으신 편이었고, 남자 어르신들이 압도적으로 많아 여자 어르신은 전체의 4분의 1도 채 되지 않았다. 여성노인이 남성노인보다 훨씬 많은 노년인구의 성비(性比)와 그 구성이 정반대인 까닭은, 대부분의 경로당에서 남자 분들이 여전히 대표를 맡고 계시기 때문이다. 각 경로당의 대표들이신 만큼 내게 주어진 강의제목은 '리더십 함양' 이었다.

인사를 드린 다음, 옛날 개화시절 노래였다는 학도가에 가사를 붙인, 노인대학에서 한창 인기를 모으고 있는 "우리들의 인생은 일흔 살부터 마음도 몸도 왕성합니다. 칠십에 우리들을 모시러 오면 지금은 안 간다고 전해주세요."라는 노래를 함께 부르며 딱딱한 분위기를 풀어 나간다. 그리고는 지도자가 갖추어야 할 품성을 하나씩 설명하고, 경로당의 다른 회원들과 잘 지내기 위한 '좋은 인간관계 맺기' 로 넘어간다. 강의 막바지에 두 분씩 짝을 지어 앞으로의 각오를 한 마디씩 나누시라고 했더니 좋은 말씀들이 많이 나온다. "우리가 먼저 친절하게 합시다!" "많이 웃읍시다!" "인사를 잘 합시다!" 그러는 중에 큰 목소리 하나가 귀에 쏙 들어온다. "나이 한 살 더 먹을수록 몸을 낮춥시다!"

목소리의 주인공을 찾아 설명을 부탁드리니, "나이 들수록 대접받으려고 하는데서 문제가 생기는 거야. 같이 늙어 가는 처지에 내가 형이니 아우니 따지면서 싸우지 말고, 나이 많은 사람이 한 번만 더 숙이면 경로당 아니라 세상이 다 편안한 거 아니야?"하시며 껄껄 웃으신다. 다른 분들이 "맞소!" 하며 박수로 화답하신다.

강의를 마치고 돌아오면서 '나이 한 살 더 먹을수록 몸을 낮추자' 던 그 어르신의 말씀을 곰곰 생각해본다. 내가 어르신들 앞에서 자녀들과 잘 지내는 법이라든가 생활 속의 예절에 대해 말씀을 드리면 대부분은 고개를 끄덕거리시지만, 때론 "왜 살 날이 많지도 않은 우리더러 자꾸 바꾸라고 하느냐? 젊은 사람들이 늙은이들을 위해서 좀 바꾸면 안 되느냐." 고 화를 내시는 어르신도 계시다. 정말 누가 바꾸는 게 좋을까?

사람은 여간해서는 잘 바뀌지 않는 존재인 것을 알면서도, "늙은 내가 바꾸랴?" 하고 버티시는 어르신들께 먼저 좀 바꾸시는 게 좋겠다고 말씀드리는 이유는, 우선 스스로 변하는 것이 가장 쉽고 빠르고 편하기 때문이다. 상대방이 나한테 좀 맞춰줬으면 좋겠는데 그게 마음대로 되는 경우가 어디 흔하던가. 내가 먼저 변해야 편하고, 편해야 어르신들이 건강하게 오래 사실 수 있지 않겠는가. 두 번째 이유는 나이 많다고 해서 젊은 사람들을 마음대로 조종할 수도 없을 뿐더러, 명령하고 지배할 수도 없기 때문이다. 따지고보면 우리 모두는 인생길을 앞과 뒤에서 걸어가는 선배와 후배 아닌가. 앞서 가는 사람들이 뒤에 오는 사람들을 위해 길을 만들어주고 조금이라도 편하게 걸을 수 있게 도와주는 일이라 생각하면 못할 것도 없을 것 같다. 물론 젊은 사람들이 노년을 대하는 마음과 태도에도 고칠 것이 많지만 우선 어르신들께 변화를 부탁드리는 것은, 그 모습을 보고 걸어오는 인생의 후배들이 있기에 스스로 거울이 되어

주십사 하는 내 나름의 진심이 있기 때문이다. 후배들은 그 거울 안에서 다른 사람 아닌 바로 자신의 얼굴을 보게 될 것이다.

하나, 성공적인 인간관계에 공짜는 없다

어디 인간관계뿐이겠는가, 세상일에는 결코 공짜가 없다는 것을 알면서도 공짜를 바라는 마음이 우리 안에 들어 있다. 인간관계도 공짜로 슬쩍 넘어가주면 좋으련만 그리 간단치가 않아서, 아차 하는 순간에 꼬이고 비틀리고 망가져버리곤 한다. 정성을 기울여야 하지만 귀찮아서, 게을러서, 또 상대의 마음을 미처 헤아리지 못해서 무심하게 말하고 행동하고 나면 그 결과는 언젠가 반드시 내게로 돌아온다. 좋은 인간관계를 맺기 위한 기본은 무엇보다 입과 손과 발을 열심히 활용하는 것이다. 부드러운 말로 상대의 마음을 열고, 손으로 행하며, 어려움이 있을 때 직접 찾아가는 정성이야말로 인간관계를 위해 끊임없이 투자해야 하는 기초비용이다. 단, 진심이 담기지 않은 말이나 과잉행동은 오래가지 못한다는 것을 명심해야 한다.

둘, 상대에 대한 관심에서부터 인간관계는 시작된다

관심이 없는 곳에서 관계의 싹이 트길 기대할 수는 없다. 상대가 부담스러워하지 않는 범위 내에서 관심을 표시하고 지속적으로 마음을 전하는 일이 중요하다. 나이가 많다는 이유만으로 누군가 자신을 먼저 챙겨주길 바라는 태도에서 벗어나, 늘 바쁜 젊은 사람들 대신 노년세대가 먼저 다가가서 챙기는 것도 큰 도움이 된다. 나이가 들면 내향성의 증가로 인해 사물에 대한 판단과 활동방향을 외부보다는 내부로 돌리게 된다. 따라서 자기 자신에게로 눈길이 고정되기 쉽다. 상대방의 말에 귀를 기울이며, 그 사람이 좋아하고 도움이 될 만한 이야기로 관심의 문을 열도록 한다.

셋, 서로에게 감사하는 부부관계에 행복이 들어 있다

나이 들면 부부가 같이 보내는 시간이 늘어나게 되는데, 좋지 않았던 사이가 나이 들었다고 어느 날 갑자기 좋아지는 법은 없다. 서로 완전히 분리된 노년을 보낼 계획이 아니라면 부부관계 점검에 들어가야 한다. 먹고사느라고, 아이들 기르느라고 소진된 사랑의 에너지를 보충해야 한다. 이 역시 공짜로는 안 되며 다시 한 번 관심이라는 씨앗을 뿌리는 수밖에 없다. 인생길을 같이 걸어온 동지애를 유지하려면 서로의 존재에 감사하는 마음이 우선되어야 한다. 감사는 인간관계를 풍성하게 만들어주는 단비이다.

넷, 노부모와 성인 자녀의 관계도 '따로 또 같이'가 가장 좋다

부모와 자녀 관계는 한 사람의 일생을 통해 지속되는 가장 긴 관계 중의 하나다. 부부도 때에 따라 일심동체(一心同體)가 되었다가 이심이체(二心異體)가 되었다가 하는데, 부모 자식간에는 더 말해 무엇하랴. 서로 독립적인 존재인 부모 자식이 지나치게 밀착되어 있어 만사를 모두 같이 하는 것도 바람직하지 않다. 또한 부모가 자식에게 절대적으로 의존한다든가, 반대로 자식이 부모에게서 떨어져 나오지 못하고 매사 기대어 사는 것 또한 성숙한 인간관계로 볼 수 없다. 자식에게 기댈 수밖에 없는 노부모와, 부모님과 자신의 자녀 사이에서 경제적 · 심리적으로 낀 세대일 수밖에 없는 중년의 자식. 둘 사이에선 필요에 따라 서로 의존하기도 하고 독립적이기도 한 '따로 또 같이' 관계가 갈등 해결의 지혜이다.

다섯, 고부관계, 나부터 풀자

서로가 좋아서 선택한 것도 아니고 혈연도 아니지만, 배우자의 부모이며 자식의 배우자라는 점에서 중요하고도 어려운 것이 고부관계이다. 좋으려면 한없이 좋을 수 있는 관계지만, 갈등이 생기기 시작하면 원인과 결과가 맞물려 한 치도 물러서지 않고 모든 일이 좋지 않은 쪽으로 꼬리를 물고 돌아가기 시작한다. 요즘은 옛날과 달라서 시어머니가 며느리

시집살이한다는 말들도 하고 반대로 아직도 멀었다는 이야기도 있지만, 불편함과 갈등의 직접적인 피해자는 결국 두 당사자다. 시어머니는 며느리를 내가 걸어온 길을 뒤에서 따라오는 인생의 후배로, 며느리는 시어머니를 앞서가는 선배로 생각하면 세상 그 누구보다 강한 유대감이 생길 수 있는 사이임을 명심하자. 그리고 일단 나부터 관계의 고리를 풀어 나가보자.

여섯, 손자녀에게 먼저 다가가자

나이가 들어 저절로 노년에 접어들기도 하지만, 손자 손녀 덕분에 할머니 할아버지 소리를 듣기도 한다. 누군가는 인생 최고의 유산이 손자녀라고 했다. 손자녀에게는 무거운 책임이나 의무감 없이 순수하게 사랑을 베풀 수 있기에 노년에 맛볼 수 있는 최고의 즐거움이 될 수 있다. 하지만 그 재미를 위해서는 먼저 눈을 맞추고, 귀를 기울여주고, 웃음과 칭찬으로 보듬어줘야 한다. 어른으로서의 교육과 훈계가 따르겠지만, 한 번 더 생각하고 실행하는 것이 좋다. 자칫하면 잔소리, 고리타분한 옛날이야기가 되기 쉽기 때문이다.

젊은 사람들이나 어린아이들의 변화를 따라잡지 못할 바에야, 훈육은 적당한 강도와 길이로 하는 현명함이 필요하다. 그래야 손자녀들이 도망가지 않고 옆에 머물 것이므로. 또한 아이들은 특히 엄마의 감정에 민감하므로, 며느리나 딸과 좋은 관계를 유지하는 게 손자녀와의 관계에도 긍정적인 영향을 미친다.

일곱, 같이 늙어 가는 형제 자매의 소중함을 기억하라

아무리 형제나 자매처럼 지내는 친구가 많다 해도, 형제 자매끼리만 주고받을 수 있는 추억이나 이야기가 따로 있게 마련이다. 형제 자매관계는 인간관계 중에서 가장 오래 지속되는 관계이며, 서로 공유하는 과거의 기억이 풍성하고 비슷한 연령대로 같이 늙어 가는 경우가 많아서 더욱 중요하다. 더욱이 요즘은 자녀의 숫자가 줄면서 형제 자매간의 친밀도가 높아지고, 오가는 정보나 자원의 양이 점점 늘어난다고 한다. 젊어서는 각자 가정을 이루고 사느라 소원해지기도 하지만, 나이 들어 그 틈을 메우고 관계를 복원한다면 누구보다 깊은 친밀감을 나눌 수 있다. 오랜 관계 속에서 맛보는 친밀감은 외로움을 달래주는 명약이다.

여덟, 함께 나이 들어가는 친구는 행복의 원천이다

자식한테 못하는 이야기도 친구한테만은 숨김없이 다 털어놓는다는 어르신들이 많다. 같은 시대에 태어나 같은 경험을 했고 서로의 감정을 나눌 수 있어서, 나이 들어 친구처럼 좋은 상대는 없다. 노화의 정도도 비슷하므로 노년

생활의 적응에 도움을 주고받을 수 있고, 공통의 관심사가 있어 무엇보다 이야기가 잘 통한다. 새로 사귄 친구와 나누는 새로운 우정도 좋지만, 오래 묵은 정 깊은 친구 사이는 그 무엇으로도 대신할 수 없다. 비록 우스갯소리이기는 하지만 어르신들 사이에 유행했던 '어리석은 노인 시리즈' 중에 '사소한 일로 친구와 싸우고 의 상하는 노인'이 들어 있는 것만 봐도 노년의 친구가 얼마나 중요한지 짐작할 수 있다.

아홉, 이웃은 서로에게 귀한 인적 자원이다

현대의 도시생활이 이웃을 앗아갔다고 이야기하지만, 그래도 보통 노년기에는 이웃에 살면서 친구관계로 발전하는 경우가 많아서 이웃과 친구를 거의 구분하지 않는 경향이 있다. 노인이라는 동질감으로 인해 동네에서 쉽게 인사를 나누고 사귀는 분들이 많은 까닭이다. 어려운 일이 생겼을 때 달려오기 쉬운 사람도 이웃인 것을 보면, 사실 왕래가 없는 친척보다는 오히려 이웃이 심리적으로나 실제적으로 도움을 준다고 하겠다. 그러나 어느 한쪽이 일방적으로 도움을 주고, 또 다른 한쪽은 일방적으로 받기만 하는 관계가 되어서는 안 된다. 서로가 서로에게 주는 것이 있어야 한다. 그것이 꼭 눈에 보이는 것일 필요는 없다. 이웃과의 원만하고 부드러운 관계는 자녀세대나 또 다른 이웃에게 모범이 된다.

열, 내가 먼저 믿고 의지할 수 있는 사람이 되자

가족이든 친구든 이웃이든 내게 어려운 일이 닥치고 힘든 상황이 벌어졌을 때 믿고 의지할 수 있는 사람이 몇 명이나 되는가? 망설임 없이, 미안하다는 생각도 하기 전에 전화기를 들고 도움을 요청할 수 있는 사람은 누구인가? 지금 한 번 그 이름을 써보자. 자, 그런데 그들도 똑같은 상황에서 나를 믿고 의지할 수 있는 사람으로 떠올릴까? 남에게 의지하지 않고 홀로 서는 사람만이 다른 사람이 믿고 의지할 만한 언덕이 되어줄 수 있다. 나이 들어 몸으로는 도와주지 못한다 해도 말 한 마디가 큰 힘이 되고 문제 해결의 실마리를 제공할 수 있다. 홀로 서기와 나눔의 적절한 조화야말로 성숙한 인간관계를 나타내는 지표이다.

마음을 여는 대화법 10가지

40대 중반의 선후배와 동료들이 한자리에 모였을 때 일이다. 이런 저런 이야기 중에 "나이 드신 부모님과 언제 어떤 대화를 어느 정도 하느냐?"고 물었더니 다들 우물쭈물하며 입안엣소리들을 한다. "우리 어머니는 귀가 어두워서 잘 못 알아들으셔." "아버님하고 나는 워낙 말이 안 통해서 뭐." "모처럼 말 좀 붙여보려고 해도 자꾸 딴 소리만 하시니까 짜증스럽더라고……."

아기가 태어나 눈을 맞추고 옹알이를 하고 그러다 어느 날 "엄마, 아빠" 소리를 하면 세상의 부모들은 누구랄 것 없이 놀라움과 신기함에 떨 듯이 기뻐하며 웃음 짓는다. 부모는 아이에게 끊임없이 말을 가르쳐주고, 아이는 아이대로 눈에 보이는 모든 것을 입에 담아 말하고 싶어 조바심을 낸다. 그러나 어느 시기가 되면 하루 종일 종알대는 아이에게 부모는 "이제 그만 좀 떠들어라, 말 좀 그만해!" 하고 윽박지르기 시작한다. 말을 한 번이라도 더 시키려 애를 쓰다가 이제는 그만 좀 하라고 하니 어찌 보면 참 우습기도 하다.

시간이 흘러 부모님 키보다 더 자란 자식들은 어느샌가 부모님과는 더 이상 말을 섞으려 들지 않고, 부모 자식간의 거리는 도저히 메울 수 없는 틈을 사이에 두고 벌어지게 된다. 이렇게 흘러간 세월이 있으니 부모님께 아무리 친절하게 말씀을 드리려 해도 잘 되지 않는 것은 어쩌면 너무도 당연한 일이다. 자, 그러니 눈에 보이는 효도선물보다 부모님의 마음을 똑똑 두드리는 대화법을 한 번 익혀보면 어떨까. "엄마, 아빠" 소리를 처음 듣던 그때의 기쁨이 문득 살아나 행복해 하실 지도 모른다.

어르신들과 만나 마음을 여는 대화법을 공부할 때 제일 먼저 하는 것은 '눈맞춤-입맞춤-손맞춤-마음맞춤' 으로 이루어진, 이름하여 "유경의 '맞춤' 프로그램"이다. 먼저 남녀 상관없이 두 분씩 자리에 앉으신 그대로 짝을 정하시도록 한다. 짝을 향해 몸을 돌려 앉으면 준비 끝. 제일 먼저 '눈맞춤' 에 들어간다. 내가 하나에서 열까지 셀 동안 말없이 짝꿍의 눈을 들여다보는 것이다. 어색하기도 하고 우습기도 해 눈을 맞추기는커녕 여기저기서 쿡쿡 웃음소리가 나온다. 눈에서는 소리가 나지 않으므로 교실이 조용해야 한다고 주의를 드리면서, 어색해서 웃음이 나면 웃는 것은 괜찮지만 입으로 소리내어 말씀을 하시는 것은 안 된다고 강조한다.

"오늘 귀한 인연으로 만난 짝꿍의 눈을 가만히 들여다보겠습니다. 시작! 하나, 둘, 세엣……"

조용해지긴 하지만 간간이 참지 못하고 웃는 소리가 들린다. 끝까지 다 세고 나면 긴장을 하셨던지 가볍게 한숨을 내쉬는 분도 계시다.

"눈맞춤에 이어서 이번에는 입맞춤을 하실 차례입니다!" 하면 순식간에 교실 전체가 술렁거린다. 아버님들은 기가 막혀 허허 웃으시고, 어머님들은 망측한 일도 다 있다는 듯 입을 가리고 웃으신다. 궁금하고 호기심에 찬 어르신들의 눈길을 맞받으며

"아무렴, 제가 어머님 아버님들께 '쪽!' 하고 입맞추시라고 할까봐요? 걱정 마세요."

하면, 그럼 그렇지, 그제야 마음이 놓이시는 듯 내 입만 쳐다보며 다음 말을 기다리신다. '입맞춤' 은 한목소리로 인사 나누기다. "안녕하세요? 반갑습니다. 나는 ○○○입니다. 우리 건강하게 장수합시다!" 같은 인사말을 다함께 하는 것인데, 중요한 것은 '입맞춤' 을 하는 동안 '눈맞춤' 을 꼭 해야 한다는 점이다. 쉽게 말하면 상대방의 눈을 들여다보며 인사를 나누는 것이다.

소리 내어 인사들을 하느라 바쁘시다. 그 물결이 한 번 지나가고 나면 이번에는 '손맞춤' 으로 넘어가 서로 악수를 하거나, 손을 쓰다듬거나, 손등을 부드럽게 토닥거리도록 안내한다. 여기서도 물론 '눈맞춤' 은 기본이며 '입맞춤' 을 다시 한 번 반복한다. 짝꿍끼리 손을 마주 잡고 눈을 들여다보면서 인사를 하고 간단하게 자기소개

를 하느라 다시 또 교실은 어수선해지지만 모르는 사이에 즐거움과 친밀감이 생겨난다.

이제 마지막 한 가지는 '마음맞춤'. 보이지 않는 마음을 어떻게 맞출까 여쭤보면 묵묵부답이시다. '마음맞춤'은 곧 '칭찬'이며, 마주 앉은 짝꿍이 지닌 장점을 세 개씩 찾아내 그것을 서로 이야기하시라고 권한다. 눈에 보이는 장점도 좋고, 느낌으로 전해오는 좋은 점도 상관없다. 단, 상대방의 눈을 보면서 손을 잡고 소리를 내어 칭찬을 서로에게 들려주어야 한다. 다시 또 교실이 기분 좋은 흥분으로 술렁거린다.

실컷 마음을 나누시라고 시간을 충분히 드린다. 어느 정도 시간이 흐른 후 몇몇 짝꿍들을 지목해 어떤 칭찬을 나누셨는지 다른 분들 앞에서 공개하시도록 하면 때로는 부끄럽게, 때로는 다정하게, 때로는 진지하게 발표들을 하신다. 진심이 담긴 칭찬을 받고 얼굴 찌푸리는 사람은 세상 어디에도 없을 것이다. 서로 눈을 맞추고, 손을 잡고, 칭찬을 나누어 가진 짝꿍들은 몰라보게 가까워진 느낌을 갖게 되고, 마음을 여는 대화법의 기본을 벌써 익히신 셈이 된다.

사람 사이의 대화에서 '눈맞춤', 즉 눈을 맞추는 일은 더할 나위 없이 중요한 것이고, 소리를 내어 말로 표현하지 않으면 상대의 뜻을 모르니까 '입맞춤' 역시 지나쳐서는 안 될 일이다. 또한 서로의 따뜻한 정을 나누는 데 '손맞춤', 손을 잡는 것처럼 간단하면서도 효과적인 것은 없다. 여기에 더해 '마음맞춤', 깊이 있는 칭찬까지야 어렵다 해도 세 가지 정도의 칭찬이 곁들여졌으니 상대의 마음을 여는 기본적인 열쇠는 갖춘 것이라고 볼 수 있다. 그것도 서로 기분 좋게 말이다. 어르신들이 눈맞춤-입맞춤-손맞춤-마음맞춤을 잘 해내셨으니 이제 본격적으로 마음을 여는 대화법을 배울 순서이다. 이 대화법은 어느 연령 대에서나 활용 가능하지만 나는 어르신들을 만나면 자녀들과 대화하는 방법에 초점을 맞추고, 자녀세대인 중년들과 만나는 자리에서는 부모님께 다가가는 방법을 중심으로 해서 이야기를 풀어 나가곤 한다.

하나, 잘 듣는 것이 가장 중요하다

눈도 두 개, 귀도 두 개, 콧구멍도 두 개, 손도 발도 두 개씩인데 이왕이면 입도 두 개였더라면 좋았을 것 같다고 하면 어르신들은 어이없는 얼굴로 웃기부터 하신다. 한 사람도 빼놓지 않고 모두 입이 두 개씩이라면 보기에도 이상하지 않을 것이고, 밥 먹으면서 수다 떨기도 좋고, 다정하게 이야기하면서 뽀뽀도 할 수 있어서 편할 것 같다고 하면 말도 안 된다며 손을 내저으신다. 조물주께서 인간을 만드실 때 굳이 귀 두 개에 입 한 개를 만드신 까닭이 분명 있을 텐데 어르신들 생각은 어떠신지 여쭤본다. 예상했던 대답과 함께 예상치 못했던 대답도 들려오곤 한다.

'많이 듣고 적게 말하자, 두 번 듣고 한 번 말하자, 작게 말해도 잘 듣자, 쓸데없는 말은 한 귀로 듣고 한 귀로 흘리자, 어느 한쪽 이야기만 듣지 말고 양쪽 이야기를 골고루 듣자.'

입으로 말을 하기에 앞서 우선 귀 기울여 잘 들어야 대화가 시작된다. 듣지 않고 말만 하는 데서 모든 문제가 생겨나고 싸움이 이어진다.

둘, 눈을 맞추며 대화를 한다

우리 몸에서 듣는 기능을 하는 곳은 분명 귀지만, 가만 살펴보면 사람은 단순히 귀로만 듣는 것이 아니고 온몸으로 듣는다는 것을 알 수 있다. 내가 무슨 말을 할 때 상대방이 아무리 귀를 열고 듣고 있다 해도 등을 돌리고 있거나 눈을 감고 있거나 아무런 표정도 없다면 내 이야기를 제대로 듣는지 아닌지 확신이 서지 않는다.

어르신들은 더하다. 이야기를 나눌 때 눈을 제대로 맞추지 않으면 아무리 잘 듣고 있어도 딴청을 하는 것으로 아시고는 건성 들었을까봐 불안해 하신다. 어르신들이 했던 말을 또 하는 데는 이런 의사소통 방식의 문제도 있다. 당신은 열심히 이야기하는 데 며느리가 등을 돌린 채 수돗물을 틀어 놓고 설거지라도 하고 있을라치면, 어르신은 당신 이야기를 '혹시 못 들었을까봐' 기어코 다가와 다시 또 같은 말씀을 하시는 것이다. 눈을 맞추며 이야기를 듣고 가끔 고개를 끄덕여서 잘 듣고 있다는 표시를 서로 해야 한다. 어르신들은 가뜩이나 귀가 어둡기 때문에 이야기할 때 눈을 맞추면서 세심하게 소통을 해야 한다. 내가 노인대학에 가서 수업을 시작할 때마다 '눈맞춤' 연습을 하는 이유도 그 때문이다.

셋, 늘 긍정으로 이야기를 시작한다

어르신들을 모시고 소풍이라도 한 번 가려면 한바탕 전쟁을 치를 각오를 해야 한다. 장소 선정에서부터 잔소리가 끊이지 않는다. 가깝고 편리한 곳으로 정하면 시시하다고 하시고, 좀 멀지만 쉽게 가지 못하는 곳으로 정하면 차 막히고 번거롭다고 불평을 하신다. 이럴 때 가까우면 가까워서 좋고 멀면 멀어서 좋다는 분들이 나서서 막아주기라도 하면 얼마나 고마운지 모른다. 개인의 사정이 다 다르고 취향과 선호가 차이나는 것이야 어쩔 수 없다 해도, 말씀을 하실 때 "거기도 좋지만 이런 점이 좀 불만이다." 하시면 좋을 텐데 무조건 "거길 뭐 하러 가? 잘못 정했어." 하시면 젊은 직원들의 수고가 허망할 뿐이다.

어르신들뿐만이 아니라 누구나 명심해야 할 것이 "예, 그렇지요, 맞아요."하고 긍정으로 이야기를 시작하는 일이다. 아무리 맞지 않는 이야기고 의견이 다르다 해도, "아니요, 그렇지 않아요. 그건 틀려요."로 시작하면 설사 어린아이라 할지라도 거부당했다는 생각에 감정이 상하기 때문에 부드럽게 대화를 이어갈 수 없다. 일단 긍정을 하고 난 다음에 자신의 뜻을 쉽고 친절하게 설명한다면 상대의 마음도 좀더 편안하게 열릴 것이다.

넷, 자존심을 건드리지 않는다

사람들은 자기 자존심은 매우 중요하게 생각하면서도 다른 사람의 자존심은 쉽게 망각하곤 한다. 특히 약자에 속하는 상대에 대해서는 그 정도가 아주 심하다. 노인, 장애인, 어린이, 거기에 사회경제적 약자까지 더하면 자존심에 상처를 입는 사람의 숫자는 상상을 넘어설 것이다. 할 말 다 하고 사는 나 같은 아줌마한테도 그럴진대, 힘없고 돈 없고 말발 없는 어르신께는 더 말해 무엇하랴. 누구나 생명이 다하는 마지막 순간까지 자존심을 유지하고 싶어 한다. 사소한 말과 행동이라도 대화 중에 자존심을 건드리면 마음을 닫아버리게 마련이다. 특히 어르신들께는 "또 잊어버리셨어요?" "좀 빨리빨리 하세요." "왜 했던 얘기를 또 하시는 거예요." 같은 표현이 마음을 상하게 한다. 내가 듣기 싫은 말은 어르신들도 듣기 싫어하신다는 것을 잊지 말아야 한다. 상대방의 자존심을 살피는 일은 바로 내 자존심을 유지하는 길이기도 하다.

다섯, 독선적이고 단정적인 화법을 피한다

세상일은 참으로

이상해서 "내가 이 집에 다시는 오나 봐라."하고 뒤돌아 나선 가게에 다음 날 다시 갈 일이 생기고, 죽어도 못할 것 같은 일도 어쩔 수 없이 하게 되는 일이 부지기수다. 어르신들께 여쭤봐도 젊어서 혈기왕성할 때는 "그렇게는 절대 안 산다. 그런 일은 죽어도 못한다."고 입술을 깨물며 결심했었지만, 자식들 먹이고 입히고 공부시키려니 별 수 없이 죽기보다 싫은 그런 일 다 하면서 살았다고 말씀들을 하신다. 결국 살다보면 절대로 안 되는 일 없고 죽어도 못하는 일 없다는 뜻이다. 말하는 것도 똑같다. 어르신들께 말씀드릴 때도 "그건 절대로 못해드려요. 죽어도 그렇게는 못해요." 하기보다는 "지금은 좀 어렵고 곤란하니까 다른 방법을 찾아보겠습니다."하고 완곡한 표현으로 바꿔서 말씀드리면 어르신들도 감정을 상하지 않고 받아들일 수 있다. 아이들에게도 마찬가지다. "절대 안 돼. 죽어도 그렇게는 못해준다."보다는 한 호흡만 참았다가 사정을 설명하면 아무리 철없는 아이라 해도 마음이 조금은 누그러지는 법이다.

여섯, 어르신의 속도에 맞춘다

나이가 들수록 고막의 탄력성이 줄어들면서 높은 음을 듣는 것이 점점 어려워진다. 그래서 나는 어르신들 앞에 설 때마다 높은 소리보다는 조금 낮은 소리로 강의를 진행하려고 노력하는 편이다. 높낮이는 그래도 좀 조절이 되는데 문제는 빠르기다. 짧은 시간에 어르신들과 조금이라도 더 재미있고 알차게 시간을 보내려니 마음이 급해 말이 빨라지곤 한다. 가뜩이나 귀가 어두운데 속사포처럼 말이 쏟아져 들어가면 얼마나 정신이 없을까 싶어 최대한 조심하며 노력을 한다. 한 마디 한 마디를 다 소화하실 수 있도록 천천히 또박또박 이야기하는 것이 기본이다.

여기에 덧붙여 잊지 말아야 할 것은 말을 천천히 하는 데서 그칠 것이 아니라 어르신들이 대답할 시간을 충분히 드리고 기다려야 한다는 점이다. 어르신들은 무엇을 듣고 생각하고 정리해서 대답하기까지 시간이 좀 걸리므로, 대답을 재촉한다거나 결정을 서두르게 되면 나중에 번복하는 불상사가 생길 가능성이 높다. 말하고 듣는 것 모두 어르신의 속도에 맞춰야 한다. 이 일이 비단 어르신과의 대화에만 해당되는 일이겠는가. 상대의 속도에 맞추는 일이야말로 모든 대화의 기본이다.

일곱, 중요한 것은 꼭 다시 묻고 확인한다

그 자리에서 단단히 약속을 하고 고개를 끄덕이셨으니 틀림없겠지 하고 믿어서는 안 된다. 중년의 건망증도 대책이 없는데 노년이야 더 말해 무엇하겠는가. 중요한 일이라든가 약속 같은 것은 서로 잘 통했는지 반드시 되짚어본다. 같은 말을 정반대의 내용으로 이해하고 있는 경우도 있고, 이해는 제대로 했지만 세부적인 것이 빠져서 서로 엇갈릴 수도 있기 때문이다. 약속 장소를 "어느 지하철역 몇 번 출구"라고 했다가 자녀는 출구에서 나와 지상에 서 있고, 부모님은 출구 계단 아래 서서 이제나저제나 하고 기다리실 수도 있다. 중요한 약속이라면 어르신 앞에서 달력에 표시를 하고, 자신의 건망증에 대해 불안해하시면 마음을 놓으시도록 나중에 확인 전화를 하겠다고 약속하는 것도 좋은 방법이다. 어르신 계신 집에 가보면 숫자만 크게 적힌 달력이 걸려 있고 자녀들의 생일이라든가 집안행사 등이 표시되어 있는데 좋은 방법이다. 메모를 하는 일은 아무리 강조해도 지나치지 않지만 이때는 이 달력, 저 달력, 이 수첩, 저 메모지, 이런 식으로 메모를 분산시키면 안 된다. 일정과 약속을 표시해두는 달력은 하나만 정해 놓고 사용하는 것이 좋다.

여덟, 나눈 이야기를 요약 정리한다

우리가 일을 하면서 어떤 자료를 체계적으로 잘 분류하여 정리해두면 나중에 찾아 쓸 때 편리하고 실수를 줄이게 된다. 하지만 반대로, 되는 대로 적당히 집어넣어두면 나중에 꼭 필요할 때 쉽게 찾지 못하고 그래서 실수도 많이 하게 된다. 유감스럽게도 사람은 나이가 들면 나중에 찾아 쓸 수 있도록 정보를 제대로 조직화하는 능력이 부족해진다. 그러니 옆에서 조금 도와드려야 한다. 이야기를 나눈 후 "그러니까 그 일을 내일 하시겠다는 말씀이지요?" "거기에 한 번 가보고 싶다고

요?" 하고 하신 말씀을 요약 정리해드리면 훨씬 도움이 된다. 또 그렇게 정리하는 과정에서 어르신의 말씀이 원래 그런 뜻이었는지, 아니면 표현이나 전달방법이 잘못 됐는지 알 수 있어서, 불필요한 오해를 피하고 원활하게 의사소통을 할 수 있다. 어르신 때문에 귀찮고 힘들어진다고 여길 것이 아니라, 잘못된 의사소통이나 오해로 인한 감정의 낭비를 줄인다고 여기면 어르신과 더불어 우리도 편안해질 수 있다.

아홉, 솔직하고 성의 있게 대답한다

인간관계에서, 또 마음을 여는 대화에서 솔직함만한 미덕이 있을까. 다른 일로 잔뜩 화가 나 있는데 옆에서 부모님이 당신의 소소한 문제를 길게 늘어놓으시면 아무리 효자 효부라 해도 마음이 편치 않은 법이다. 이럴 때 아닌 척하고 버틸 것이 아니라, 자신의 상황을 완곡하면서도 분명하게 표현해 감정의 엇갈림을 막는 것이 현명하다. 인지능력에 장애가 있는 분이 아니라면 완전한 이해는 아니라도 자식의 처지를 짐작하고 한 발 물러서신다. 형식적인 대화보다는 진실한 한 마디가 마음을 통하게 만들어준다.

누구나 묻는 말에 묵묵부답이거나 건성 대답을 하면 무시당한다고 느낀다. 어르신도 예외가 아니다. 성의 있는 대답이 해결책이다. 진실이 부모님의 건강에 치명적인 독이나 해가 되는 경우를 빼고는, 진심을 담아 정성껏 말씀드리면 부모님은 자식들의 걱정과는 달리 잘 받아들이고 마음으로라도 더 든든한 울타리가 되어주신다.

열, 웃음은 마음을 여는 가장 훌륭한 열쇠이다

눈이 유난히 작은 내가 조금이라도 웃으면 눈은 거의 감긴 수준이 된다. 이런 나를 향해 아이들은 "엄마, 눈 좀 뜨고 웃어!" 하면서 장난을 친다. 그래도 나는 굳건하게 버티면서 눈이 안 보일 정도로 열심히 웃어댄다. 웃음만한 명약이 어디 있으며, 웃음만큼 귀한 선물이 또 있을까. 그것도 하나님께 공짜로 받은 것이며 남에게 줄 때도 역시 돈 한 푼 안 드는 것임에야.

"자식한테 서운함을 느낄 때는 언제인가?" 하는 물음에 "눈도 안 마주치고 무시할 때"라고 답하신 어르신들이 가장 많았다. 사랑에 빠진 사람들이야 서로에게서 눈을 떼지 못하는 법이지만, 보통은 그냥 눈을 맞추기도 쉽지 않다. 웃으면서 부모님의 눈을 한 번 들여다보자. 마주치는 어르신들을 향해 웃음 띤 얼굴을 한 번 지어보자. 우리를 품어주는 무한한 사랑의 바다를 바로 거기서 발견할 수 있으니, 어르신보다 우리가 먼저 행복해질 것이다. 사실 마음을 여는 대화법의 첫 지침은 '웃음'이 되어야 한다. 말하기 전에, 또 듣기 전에 웃음만으로도 많은 것을 나눌 수 있으니 말이다.

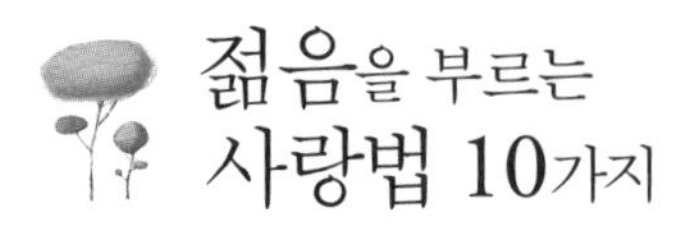

젊음을 부르는 사랑법 10가지

중년 여성들과의 모임 주제가 엊그제는 '노년기의 성(性)'이었다. 노년의 성은 노년의 여러 문제 중에서도 무척 중요한 부분을 차지하고 있지만, 또 그만큼 다루기도 조심스럽고 어려운 주제이다. 이전 시간에 수업을 위해 영화 〈죽어도 좋아〉(감독 박진표, 2002) 비디오테이프를 보고 오자고 했기에 시작하자마자 숙제검사에 들어간다. 숙제검사란 다름 아닌 돌아가면서 자유롭게 영화 본 소감 이야기하기다.

더운 여름날 달동네의 좁은 방, 낡은 선풍기 옆에서 벌이는 두 노인의 대낮 섹스가 너무 문란하게 느껴졌다는 이야기에서부터 구토가 나더라는 소감까지 긍정보다는 부정 쪽 소감이 많은 편이었고, 부모님의 잠자리를 훔쳐보는 듯한 민망함이 있었다는 표현은 오히려 완곡한 편에 속했다. 그때 가만 듣고 있던 한 수강생이 묻는다. 〈맛있는 섹스 그리고 사랑〉(감독 봉만대, 2003)이란 영화를 보니 젊은 두 주인공은 정말 때와 장소를 가리지 않고, 대낮 공중화장실에서는 물론 다른 승객들도 타고 있는 심야 고속버스에서도 섹스를 한다. 왜 그들의 섹스에 대해서는 문란하다거나 구토가 난다고 하지 않는가. 그것이 낮이 되었든 밤이 되었든, 아무도 보지 않는 둘만의 공간에서 두 사람의 노인이 원하는 시간에 하는 섹스가 문란하다는 것은 무슨 이유에서인가. 단지 젊은이와 노인의 차이에서 오는 것이라면 그것이야말로 우리들의 편견 때문이 아닌가…….

내가 하면 로맨스, 남이 하면 불륜. 내가 하면 어쩔 수 없는 끼어 들기, 남이 하면 새치기. 마찬가지로 젊은이들의 섹스는 사랑과 열정, 노인들의 섹스는 주책없음과 문란함. 똑같이 먹어도 젊은이들은 미식(美食), 노인들은 식탐(食貪). 이렇게 노년에 대한 편견은 우리를 서로 다른 나라에 사는 사람들로 철저히 갈라놓고 있다. 지금 바로 여기 같은 땅에서 같은 시간대를 살아가고 있지만 서로가 속해 있는 곳은 완전히 다른 세상이며, 자신과 상대방을 평가하는 잣대 역시 완전히 다르다.

여기저기서 하도 많이 이야기해서 다들 알고 있듯이, 노년인구는 정말 놀랄 만큼 빠른 속도로 늘어나고 있다. 굳이 숫자를 들이대지 않아도 주위를 둘러보면 금방 알 수 있다. 나는 주로 지하철을 타고 다니는데, 자리가 없어 서서 가게 되면 일부러 '노약자 보호석' 근처에 가서 선다. 앉아 계신 어르신들의 얼굴과 옷차림도 살펴보고, 또 같이 타신 분들이 나누는 이야기도 슬쩍 엿듣고 싶어서다. 그런데 언제부턴가 노약자석에 미처 앉지 못하고 그 주위에 서 계신 어르신들 모습이 눈에 많이 띄었다. 젊은 사람들이 양보를 하지 않아서가 아니라 어르신들이 워낙 많이 타는 바람에 보호석의 숫자가 모자라는 것이다. 어느 날인가는 옆에 있던 친구도 그걸 느꼈는지 노약자 보호석을 좀더 늘리든지 아니면 노약자 전용칸이라도 만들어야겠다고 한마디 한다.

이렇게 이미 노약자 보호석이 노인들로 가득 차는데 우리는 언제까지 노인을 다른 나라 사람 보듯 할 것인가. 한 사회가 노년을 바라보는 눈은, 바로 그 사회 구성원들이 걸어가게 될 앞날을 그대로 보여주는 거울이다. 어느새 나의 사랑은 주책없음으로, 맛있는 음식을 먹고 싶은 당연한 욕구는 노인의 추한 식탐으로 바뀌어버려 거울 속의 내가 울고 있는 게 보이지 않는가. 다행스러운 것은 〈죽어도 좋아〉를 본 또 다른 수강생의 소감이었다. "영화 속 노인들의 섹스에는 억지로라든가 강제로, 또 내 마음대로는 없었다. 나이 든 사람이 지닌 상대방에 대한 깊은 이해와 배려를 섹스에서도 볼 수 있어서 감동적이었다." 그것을 찾아낸 중년의 밝은 눈이 내게는 오히려 감동적이었다.

'할머니는 30년 동안 혼자 사셨고 할아버지는 혼자되신 지 5년. 두 분이 사귄 지는 1년 정도. 서로를 좋아하기에 몸과 마음 모두 간절히 원하지만, 할머니의 망설임과 머뭇거림이 이어진다. 할아버지는 그런 할머니를 향해 나이 들수록 자연의 이치에 따라야 하는 것 아니냐며 애타는 마음을 표시한다. 멀리 단풍 구경을 가기로 한 날, 할머니는 여전한 망설임으로 약속 장소에 나오지 못하고 할아버지는 기다리다 지쳐 벤치에서 코를 골며 잠이 든다. 뒤늦게 달려온 할머니는 둘이 늘 앉던 벤치로 할아버지를 찾아오고, 두 사람은 마침내 서로를 보듬어 안는다.……'

노인복지관의 한 교실에서 어르신들과 독립단편영화 한 편을 봤다. 제목은 〈단풍잎〉(감독 오점균, 1999년, 16mm). 25분의 짧은 상영이 끝나고 소감을 나누는 시간. 제일 먼저 멋쟁이 여자 어르신이 말씀을 하신다.

"한마디로 재미있었어요. 할머니의 손녀가 할머니의 연애를 싫어하는 줄로만 알았는데, 나중에 보니 여행가방 속에 든 할머니 팬티에 '자랑스러운 할머니'라고 썼더라고요. 저만하면 노인들 마음을 잘 그린 것 같아요."

손녀가 할머니 팬티에 '자랑스러운 할머니'라고 쓴 장면을 떠올리며 왁자하게 웃음을 터뜨리는 가운데 점잖은 남자 어르신께서 손을 드신다. "30년이나 혼자 살았는데 이제 와서 뭘……. 예쁜 손녀 자라는 거나 보면서 정조를 지켜야 하지 않겠습니까?" 순간 교실 안에 어색한 침묵이 감돈다. 활발하고 자유로운 토론을 거쳐, 노년의 삶을 어떻게 하면 좀더 풍요롭게 만들어 나갈 수 있을까 이야기를 모아가야 하는 내 머릿속이 바삐 돌아간다. '아, 이제 여자 분들이 발언을 안 하시겠구나. 영화를 옹호하는 이야기를 하면 마치 정조를 가볍게 여기는 사람으로 보일 테니까 입을 다무시겠지. 이제 어디서부터 이야기를 다시 풀어나간담?' 이때 구원병이 나타났으니, 납작한 모자를 쓴 풍채 좋은 남자 어르신이었다.

"세상은 이미 많이 바뀌었는데 예전에 우리가 배워온 것만 고집하면 안 되지요. 팔십까지 사는 세상인데 노인도 좋아하는 사람 만나 사랑을 나누면서 살면 좀 좋은가요?"

몇 분이 하하 웃으며 박수로 동의를 하시는데, 다시 남자 어르신 한 분이 강하게 이의를 제기하신다.

"독신들에게나 해당될 영화를, 부부가 같이 사는 사람도 섞여 있는 이런 자리에서 보면 어떻게 합니까?"

이 정도의 질문에는 어르신들 사이에서 저절로 답이 나올 것 같아 잠시 기다린다. 예측이 틀리지 않아 이번에는 낭랑한 여자 어르신의 목소리가 이어진다.

"극장이 독신자용 따로 부부용 따로 있나요? 이렇게 같이 보면서 부부는 독신 친구들 사정 헤아리고, 독신은 독신대로 자기 감정 돌아보고 그러면 되지요."

고개를 끄덕끄덕하는 어르신들과 갸우뚱하는 어르신들이 그래도 눈을 맞추며 웃으시는 걸 보니 오늘 수업은 무난하게 진행된 편이다. 마땅치 않은 마음에 수업 끝나고 서로 쳐다보지도 않으려고 하시는 경우도 있으니까 말이다.

이제 내가 앞에 나서서 정리해야 할 시간. 세상일이 다 그런 것처럼 영화 한 편에 대해서도 의견이 다를 수 있다. 중요한 것은 나와 다른 눈으로 본 것을 틀렸다고 할 것이 아니라 그럴 수도 있겠다고 받아들이는 것이다. 노년의 모습을 완벽하게 담아낸 것은 아니지만 그래도 노년이 나오는 영화를 같이 보고 이야기 나눌 수 있는 것만 해도 참 좋은 일 아니겠는가. 이렇게 정리를 하고는 앞으로 영화에 좀더 관심을 갖고 틈틈이 보실 것을 권했다. 사람 사는 모습의 다양함을 익히고 배우는 데는 역시 나이도 도구도 따로 없는 것. 영화를 통해 어르신들은 새로운 경험을 하셨고 그것을 도와드리며 나 역시 좋은 경험을 한 하루였다.

영화 〈죽어도 좋아〉와 〈단풍잎〉을 수업시간에 교재로 사용하는 이유는 둘 다 노년의 사랑과 성을 중심에 놓고 있기 때문이다. 성, 동성애, 죽음 등 그동안 입에 올리는 것을 금기시해 온 많은 것들이 하나씩 모습을 드러내며 밝은 논의의 장으로 나왔지만, 여전히 어두운 구석에 처 박혀 있는 것이 바로 노년의 사랑과 성이다. 여기저기 신문이나 잡지, 방송에서 특집으로 다루긴 했어도 일회적으로 스쳐 지나가는 흥미와 관심거리일 뿐이다. 그 내용을 잘 몰라서이기도 하고, 노년은 무성(無性)의 존재라고 생각하는 우리의 고정관념과 선입견이 그 원인이기도 하다. 우리의 인생지도에 엄연히 노년이 들어 있다면 사랑과 성도 같이 따라가는 것일 텐데 도대체 언제까지 없는 척, 모르는 척하겠는가. 무엇보다 자연스레 이야기를 끄집어내는 일부터 시작해야 할 것 같다.

하나, 사랑에 대한 욕구는 죽을 때까지 사라지지 않는다

'사람은 무엇으로 사는가?' 를 물으면 사람마다 각각 다른 대답을 하겠지만, 아마도 가장 많이 나오는 것 중의 하나는 '사랑' 이 아닌가 싶다. 흔히들 젊어서 사랑의 대상, 자기만의 짝을 찾기 위해 헤매고 애를 쓰는 건 당연하게 여긴다. 그러면서도 나이가 든 사람에게는 그저 지고지순한, 어른으로서의 내리사랑만을 요구하는 것이 우리의 심성이다. 누구나 다른 사람에게 사랑을 받고 또 사랑을 주려는 욕구가 있음에도 불구하고, 노년은 그 범주에서 철저하게 제외시켜 놓은 까닭이다. 노년에도 사랑이 있다는 것을 잊지 않는 것만으로도 그들의 삶을 보다 잘 이해할 수 있고, 필요할 때 적절하게 도울 수 있다.

둘, 성을 빼놓고 노년의 삶의 질을 이야기할 수 없다

식욕과 성욕은 인간의 2대 본능이다. 그런데도 노년의 성 욕구를 이야기하면 돌아오는 반응은 "나잇값도 못한다." "주책이다." "노망난 모양이다." 등이 대부분이다. 나이가 들면서 식욕에 변화가 오긴 해도 식욕 자체는 없어지지 않는 것처럼, 성욕도 비록 감퇴하기는 하지만 욕구 자체가 완전히 사라지는 것이 아니다. 젊은 시절의 성만큼이나 노년의 성도 자연스러운 것이며, 성은 노년의 삶의 질과 그 만족 정도를 살펴볼 수 있는 중요한 요소이다.

셋, 노인은 사랑과 연애, 성과는 상관없다는 신화를 깨야 한다

풍요로운 마음으로 늙어 가는 데는 사랑도, 연애도, 성도 중요한 역할을 한다. 분명 존재하는 것을 마치 전혀 존재하지 않는 것처럼 여기고 애써 무시하는 것은 성숙한 자세가 아니다. 우리 주위를 둘러보면 노인의 사랑과 연애와 성이 엄연히 존재하는데, 모두들 눈을 맞추지 않기 위해 고개를 돌려버린다. 그러나 모른 척한다고 없어지지 않는다. 노인은 사랑과 연애와 성과 관계없다는 신화를 깨부수어야 한다. 일본의 〈후생백서〉(厚生白書, 1997)에서는 노인을 둘러싼 잘못된 신화들로 이 외에도 다섯 가지를 더 꼽고 있다. 즉, 노화하고 있는지 여부는 나이로 결정한다. 노인의 대부분은 건강이 좋지 않다. 노인은 비생산적이다. 노인의 두뇌는 젊은이처럼 명민하지 않다. 노인은 누구나 비슷하다.

넷, 노인들의 사랑과 성을 긍정적인 눈으로 보자

사람은 사회적인 존재이기 때문에 어떤 행동양식을 결정할 때 사회문화적인 환경에 영향을 받을 수밖에 없다. 노년의 사랑을 백안시하고 노년의 성을 추한 것으로 보는 부정적인 태도가 노년의 삶을 위축시키고 왜곡시킨다. 노화와 함께 성 기능이 감퇴한다고 해도 상당수의 노인이 성적 능력을 발휘하며 행복하게 살고 있고, 또한 성적 욕구와 관심을 유지하고 있다. 젊은 시절과 마찬가지로 노년의 성도 지극히 자연스런 욕구이며 생리적 현상임을 인정하고 따뜻한 눈으로 지켜보는 것이 필요하다.

다섯, 노년에도 성적 활동을 지속하는 것이 쇠퇴를 막는 길이다

성적 능력이라는 것은 원래 개인차가 많긴 하지만, 아무래도 나이와 함께 대체로 성 기능이 쇠퇴하게 된다. 나이 들어서도 성 기능을 유지하고 성행위를 지속하기 위해서는 무엇보다 지속적인 성적 표현과 활동이 필요하다. 일주일에 한 번 이상의 성행위나 자위행위를 통해 오르가즘을 느끼는 사람이 훨씬 건강하며 오래 산다는 이야기도 있다. 섹스야말로 정서 안정과 기분 전환, 스트레스 발산의 묘약이기 때문이다. 규칙적인 성 표현은 남자와 여자를 가리지 않고 생의 활력에 보탬이 된다. 활기 있는 노인이 오래 사는 것은 당연하다.

여섯, 노년의 성은 육체에만 국한된 것이 아니다

인간의 성을 자손을 만들고 낳는 생산이나 생식의 차원에서만 이야기하는 사람은 아마도 없을 것이다. 그럼에도 불구하고 노년을 '무성(無性)'의 존재로 보는 것은, 생식 이후의 성을 제대로 인정하지 않는다는 증거다. 노년의 성은 단순히 성적 만족만을 위한 것이 아니라 서로가 정신적으로 위로하고 북돋아주는 가운데 생의 보람을 찾게 하는 데 더 깊은 의미가 있다. 노년의 성은 정서적인 행동으로서의 성, 의사소통으로서의 성, 서로를 돌보는 성이라고 할 수 있다.

일곱, 당사자가 원한다면 노년의 재혼을 도와야 한다

노년을 행복하게 보내는 데 필요한 요건들을 보면 자녀의 부양보다 배우자의 유무가 더 중요한 것으로 나타난다. 노년의 재혼, 즉 노혼(老婚)은 성적 만족보다는 인간관계의 단절에서 벗어나고픈 욕구가 더 강하다고 보아야 한다. 물론 재산이나 호적관계, 또다시 사별을 경험하고 홀로 남게 되는 문제들을 사전에 충분히 고민해야 하고, 혹시 재산 또는 몸 시중이나 수발 때문에 구혼하는 것은 아닌지 잘 살펴봐야 한다. 하지만 무조건 노혼 자체를 반대하는 것은 한 사람의 행복추구권을 침해하는 것이다.

여덟, 그러나 노년의 재혼은 신중 또 신중해야 한다

우리 사회는 남자의 재혼에는 비교적 관대하지만 여자의 재혼에는 상당히 부정적이다. 이미 구축된 모성신화가 너무 견고하기 때문에 '다른 사람은 몰라도 내 어머니만은……' 하는 자녀들이 많다. 또한 남자의 경우도 노년에 접어든 남성의 재혼에 대해서는 남성과 여성의 관계 맺기라는 관점이 아닌 부양과 수발을 염두에 두는 경우가 많다. 노년의 재혼은 현실적으로 많은 어려움이 있는 것이 사실이다. 경제적인 부분의 해결과 재혼 후 두 사람이 함께 생활할 수 있는 공간의 확보에서부터 어려움을 겪는 분들을 어렵지 않게 볼 수 있다. 열정이 현실의 어려움을 뛰어넘었던 젊은 시절과 달리, 노년은 극심한 변화와 갈등을 견디기에는 여러모로 허약하다. 재혼에 앞서 상대를 알 수 있는 충분한 기회를 가져야 하며, 주위에서도 편안하게 상대방과의 만남을 지속할 수 있도록 따뜻하게 지켜보며 배려해야 한다.

아홉, 삶의 질(Quality Of Life)과 함께 사랑의 질(Quality Of Love)을 생각해야 한다

삶의 질의 큰 부분을 사랑의 질이 차지하고 있다는 것을 잊지 말자. 노년의 사랑과 성은 더 이상 금기가 아니다. 노년은 머지않아 만나게 될 나의 얼굴인데, 나의 노년에 사랑이 없다는 것을 상상이나 할 수 있겠는가. 내가 좋아하고 원하는 것은 다른 사람도 좋아하고 원하며, 내가 하기 싫은 것은 다른 사람도 하기 싫어한다는 점을 생활의 기본원칙으로 명심해야 한다. 내가 원하는 것을 노인에게는 쳐다보지도 말라고 하니 이 얼마나 당찮은 오만이며 어리석음인가. '어느 날 노년의 부모님이 사랑에 빠졌다고 고백하신다면 어떻게 할 것인가?'

이것이 상상 아닌 현실 속의 질문이 된 지는 벌써 오래이다.

열, 나와 다르다고 해서 틀린 것은 아니다

아주 나이가 많아져 도저히 불가능해질 때까지 성적인 즐거움을 절대 포기하지 않고 살겠다는 분에게, 이제는 그만 하시고 정신적인 즐거움을 찾으시라고 충고할 수 있겠는가? 이미 오래 전에 육체적인 정욕에서 벗어나 영적인 성숙을 위해 노력하고 있으며 거기서 진정한 기쁨을 찾았다는 분에게, 인간에게 허락된 쾌락 중의 하나를 왜 앞당겨 포기하느냐고 설득할 수 있겠는가?

사람은 다 다르다. 그러나 그 다름에 반드시 옳고 그름이 존재하는 것은 아니다. 노년이 되어서도 성적인 즐거움을 누리는 분이나, 아니면 다른 차원에서의 행복을 맛보시는 분이나 다 그분들 나름의 삶인 것이다. 내 잣대를 가지고 재단하기 때문에 노년의 사랑과 성이 추한 것, 주책없음, 문란함, 노망, 미성숙으로 치부되는 것이다. 지금의 노년을 일단 이해하고 받아들이면서, 우리는 그 노년을 통해 느끼고 배우면 된다. 그래서 자신에게 맞지 않는 삶의 방식은 버리고, 자신이 원하고 또 잘 맞는 길로 걸어가면 되는 것이다. '다름'이 '틀림'은 아니기 때문이다.

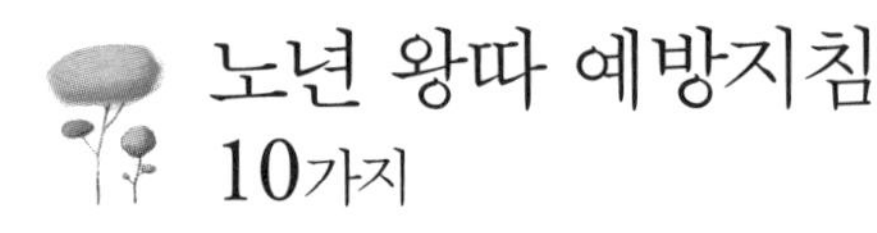

노년 왕따 예방지침 10가지

나는 이럴 때 젊은 사람이 싫다!

엊그제는 노인대학에서 토론시간을 가졌다. 50여 명의 어르신들이 5명에서 6명씩 소집단으로 나뉘어 같은 주제에 대해 토론을 하고 그 내용을 종합 정리해 발표하는 시간이었다. 토론이란 것이 늘 그렇듯 대화를 나눌 때 소외되는 분들이 없어야 하고, 주제에서 벗어나지 않도록 주의해야 하며, 또한 발표는 간단명료하게 이루어져야 하기 때문에 일방적인 강의식 수업보다 품이 많이 드는 게 사실이다. 그래도 어르신들이 자신의 의견을 자유롭게 말씀하시는 훈련을 하고, 동시에 다른 분들의 의견에 귀 기울여 잘 듣는 연습을 하시도록 나는 토론식 수업을 즐겨 진행하는 편이다.

그날 내가 어르신들께 드린 주제는 '어린아이 · 청소년 · 젊은 사람들이 밉고 싫을 때' 와 '그들과 어떻게 더불어 살아갈 것인가' 였다. 모두 9개 팀으로 나눠서 토론을 했는데, 정해진 시간이 다 됐다고 알려드리면 "5분만 더, 5분만 더" 하시면서 말씀들을 그칠 생각을 하지 않으시는 것이었다.

각 팀의 팀장들이 요약 정리한 종이를 들고 나와 차례로 발표하는 시간. 먼저 젊은 사람들에 대한 성토가 뜨거웠다. 길에서 담배를 피우고 꽁초를 함부로 버릴 때, 젊은 남자가 귀걸이를 하고 염색을 했을 때, 젊은 여성이 배꼽이 보일 정도로 지나친 노출을 했을 때, 경로석에 앉아서 모른 척 눈 감고 있을 때, 아이가 전철 의자 위에서 신발을 신고 뛰어도 엄마가 가만히 보고만 있을 때, 식당이나 차 안에서 떠들 때, 사용하는 언어가 거칠고 난잡할 때, 남녀가 옆 사람을 의식하지 않고 심한 애정표현을 할 때, 노인 공경의 자세가 전혀 없을 때 등이 공통적으로 나온 내용이었다.

그 다음은 이렇게 마음에 들지 않는 젊은 사람들과 어떻게 더불어 살아갈 것인가에 대한 의견이었다. 노인들이 솔선수범하자, 젊은 사람들이 사용하는 용어를 익히도록 노력하자, 새로운 문화에 대해 관심을 갖자, 대화의 자리를 마련하자, 먼저 양보하자, 입장을 바꾸어 생각해보자, 잘못을 보고 무조건 야단치지 말고 조용히 타이르도록 하자, 강 건너 불 보듯 하지 말고 관심을 갖자, 가장 중요한 것은 나부터 잘하는 것이다 등등의 말씀을 하셨다. 마지막에 나오신 어르신은 앞에서 다 발표했으므로 한마디만 하시겠다며 "아무리 미운 점이 눈에 보여도 우리 노인들이 젊은이들을 먼저 사랑합시다!" 하셔서 박수를 받으셨다.

물론 어르신들의 말씀 중에 "장 보러 가서 남자는 아기 기저귀를 이만큼 들고 여자는 빈손으로 가는 것을 고치자."라든가, "방송작가 중에 여성작가가 많아서 여자들 목소리가 높아지고 이혼이 많아지는 것이니 그런 것부터 고쳐야 한다." 같은 무리한 것도 있었다. 그러나 같은 자리에서 토론을 하시는 동년배 어르신들이 자연스럽게 그 의견이 지닌 문제점을 조목조목 지적하시는 것을 보면서, 내 마음속에는 노인이 노인의 의식을 바꿀 수 있는 가장 적절한 존재가 될 수 있을 거라는 은근한 기대와 희망이 싹트기도 했다.

이럴 때 할머니 할아버지가 싫어요!

지난해 여름방학 기간 동안 중고등학생과 어머니가 함께하는 자원봉사교육에 강사로 참여한 적이 있었다. 그때 "아, 싫다 싫어. 저 노인!"이라는 제목으로 할머니 할아버지가 싫을 때는 언제인지 자유롭게 이야기를 나누었다. 여기저기서 자연스레 나오는 대답들을 칠판에 죽 적으면서, 왜 그런지를 함께 생각하고 노인이란 어떤 사람들인가를 이해하며 자원봉사 현장에서 그분들을 어떻게 대할 것인가를 알아보는 내 나름의 수업방식이다. 나온 대답을 종합해 다 정리한 후에는 바로 옆에

"와, 멋있다. 저 어르신!"이라는 제목 아래 어르신들이 멋있고 좋게 보일 때는 언제인지 적어 나가면서 똑같은 방식으로 이야기한다.

그런데 중고등학생들과 어머니들의 대답이 약간 달랐다. 학생들은 노상방뇨라든가 새치기 같이 공중도덕을 무시하는 것을 싫은 모습으로 가장 많이 꼽았고, 이어서 냄새와 큰 목소리, 청소년에 대한 무시, 지하철에서 양보해도 인사 한 마디하지 않는 모습까지 다양하게 열거했다. 반면 30대와 40대인 어머니들은 아무래도 가족 내에서 경험한 자신의 부모님이나 시부모님에게서 느낀 것들을 많이 이야기하였다. 손자 손녀에 대한 차별, 아들과 며느리 혹은 딸과 며느리에 대한 구분, 생활방식에 대한 간섭과 견해차이, 고집, 융통성 부족 등을 많이 꼽았다.

다른 자리에서 조사한 청년들의 의견 역시 크게 다르지 않았는데, 재미있는 것은 젊은 사람들에게 어르신들이 싫을 때는 언제인가를 물었을 때와 어르신들께 젊은 사람들이 밉고 싫을 때를 물었을 때 정확하게 겹쳐지는 부분이었다. 다름 아닌 공중도덕 지키기에서 두 세대는 팽팽하게 대립각을 세우고 있었다. 서로를 향해 줄을 잘 서지 않는다, 새치기를 한다, 침을 함부로 뱉고 휴지를 아무데나 버린다, 자리양보를 하지 않는다, 자리를 양보받고 인사도 하지 않는다면서 비난의 화살을 쏘아대는 것이다. 그렇다면 답은 이미 나온 것 같다. 상대방이 하지 않았으면 하는 행동은 나도 하지 말 것이며, 상대방이 해주었으면 하는 것을 내가 먼저 하면 될 것이다. 우리는 누구나 한 번은 젊고, 한 번은 늙는다.

'청소년 폭력 예방지침'에서 배우다

중학교 1학년 때 딸

아이가 학교에서 받아온 가정통신문에는 〈폭력 및 안전사고 예방〉이라는 제목이 붙어 있었다. '이유 없는 폭력을 당하면서 폭력에 굴복하며 사는 것은 자제력과는 전혀 무관한 일입니다'로 시작하는 가정통신문은, 자신의 힘으로 감당할 수 없는 폭력을 당했을 때 선생님이나 부모님께 말씀드리는 것은 비겁한 것이 아니라 용기임을 강조하였다. 그러면서 자기보다 약한 사람에게 폭력을 휘둘러 굴복시키는 일은 자신에게 처참한 일이고 또한 그런 사람일수록 자기보다 강한 사람에게 비열한 행동을 하는 법이라고 설명하고 있었다.

그리고 아래쪽에는 학생과 학부모가 함께 유념할 '폭력 예방지침'을 열거하였다. ① 평소 모욕적인 말투, 잘난 체하는 행동을 삼간다. ② 상호간의 예의를 지킨다. ③ 검소하고 단정한 옷차림을 한다. ④ 청소년 출입금지지역이나 유흥업소에 출입하지 않는다. ⑤ 운동장 구석, 후문, 어두운 골목길 등 외딴 곳에 가지 않는다. ⑥ 등하교 길에는 친구들과 함께 큰길로 다닌다. ⑦ 불량 서클이나 폭력 선배의 유혹을 받으면 용기 있게 뿌리친다. ⑧ 사소한 협박이나 폭행이라도 부모님, 선생님과 의논한다. ⑨ 밤 늦게 골목길, 공원 근처를 걷거나 이성 친구와 함께 외진 곳을 가지 않는다. ⑩ 학급에서 5명 이상의 친구를 반드시 사귄다. ⑪ 금품을 보여주지 않고 귀중품 및 많은 돈을 갖고 다니지 않는다.

아이와 함께 꼼꼼하게 읽고 나서 냉장고 문에 자석으로 붙여두었다. 2학기 접어들어서야 겨우 초등학생 티를 벗고 있는 아이가 생각지 못한 상황과 맞닥뜨리면 무척 혼란스럽고 당황하겠구나 싶으면서, 텔레비전이나 신문으로만 접해온 청소년 폭력이 바로 내 아이의 문제라는 실감이 나는 것이었다.

그런데 문득 신체적인 폭력까지는 아니지만 동년배 친구들이나 노인대학 동급생 사이에서 소외되고 무시당하는 어르신들이 떠올랐다. 흔히 쓰는 말로 '왕따' 당하는 어르신들 말이다. '청소년 폭력 예방지침' 을 반복해 읽으면서 어르신들께 해당될 만한 것들을 다섯 가지 골라내고는, '아이고, 직업은 못 속이는구나' 하며 혼자 비죽이 웃음을 빼물었다. 그러다 내친 김에 다섯 가지를 더 보탰다. 그렇게 해서 만든 '노년 왕따 예방지침' 을 최초로 공개한다! 아, 청소년도 어르신들도 서로 왕따시키거나 왕따당하지 않고 사이좋게 행복하게 살면 얼마나 좋을까.

하나, 평소 모욕적인 말투나 잘난 체하는 행동을 삼간다

나이는 벼슬이 아니며 자격증도 아니다. 살면서 늘어나는 것이 나이뿐이라면 오래 사는 것은 기쁨이 될 수 없으며 결코 부러움의 대상도 아닐 것이다. 나보다 어리다고, 혹은 못 배우고 덜 가졌다고 무시하며 모욕을 주면 비록 눈에 보이지 않을지라도 같은 분량의 무시와 모욕이 돌아올 것이다. 또한 잘난 척 턱을 치켜들면 얻는 것은 외로움뿐이다. 친구는 물론 며느리를 비롯한 자식들에게도 모욕감을 느끼게 하면 그것은 노년의 고독이 되어 돌아온다. 아무리 퍼주어도 사랑받지 못하는 어르신 중에는 이런 경우가 많다.

둘, 예의를 지킨다

"이 나이에 무슨……" "내가 다 늙어서 남의 눈치 보고 살랴?" "늙은 사람인데 뭐 어때." 기본적인 생활예절이나 예의와는 아예 담을 쌓고 지내는 어르신들이 많다. 젊은 세대가 노년을 싫어하는 주요 원인이기도 하고, 어린 손자 손녀들이 할머니 할아버지께 다가오지 않는 이유가 되기도 한다. 예의를 어렵게 생각할 필요는 없다. 부모와 자식, 가까운 친구 사이라 해도 상식적인 행동의 틀을 벗어나지 않도록 하면 된다. 내가 싫어하는 일을 남에게 강요하지 말 것이며, 내가 좋다고 해서 그대로 따르라고 억지로 잡아당기지 않으면 된다. 말과 행동에서 인간에 대한 예의를 저버리면 그 누구에게도 사랑받거나 존중받지 못한다.

셋, 검소하고 단정한 옷차림을 한다

노년기의 특징 중 하나는 자기관리가 소홀해진다는 것이다. 물론 몸이 힘들어 흐트러진 모습을 보이기도 하지만 그래도 끝까지 단정한 모습을 하도록 최대한 노력해야 한다. 치매는 옷깃에서부터 시작된다는 말도 있다. 노년에 대한 부정적인 이미지에는 외모에 대한 무관심과 청결하지 않음, 깨끗하지 못한 옷차림 등이 한몫을 한다. 반대로 지나친 몸치장 역시 사람들에게 좋은 인상을 주지 못한다. 여럿이 모이는 노인복지관이나 노인대학에 최고급 모피코트를 입고 와서는 누가 훔쳐갈까봐 마음 놓고 활동에 참여하지 못하는 어르신의 모습은 보기에도 딱하다. 노인복지관이나 노인대학은 나름의 질서를 지닌 공동체인데 도를 넘는 차림새와 치장은 위화감을 조성하며 거리감을 갖게 한다. 모이는 사람들의 수준에 자신을 적절하게 맞추는 것 역시 노년의 지혜이다.

넷, 5명 이상의 친구를 반드시 사귄다

'청소년 폭력 예방지침'에서 5명 이상의 반 친구를 반드시 사귀라고 권한 것은, 친구가 없는 아이들이 왕따당하기 쉽고 아울러 폭력에도 더 쉽게 노출될 우려가 있기 때문일 것이다. 나아가, 어려운 일이 생겼을 때 가까이에서 달려가 도와줄 수 있는 친구가 없으면 그 어려움이 지속될 가능성이 높아서일 것이다. 자, 그럼 당신은 어떤가? 어려운 일이 생겼다고 가정하고 도움을 청할 가까운 친구 이름을 한 번 꼽아보자. 5명 안쪽이라면 서둘러 친구관계 점검에 나서야 하며, 좀더 적극적으로 친구를 사귀는 것이 필요하다. 나이 들어 새롭게 친구 사귀기가 어렵게 느껴진다면 그동안 사느라 바빠 소원했던 친구를 찾아 우정을 다시 쌓아 나가는 것도 좋은 방법이다.

다섯, 가진 것을 자랑하지 않는다

이야기를 할 때 자기 자랑으로 시작해 자기자랑으로 마치는 사람은 다른 사람들에게 따돌림당하게 마련이다. 겸손하게 자기를 낮추는 사람은 누구에게나 환영받으며 사랑받는다. 돈이든 건강이든 자식이든 명예든 지나친 과시는 질투를 불러일으키며 사람들을 멀어지게 만든다. 배부른 투정은 진짜 배고픈 사람 눈에 눈물 나게 하고, 그 마음속에 분노를 싹트게 한다. 지금 가지고 있는 것은 하루아침에 사라질 수도 있는 것이기에 생명이 다하는 마지막 순간까지 결코 자랑할 것이 못 되며, 또한 다른 누군가의 몫이 될 수도 있었던 것을 고맙게도 내가 받게 된 것이니 미안하고 소중하게 생각해야 한다. 함부로 자랑할 일이 아니다.

여섯, 나만 옳다고 고집부리지 않는다

자꾸 자신만 옳다고 하니까 사람들이 멀어져 간다. 노년의 가장 큰 특징 중 하나이기도 하다. 그동안 살아오면서 터득한 자신의 경험만이 전부 옳고 자기 방식만 정답이라고 고집하니 누군들 옆에 있고 싶을까. 복잡하고 소란스러워지는 게 싫어서 젊은 사람들이 져주는 것도 모르고 정말 자신이 옳은 줄 알면 그보다 더 볼썽사나운 일은 없다. 생명과 안전에 지장 없는 일이라면 젊은 사람 뜻에 못이기는 척하고 따라주는 것도 노년만이 지닐 수 있는 푸근함이다. 고집불통에 벽창호는 어디에서도 환영받지 못한다. 새로운 것을 받아들이지 못하는 것이 바로 나이 듦의 척도이다.

일곱, 엄살 부리지 않는다

노년에 경계해야 할 것 중 하나는 자기연민이다. "나만큼 고생한 사람 없을 거다." "나처럼 지지리 복 없는 사람이 또 있을까." "내 인생 책으로 쓰면 열 권도 넘을 거다."는 말 속에는 그런 자기연민이 담겨 있다. 물론 지금의 노년세대가 이루 말할 수 없이 많은 고난을 겪어온 것은 사실이다. 그러나 모두 같이 겪었다. 자기연민은 다른 사람에게 동정을 불러일으킬 뿐 아무런 도움도 되지 않는다. 몸이 아프고 힘든 것도 마찬가지다. 병이 나면 치료하고 힘이 없으면 보충해야 하지 매일 매일을 엄살부리며 살 일은 아니다. 엄살은 괜한 응석이 되기도 하며, 노년의 응석은 보기 싫은 모습 중에서도 첫손 꼽히는 일이다.

여덟, 무기력한 사람 옆에 있으면 저절로 늙는다

'얼마 남지 않은 인생, 무슨 계획이 있으며 무슨 즐거움이 있으랴' 고 하지만 맥 놓고 있으면 더 빨리 늙는다. 옆에 있는 사람까지 따라서 늙는다. 그러니 사람들이 싫어할 수밖에 없다. 노년기는 바깥으로 뻗어나가던 심리적 에너지가 안으로 향하는 시기인 데다가, 적극적으로 끼어들 일도 별로 없어 새롭게 도전하려 하지 않는다. 문제가 생겨도 어떻게 되겠지, 자식 중의 누군가가 나서서 해결해주겠지 하며 손 놓고 기다린다. 죽을 때까지 나의 삶을 내 것으로 붙잡고 있지 않는다면 오래 사는 것이 도대체 무슨 의미가 있겠는가. 내 삶의 주인은 나라는 생각으로 힘을 북돋으며 최선을 다해 생을 꾸려갈 일이다.

아홉, 움켜쥐고 있는 노년은 추하다

인색한 노년은 외롭다. 반드시 돈만을 의미하는 것이 아니다. 시간도, 명예도, 지위도, 사랑도, 인정도, 움켜쥐고 있을 필요가 없다. 어차피 다 사라지는 것이며 영원히 내 것일 수는 없다. 적절한 때에 나누어주거나 아예 놓아버리는 결단이 있어야 한다. 사람은 잃어버리면서 얻고, 놓아버리면서 성장한다. 죽을 때 다 가져갈 것처럼 움켜쥐고 있어봤자 아무 소용 없고, 오히려 귀한 사람만 잃어버린다. 집착과 욕망에서 벗어난 노년은, 잎 떨군 겨울나무가 새 봄을 기약하듯 다음 세대에게 인생의 참모습을 단단하게 심어줄 수 있다.

열, 왕따시키지 않으면 세상에 왕따는 없다

나이, 성격, 외모, 재산, 능력, 성별, 그 어떤 이유로도 왕따당해 마땅한 사람은 사실 하나도 없다. 다만 서로 어울리는 데 불편하고 잘 통하지 않아 답답할 뿐이다. 눈살 찌푸리게 하니까 너도나도 솔직히 피하고 싶어지는 것이다. 내가 다른 사람에게 따돌림당하고 미움받을 말이나 행동을 하고 있지는 않은지 반성해보고, 혹시라도 옆의 친구가 그런 행동을 한다면 그것을 변화시키도록 노력하는 것이 노년다운 현명함일 것이다. 조금 부족하고 조금 불편하더라도 너그럽게 품어 안는 모습을 보여주어야 아이들도 더 이상 자기와 다르다는 이유로 친구를 왕따시키는 일이 없지 않을까. 어른 노릇은 이렇게 생활 속 가까운 데 숨어 있다.

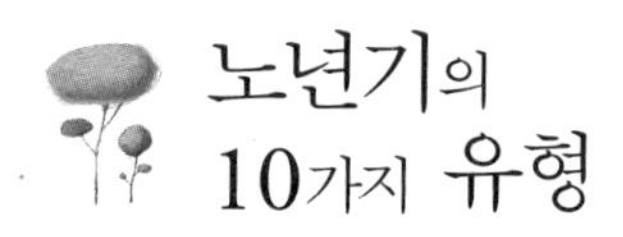

노년기의 10가지 유형

정말 그때 우리나라에는 노인복지관이, 그것도 서울에만 딱 두 개 있었다. 1990년, 잘 나가던 방송국 아나운서 생활을 접고 노인복지관으로 갔을 때 모두들 이해할 수 없다는 얼굴이었다. 그 후 연년생 두 아이를 데리고 쩔쩔매며 대학원에서 노인복지 공부를 할 때도 사람들은 딱하다며 고개를 내저었다. 그렇게 시작해 노인복지에 둔 마음 하나 붙잡고 15년, 사람들은 이제 내게 묻는다. "어떻게 그렇게 빨리 노인복지에 눈을 돌렸느냐?"고.

그런데 유감스러운 것은 여기까지만 묻는다면 잘난 체도 좀 하련만, 꼭 다음 질문을 빼놓지 않는다. "노후준비 하난 확실하겠네요." 가만 보니 나만 겪는 일이 아니라, 노인복지 관련 일을 하는 아내 덕에 남편 역시 노후준비 잘 하고 있으리라는 근거 없는 선망(?)에 가끔 시달리곤 하는 모양이다. 그런데 가장 대답하기 어려운 질문은 '당신은 도대체 어떻게 늙고 싶은가' 하는 것이다. 솔직히 이 질문을 받을 때마다 나는 늘 고민하며, 우물쭈물 대답을 망설인다.

사람이 무언가 앞날을 확실하게 알고 살면 사는 것이 좀 덜 힘들고, 덜 팍팍할까. 아이 둘을 어느 정도 키워 놓고 겨우 한숨 돌린 후배에게서 노인복지 공부를 하고 싶은데, 공부를 마친 후에 할 수 있는 일에 대해 무언가 확실한 보장이 없어 망설이고 있다는 이메일이 도착했다. 문득 그동안 바쁜 생활 탓에 잊고 살았던 내 삶의 어느 한 때가 한 장의 그림처럼 눈앞에 확 펼쳐졌다.

12년 전, 오래 꿈꾸었던 노인복지 공부를 하기 위해 입학한 야간 사회복지대학원의 첫 수업시간. 집에는 엊그제 막 돌잔치를 치른 아이가 기다리고 있고, 그날 아침 임신 진단 키트의 임신 여부 표시창에 선명하게 나타나던 두 개의 줄. 아이 하나 데리고 시작하는, 전공까지 바꾼 대학원 공부의 부담이 얼마인데 연년생으로 둘째 아이의 임신이라니. 첫 수업의 긴장감과 낯선 동급생들 사이에서 내 가슴속은 남몰래 까맣게 타들어 갔다.

그 후 출산으로 인한 휴학기간까지 합쳐 6학기 3년 동안 내게는 사람들의 똑같은 질문과 애정 넘치는 충고가 끝없이 따라 다녔다. "아이 좀 더 키워 놓고 하지." "그나저나 졸업하면 뭐 할 건데?" "갓 대학 졸업한 사람들도 취직이 잘 안 된다던데 취직이나 할 수 있을까" "뭘 그렇게 피곤하게 살아?" "애 엄마가 애들이나 잘 기르면 되지, 정말 극성이다" 등등. 그때 나는 오로지 한 가지만을 생각했다. '길이 확실히 보일 때만 걸음을 시작하는가, 걷다보면 새 길도 만날 것이다. 이왕 시작한 공부, 일단 졸업이 목표다!' 지금보다 훨씬 젊었던 30대 중반의 용기였을까, 오기였을까, 아니면 둘 다였을까.

솔직히 그 길로 가면 내가 원하는 것을 얻을 수 있다는 보장이 있다면 어느 누가 그 길로 가지 않겠는가. 어떤 어려움을 무릅쓰고라도 그 길로 갈 것이며, 가다가 중간에 맞닥뜨리는 고난과도 얼마든지 맞서 싸워 이겨낼 것이다. 길의 저 끝에 내가 원하는 것, 나의 꿈이 보이는데 누가 그 길을 가지 못한다 하겠는가. 누가 그 길 찾기를 기다리지 못하고 포기하겠는가. 그러나 안타깝게도 우리 인생은 보이지 않는 길을 가슴에 만들어 품고 걸어가는 것. 그 길의 끝에 무엇이 있는지도 알 수 없으며, 더욱이 진정 내가 원하는 길이 어느 쪽에 놓여 있는지조차 알 수 없는 때가 많은 것을.

이런 우리들 인생의 길에 누구나 아는 확실한 길이 두 개 있으니, 바로 늙음의 길과 죽음의 길이다. 그 길에 서게 되는 시간과 상황이 제각기 다를 뿐, 생명 있는 모든 존재에게 공평하게 주어진 것이 늙음과 죽음이다. 피할 수 없다면 눈을 똑바로 뜨고 기꺼이 마주할 일이다. 일부러 앞서 달려나가 맞아들일 필요는 없지만, 철저한 준비와 대비로 의연하게 받아들일 일이다. 지금의 노년층을 형성하고 있는 우리의 부모님들은 자식이 재산이라고 생각했던 분들로, 자식이 곧 노후보험이었던 세대이다. 노후준비를 따로 할 필요도 없었고, 자식들 먹이고 입히며 공부시키기에 급급해 그럴 생각도 하지 못했다. 그 결과 지금의 노년세대는 가정과 사회에서 '역할 없는 역할(Roleless Role)'을 하며 주변인으로 살아갈 수밖에 없게 되었다. 우리는 흔히 남의 실패에서 교훈을 얻는다고 한다. 늙음이 엄연한 생의 한 과정인 것을 기억하면서, 지금의 노년세대의 삶에서 머지않아 만나게 될 나의 노년을 헤아려본다면 그 이상의 공부는 없을 것이다. 노후생활자금이 6억이라느니, 아니 적어도 4억에서 5억원 정도는 있어야 된다느니 여기저기서 소리 높여 이야기한다. 그러나 '실버 재테크'만으로는 어림도 없다. 늙음을 있는 그대로 받아들이고 늙음과 더불어 살아가는 방법을 배우는 일이 병행되어야만 우리들 남은 생이 좀더 풍성해질 수 있다.

그러니 과연 어떻게 늙어야 한 번뿐인 인생이 가장 풍요롭고 아름답게 마무리될 것인가, 고민이 아닐 수 없다. 내가 15년 동안 노인복지 현장에서 몸으로 마음으로 직접 만난 셀 수 없이 많은 어르신들의 모습에서 하나씩 배우고 찾아낸 노년기 유형을 살펴보면 그 고민이 조금은 해결될 것 같기도 하다.

하나, 열혈 청년형

나는 아직 늙지 않았다는 것을 스스로에게도, 다른 사람들에게도 계속 강조하는 유형이다. 자신의 사전에 노년은 없다고 생각한다. 남에게 폐 끼치지 않고 행복한 노년을 보내기 위해 건강관리를 하는 것이 아니라 젊은 사람 못지않은 체력과 건강상태를 증명하기 위해 애를 쓰며, 하는 일에서 절대 물러나지 않으려 한다. 적절한 시기에 적당한 방법으로 일을 물려주고 뒤로 한 발짝 물러나는 것도 노년의 지혜이련만, 열혈 청년의 인생에 은퇴란 없으며 뒤에서 지켜보는 일은 가당치도 않다. 그러니 죽음준비 또한 턱도 없는 소리이다. 이런 어르신에게 불시에 죽음이 들이닥치기라도 하면 아무것도 정리되어 있지 않은 상황에서 남은 가족들은 당황하고 우왕좌왕하게 된다. 우리 인생에 노년기가 왜 존재하는지 전혀 깨닫지 못하고 살아가는 분들이다.

둘, 조로(早老)형

어차피 늙어갈 인생, 뭐 별 거 있겠느냐는 지레짐작으로 노년을 앞당겨 맞아들이는 유형이다. 마치 인생에 대해 이미 다 알고 있다는 듯 성숙한 척하기도 하지만 사실은 노년에 대한 바른 이해도 없으며, 자신의 노화도 제대로 받아들이지 못하는 사람들이 이 유형에 속한다. 막연하게 노년을 느끼며 누구나 다 이렇게 늙어 가려니 생각할 뿐이다. 그러니 남은 인생에 대한 계획도, 활동에 대한 청사진도 있을 리 없다. 어린 시절과 젊음의 때가 한정되어 있는 것처럼 인생의 노년도 어느 한 시기이다. 그 시기에 느끼고 배우고 내면에 채워야 할 것들이 있게 마련인데, 스스로 다 알고 있다고 생각하니 얻는 것이 있을 리 없다. 노년을 거부하는 것 못지않게 불필요하게 앞당겨 서둘러 맞이하는 것 역시 올바른 일은 아니다.

셋, 응석형

나이 먹으면 도로 아기가 된다고들 이야기한다. 그래서 노인복지 현장에 가보면 젊은 직원들이 어르신을 완전히 어린아이 다루듯 하는 경우를 적지 않게 보게 된다. 그러나 그간의 경험에 비추어보면 아무리 아이 같은 행동을 하고 반응을 보이셔도 어르신은 어르신이다. 아이 취급을 하며 프로그램을 진행하면 처음에는 다정하고 편안하게 받아들이시는 것 같지만, 결국 그 프로그램의 성과는 무위로 돌아가며 인간관계는 어긋나고 만다. 아이 취급받는 것을 아이들조차 달가워하지 않는데 하물며 어르신들에게 있어서는 어떻겠는가. 어린아이에게 적용되는 프로그램을 활용할 수는 있겠지만, 대하는 마음 자세는 언제나 어르신이라는 것을 염두에 두어야 한다.

그런데 어르신 가운데는 자녀에게든, 친구에게든, 주위 사람에게든 끊임없이 응석을 부리며 어리광을 피우는 분들이 계시다. 아이처럼 우는 소리에 고자질도 잘 하고, 말도 잘 전하고, 엄살도 잘 부리고, 안 되는 것을 졸라대고, 삐치기도 잘하신다. 자신에 대한 관심을 불러일으키는 한 방법으로 응석을 택하신 것이다. 그럴 수밖에 없는 마음은 이해가 가지만, 그 누구도 가까이하고 싶지 않아진다.

어르신을 어린아이 취급하는 것도 문제이지만, 어르신 스스로가 어린아이 노릇을 하는 것은 미성숙한 인격의 반영이기에 보기 싫은 노년의 모습이다.

넷, 밑 빠진 독형

욕심을 버리지 못해

채워도 채워도 끝이 없다. 돈 욕심, 자식 욕심으로도 모자라 목숨에 대해서까지 욕심을 버리지 못하는 유형이다. 먹고사는 데 어려움이 없는데도 돈은 자식들의 효심을 달아보는 저울이고, 조금만 몸이 아파도 온 가족 소집에, 병원에 가면 영양제 왜 안 놔주느냐 소리부터 지르신다. 허나 세상일이 어디 욕심만으로 되던가. 그러니 갈증만 더욱 더 심해진다. 자식들 하는 양이 맘에 차지 않아 화가 나고, 자식들이 가져오는 돈이 또 성에 차지 않아 속이 상한다. '고생해서 키웠으면 당연히 이 정도는 받아야지' 하는 당신만의 기준이 하늘을 찌를 듯 높아서 자식들 어려운 형편은 안중에도 없고 세상 그 누구도 만족시켜드릴 수 없다. 부모 부양 문제로 형제 자매간에 분란이 일어나는 경우, 이런 유형의 부모가 뒤에 있는 수가 많다.

다섯, 겨울나무형

잎 떨군 겨울나무는

아무 말 없이 서 있지만 그 안에 봄의 새싹을 키우고 있다. 다 비우고 모두 덜어낸 고목은 긴 세월을 지나 묵묵히 그 자리를 지키고 있다. 희생이 아닌 비움은 최고의 노년이다. 몸과 마음 모두 식물적 노화를 실천하기에, 군살도 없고 욕심도 없다. 언젠가는 땅으로 돌아가 새로 오는 세대의 거름이 되거나, 유용한 땔감과 종이로 쓰일 것을 믿기에 더 이상 아쉬움도 집착도 없다. 한 세월 잘 살다가 떠나는 길에 누추한 모습 보이지 않고 깨끗하게 마무리하는 노년이다. 생명에서 생명으로 이어지는 우주의 순환을 몸으로 증명하고 떠나는 노년이다. 목숨이 다하는 마지막 날까지 제 자리를 지키며 의연하게 서 있는 나무에게서 노년의 유형을 발견하는 것도 기쁜 일이다. 창 밖의 나무들이 새롭게 보인다.

여섯, 내 마음대로형

일명 '나를 따르라' 형.

매사에 깃발을 높이 들고 앞장서신다. 다 큰 자식들의 의견 같은 것은 소용없다. 내가 옳으니 그저 내가 시키는 대로만 하면 된다고 목소리를 돋구신다. 돈 있고, 힘있는 어르신들 가운데 많은 유형이다. 당신의 돈으로, 힘으로 밀어붙이면 안 되는 일 없다고 생각해 독선적으로 행동하신다. 그러니 진심으로 따르는 사람들이 있을 리 없다. 여러 사람의 의견을 들으며 조율하고 모두가 원하는 방법을 택하는 일은, 일단 귀찮고 복잡하고 번거롭다고 생각하니 대화의 기회는 점점 줄어든다. 최선을 다하는데도 몰라준다고 섭섭해 하고 화내는 일이 점점 많아지지만, 그 이유를 끝까지 알아차리지 못하면 남는 것은 외로움과 소외감뿐이다.

일곱, 답답형

일단 말이 안 통한다.

무슨 일이든지 자기 방식밖에는 모른다. 문제가 생겼을 때 나이 든 유세를 하든, 호통을 치든, 무표정으로 대응을 하든 온갖 방법을 다 동원해서 '내 인생에 양보란 없다'는 것을 증명하시려고 한다. 이 때 옳고 그름은 아무 기준이 되지 못하며, 사회적인 통념이나 관례도 아무 영향을 미치지 못한다. 상대하는 사람이 답답함을 이기지 못해 항복을 하고 피해버리는 경우가 비일비재하다. 한 번 당하고 나면 다음에는 절대 맞닥뜨리지 않기를 바라게 되고, 말을 섞으려 하지 않는다. 나이가 벼슬이며, 늙음이 자격증이라고 생각하는 분들 가운데 많은 유형이다. 일단 모르쇠로 일관하게 되면 그 누구도 마음을 바꾸게 만들 수 없다. 역시 노년의 외로움을 자신의 몫으로 맡아 놓으신 분들이다.

여덟, 산타클로스형

크리스마스에만 오는

빨간 옷의 산타클로스가 아니라, 때와 장소를 가리지 않고 늘 선물을 주신다. 산타클로스마다 그 선물의 내용과 분량이 다른데, 자신이 가진 돈 · 시간 · 건강 · 정성 · 기술 · 재능 · 마음 · 사랑 등등을 골고루 나누어주시는 분들이다. 죽을 때 가지고 갈 것 아니라며 가진 것을 아낌없이 나눠주신다. 많은 이웃들이 이분들의 도움으로 조금이라도 행복을 느끼며, 사람 사는 세상의 정을 경험한다. 살아온 시간들을 돌아보니 홀로 살아온 것이 아니라 더불어 함께 살며 거저 받은 것이 많은 인생이었다는 깨달음에서 나오는 행동이다. 남은 생을 자원봉사로 꾸려 가는 분들이 이 유형에 속한다. 가지고 있는 선물이 많지 않아도 걱정할 것이 없는 까닭은, 그 선물주머니는 화수분 같아서 선물을 나눠주면 줄수록 계속해서 선물이 쏟아져 나오기 때문이다. 물론 남김없이 주고 가는 그분들의 인생 자체가 가장 커다랗고 귀한 선물이다.

아홉, 무감각형

아무런 희망도 의욕도 없는 유형이다. 살아온 날들이 워낙 신산스러워 노년의 삶 역시 버겁기만 하다. 하루 세끼 밥 먹을 수 있고, 안 아프고, 몸 누일 곳 있는 것만으로도 다행이다. 자신의 무능과 나태함으로 인해 그런 삶을 얻을 수밖에 없었던 분도 계시지만, 나름대로 최선을 다했는데도 환경과 상황이 어긋나 어쩔 수 없이 그런 모습으로 그 자리에 오게 된 분들도 계시다. 가난이 대를 물려 이어지는 사회구조 속에서 아무리 뼈를 깎는 노력을 해도 그 어려움 속에서 빠져나올 수 없었던 분들은 우리 모두에게 그 책임을 묻고 있다. 그분들의 무감각한 일상을 탓할 일이 아니다. 무감각한 얼굴 뒤에 감춰진 오랜 세월의 상처를 다는 알지 못해도 그분들의 짐을 나누어 지려는 노력은 해야 한다.

열, 잘 익은 열매형

한마디로 잘 익은 노년, 성숙한 노년이다. 자신의 노화를 긍정적으로 받아들이고 노년의 변화를 적극적으로 수용한 분들에게서 볼 수 있는 품성이다. 그 잘 익은 열매를 적극적인 활동을 통해 남에게 나눠주시는 분도 계시지만, 안으로 안으로 파고들어 자기 내면을 성숙하게 만드는 데 쓰시기도 한다. 반드시 남을 위해 봉사하고 헌신하는 것만이 성숙함의 증거는 아니다. 사람이 어떻게 늙음을 받아들여 늙음과 더불어 사이좋게 살아갈 것이며, 인생의 마지막 단계를 보다 의미 있고 깊이 있는 성찰로 채워갈 것인가를 보여주는 것만으로도 뒤따라오는 세대들에게 귀감이 될 수 있다. 이런 분들은 자신의 자리와 역할을 적절하게 잘 물려주시며, 비록 힘없고 돈 없을지라도 노년의 향기를 진하게 전해주신다.

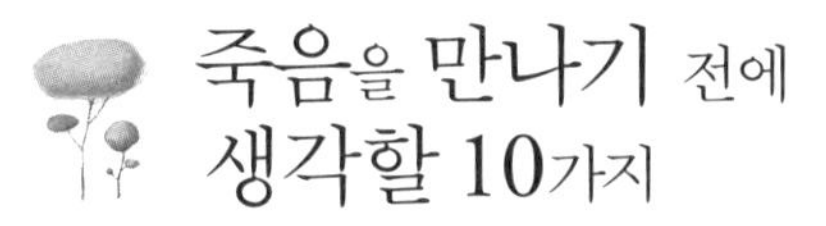

죽음을 만나기 전에 생각할 10가지

아이에서 소년으로, 청년으로, 중년으로 그리고 노년으로 옮겨가는 인생의 길을 봄, 여름, 가을, 겨울에 비유하는 일은 아주 흔하다. 그런데 한 가지, 겨울이 가면 또다시 봄이 오는 것이 자연의 이치일진대 그럼 인생의 겨울 다음에도 봄이 오는 것일까. 만약 그렇다면 그 봄이란 어디에 어떤 모습으로 존재하는 것일까. 그게 아니라면, 인생은 자연의 흐름과 달리 겨울에서 봄으로 다시 이어지는 것이 아니라 겨울로 완전히 막을 내리는 것일까. 사소하고 단순해 보이는 이 질문 속에 인간의 운명이며 숙명인 죽음은 여전히 커다란 의문부호로 놓여 있다.

늙음과 죽음은 그 누구도 피할 수 없다는 점에서는 같지만 아주 큰 차이가 있다. 노년은 일정한 나이까지 살아남아야 맞을 수 있는 것과 달리, 죽음은 젊은 사람이나 나이 든 사람을 가리지 않고 찾아온다. 그러니 두렵고 싫다고 모른 척하며 살아갈 일이 아니다. 우리는 누구나 눈 깜짝할 사이에 지금 여기 이런 모습으로 다시는 존재할 수 없게 될지도 모르니까 말이다. 잘 죽는다는 것은 무엇인지, 어떻게 그런 죽음을 준비할 수 있는지 고민하면서 비로소 우리는 인생을 진지하게 돌아보고 더 나은 날들을 계획할 수 있다.

하나, 죽음을 받아들이자

신선이 사는 섬에 가서 불로초(不老草)를 구해오도록 한 진시황, 그가 꿈꾸었던 것은 불로영생(不老永生) 아닌 불로장생(不老長生)이었다. 아무리 늙지 않고 오래오래 살아도 결국 언젠가는 죽는다는 것을 분명하게 알았던 모양이다. 그래서였을까, 진시황은 즉위했을 때부터 자신이 묻힐 능을 만드는 공사를 시작했다고 한다. 사람을 비롯해 생명 있는 모든 것은 자신 안에 죽음을 잉태하고 있다. 한 번 태어난 사람이 영원히 살고 아무도 죽지 않는다면, 생은 도대체 무슨 의미가 있으며 삶은 무엇으로 그 많은 날들을 설명할 수 있겠는가. 하여 생의 신비는 바로 죽음에 있는 것, 존재의 근원이 그럴진대 죽음을 다른 사람 아닌 바로 나의 일로 받아들이는 데서부터 죽음준비는 시작된다.

둘, 죽음에 대한 무지를 깨우치자

'사는 것도 모르거늘 어찌 죽음을 알겠는가.' 공자도 죽음을 모른다고 했다. 살아 있는 그 누가 죽음을, 죽음의 모든 과정을, 죽음 그 이후의 일들을 완전하게 이해하고 설명할 수 있을까. 그러나 다행스럽게도 우리는 앞서 세상을 떠난 사람들과 그들을 보낸 사람들의 경험과 기록을 통해, 또 공부와 사색을 통해 죽음을 조금은 알 수 있다. '죽음이 무엇인가?' 라는 물음에 즉답은 못할 지라도 죽음을 어떻게 생각하고 받아들이는지, 자신에게 죽음은 무엇이며 어떤 의미를 지니는지 하나씩 깨달아가면서 죽음을 통해 비로소 삶을 제대로 알게 되는 역설을 체험하게 된다.

셋, 아름다운 죽음을 위해 죽음을 깊이 사색하자

사람에게는 누구나 고유한 삶이 있듯이, 각자의 고유한 죽음의 모습이 있다. 아름다운 죽음을 원하는가. 그렇다면 아름다운 죽음은 과연 어떤 죽음이며, 그것을 위해 무슨 노력을 하고 있는가. 눈앞의 것만 바라보며 하루하루 연명하는 삶은 감춰진 인생의 내면을 보지 못하므로 생의 중요한 부분을 놓칠 수밖에 없다. 생의 저 안쪽에 숨겨진 비밀을 알려고도 하지 않는데 무슨 성장을 기대하며 성숙을 꿈꿀 수 있겠는가. 사람은 숨을 거두는 마지막 순간에 최고의 성장을 경험할 수도 있는 신비한 존재이므로 끝까지 그 사색의 끈을 놓지 말아야 한다. 인생에는 삶과 죽음이 동시에 존재하기 때문에, 삶의 진정한 의미는 죽음과의 관계성에서 나온다.

넷, 두려움을 이기기 위해 미리 죽음을 공부하자

원래 아는 길보다 모르는 길이 더 힘들고 두려운 법이다. 여기에 과장된 소문까지 더해지면 당찮은 공포에 휘둘리게 된다. 그 길을 가본 적이 없기에 죽음은 늘 두렵고 범접할 수 없는 어떤 세계로 남아 있다. 간접경험도 불가능한 죽음, 아무도 죽음을 모르니 두려움은 점점 증폭된다. 죽음을 직접 경험할 수는 없다. 하지만 사람들이 어떻게 죽음에 이르며, 마지막 순간 어떤 감정과 어떤 모습으로 떠나는지를 아는 것만으로도 우리는 죽음에 대한 극단적인 공포와 불안, 거부감에서 좀 더 자유로워질 수 있다. 또한 그런 처지에 있는 가족과 이웃을 잘 도와줄 수 있다.

자살율이 높은 청소년은 물론, 점차 늘어나고 있는 노인자살까지 고려해 각 대상별로 죽음준비교육을 하는 것이 시급하다. 죽음을 생각하며 사는 사람은 결코 생을 가볍게 여기거나 허투루 다루지 않기에 자살하지 않는다. 잘 죽는 것은 곧 잘 사는 일, 따라서 제대로 된 죽음준비교육은 아름다운 죽음은 물론 아름다운 생을 살도록 돕는다. 최근 들어 죽음준비교육에 대한 관심과 논의가 구체화

되고 있는 것은 늦었지만 다행스러운 일이다.

다섯, 죽음과 친해지자

죽음과 친하게 지낸다고 해서 사는 것을 싫어하고 세상을 비관하며 죽음만 생각하는 것이 아니다. 산 사람의 자리와 죽은 사람의 자리가 구분되기는 하지만 오늘의 내가 내일 그 자리로 옮겨갈 수 있는 것, 친숙하게 받아들이는 훈련과 노력이 필요하다. 사람의 발길이 잘 닿지 않는 마을 바깥의 뚝 떨어진 무덤과 집 바로 옆에 공원으로 만들어진 무덤은 죽음에 대한 생각을 전혀 다르게 만들 수밖에 없다. 물론 죽음에 대한 서로 다른 생각이 그런 방식의 무덤을 만들도록 했겠지만, 앞으로 살아갈 어린 세대를 위해서도 죽음을 삶의 일부로 받아들이는 의식(儀式)을 고민해야겠다. 또한 친구들과 거리낌 없이 드러내 놓고 죽음 이야기를 나눈다든가, 조문하러 갈 때 아이들을 데리고 간다든가 하는 식으로 작은 일부터 실천해볼 수 있다.

여섯, 자신의 죽음을 스스로 선택하자

자신의 죽음을 스스로 선택한다는 것은 결코 스스로 목숨을 끊는다는 의미가 아니다. 죽음의 때는 누구도 알지 못하고 장담할 수 없기에 그때를 대비해 자신의 죽음과 관련해 구체적인 의사표시를 해두는 것이다. 예를 들어, 의식불명상태일 때 연명치료를 지속할 것인지 밝히는 '리빙윌' (Living Will : 생전 유서 혹은 존엄한 죽음을 위한 선언서)이나 '장기기증서약' 같은 것을 통해, 자신이 맞이하고 싶은 죽음의 방식을 미리 정해 놓을 수 있다. 또 배우자나 자녀, 혹은 다른 가족들에게 남기고 싶은 말, 재산관계, 장례식에 대한 희망사항, 사후처리 등을 기록해두면 남은 가족에게 도움이 된다. 뿐만 아니라 그것을 기록하는 것 자체가 죽음준비 과정이며, 삶을 새로운 눈으로 들여다보는 기회가 된다.

일곱, 비탄교육에 관심을 갖자

죽음은 떠나는 자에게나 남는 자에게나 슬픈 일이다. 사랑하는 사람을 이제는 더 이상 이 세상에서 만날 수 없으며, 모든 것을 두고 홀로 떠나야 한다는 건 생각만 해도 가슴 아픈 일이다. 또한 아무런 준비 없이 맞는 갑작스런 별리(別離)는 그 무엇과도 비교할 수 없는 고통과 슬픔을 가져온다. 아무리 사람이 슬픔을 통해 성장하고 고통을 겪으며 성숙해진다 해도, 아픔은 위로받고 치유되어야 한다. 다만 연령이나 성별, 관계의 종류, 친밀함 등에 따라 슬픔의 정도도 달라서, 어린아이가 겪는 사별과 노인이 겪는 사별은 분명 차이가 있고 색깔이 다르며, 중년의 배우자 사별과 청소년기의 친구 사별 역시 다를 수밖에 없다.

사랑하는 사람을 잃고도 스스로 일어서는 힘을 기르고, 또한 공동체 안에서 그런 이웃들에게 진정한 도움의 손길을 내밀기 위해서는 사별에 대비한 '비탄교육(Grief Education)' 에 관심을 가져야 한다. 현재 우리나라에서는 독일 출신의 가톨릭 신부이며 일본 생사학(生死學)의 대부로 일컬어지는 알폰스 데켄(Alfons Deeken) 박사에게서 영향을 받아, '삶과 죽음을 생각하는 회' 를 중심으로 '슬픔치유교육' 이 이루어지고 있다. 슬픔을 가슴속에 그대로 놔두는 것이 아니라 끄집어내어 발산함으로써 그 아픔의 시간을 잘 넘어서게 도와주는 것이다.

여덟, 죽음을 이해하면 삶이 풍성해진다

죽음 없이 영원히 산다면 어느 누가 삶의 의미와 소중함과 가치를 고민하며 되새기겠는가. 죽음 앞에서 우리는 비로소 시간의 귀중함을 깨닫고 자신의 가치관을 새롭게 평가할 수 있으며 그런 과정을 통해 삶이 풍성해진다.

최근에는 미리 자신의 죽음을 설정하고 남은 사람에게 이별의 편지를 쓰거나, '앞으로 자신의 수명이 반년밖에 남지 않았다면 남은 시간을 어떻게 보내겠는가' 라는 주제로 짧은 글을 써보는 사람들이 늘고 있다. 물론 이것은 자살하기 전에 쓰는 유서가 아니다. 내게 가장 소중한 것을 확인하고, 그 소중함에 맞춰 삶의 우선순위를 배분하고 있는지 점검하는 계기로 삼을 수 있다. 가족의 사랑이 가장 소중하다고 여기면서도 실제로 대부분의 시간을 일하는 데 쓴다면 그것은 인생의 가치와 우선순위가 어긋난 것이다. 삶의 우선순위를 다시 한 번 확인하고 그에 맞춰 생활태도를 재조정하지 않으면 결코 만족한 삶이 될 수 없다. 죽음을 기준 삼아 자신의 삶을 돌아보는 것, 지금의 삶을 풍요롭게 하기 위한 최선의 방법이다.

아홉, 죽음을 사랑하자

우리의 삶에서 버릴 경험이나 무의미한 순간은 없다. 모든 과정이 생의 일부이기에 순간 순간 최선을 다해 살아야 한다. 죽음을 사랑한다는 것은 빨리 죽으려 애쓰면서 스스로 죽음의 길로 들어서는 것이 결코 아니다. 아무리 힘들고 어려워도 지금 여기서의 삶을 최선을 다해 끝까지 감당하며, 죽기까지 사는 것을 뜻한다. 죽음이 별거냐, 죽으면 그뿐, 아무것도 아니라는 태도는 생에 대한 자신감이 아니라 진지함의 결여에서 나오는 것이다. 죽음 없는 삶이 없고 삶 없는 죽음이 없는 것에서 알 수 있듯이, 죽음은 엄연히 우리 삶의 일부이다. 따라서 삶만 사랑하고 죽음을 미워할 수는 없다. 죽음까지도 삶의 일부로 받아들여 사랑해야 하는 이유가 바로 여기에 있다.

열, 죽음준비 지금부터 시작하자

죽음준비는 당장 죽을 준비를 하자는 것이 아니며, 어떻게 죽을지 그 방법을 연구하고 실천하자는 것이 아니다. 언제, 어디서, 누구에게 다가올지 모르는 죽음에 대해 생각하면서 지금 내가 살아가는 방식을 진지하게 돌아보고 깊이 들여다보는 것이다. 물론 젊은 사람들보다는 오래 살아온 노인들이 비교적 죽음과 가깝고 덜 두려워하는 것은 사실이다. 자신은 충분히 살았으며 지금 사는 것은 덤이라고 생각하는 경우가 많아서이다.

그러나 나이 들었다고 해서 다 죽음을 받아들일 준비를 갖추고 있는 것은 아니다. 죽음준비가 전혀 안 되어서 끝까지 발버둥치느라 살아오며 쌓은 덕(德)을 다 망가뜨리고마는 불안하고 불행한 죽음도 많다. 또한 떠난 뒤의 빈자리가 말끔하지 못하고 흉할 때도 있다. 준비된 죽음은 깨끗하며 인간의 존엄을 느끼게 한다. 죽음의 모습은 먼저 떠나는 사람이 남아 있는 사람에게 줄 수 있는 가장 고귀한 선물이므로 반드시 미리 준비해야 한다. 그것도 나중이 아니라 바로 지금부터 시작해야 한다.

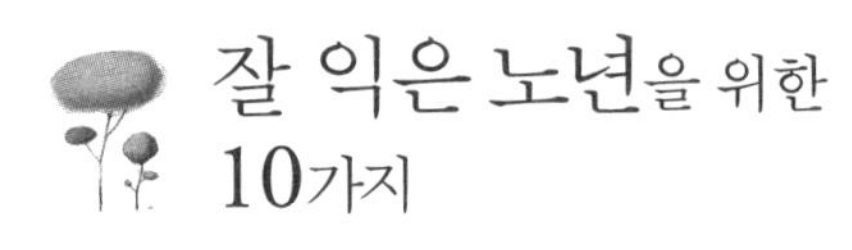

잘 익은 노년을 위한 10가지

얼마 전 한 여성단체 주최로, 고령화사회에서 여성노인들의 복지를 위해 필요한 일은 무엇이며 그 전망은 어떤지 이야기하는 심포지엄이 열렸다. 행사장 앞쪽 책상 위에는 주제 강연을 할 교수와, 패널 토의에 참여할 보건복지부와 여성부의 관계 공무원, 고령화 관련 대통령 자문기구의 실무자, 사회복지 현장전문가, 여성단체와 노인단체 대표 이름이 씌어진 명패가 죽 놓여 있었다. 다들 이름만으로도 충분히 알 만한 분들이었다.

앞에 앉으려고 서둘러 도착해보니 패널 중 한 분인 모 여성상담소 Y소장이 일찍 와 계신 것이 눈에 띄었다. 그날이 두 번째로 뵙는 것이었기에 다가가 다시 한 번 나를 소개하고 인사를 드렸다. 그

분은 반가워하시면서 때마침 회의장으로 들어서시던 한 여성노인 단체의 K대표에게 나를 데리고 가 소개를 해주셨다. K대표는 워낙 유명하셔서 그분은 나를 몰라도 나는 이미 그분을 알고 있었고 연세도 높으시기에 나름대로 최대한의 예의를 갖춰 명함과 함께 인사를 드렸다. 옆에 계시던 Y소장께서 '노년 관련 책도 쓰고, 젊지만 일찍부터 노인복지를 하고 있는 사람' 이라면서, "K대표도 유경 씨 책 한 번 읽어봐. 나도 사서 읽었는데 좋더라!" 하시며 나를 추켜주셨다. 내 인사를 받은 K대표께서 "그러냐, 반갑다. 열심히 해라." 정도의 격려 말씀만 해주셨더라도 기분 좋게 감사드리며 물러났을 텐데, 이분이 딱 부러지게 한 말씀 하신다.

"아이고, 신문에 소개된 좋은 책 메모해둔 것도 다 못 읽어. 책 보내주면 또 모를까, 내가 그걸 사서 읽을 새가 어디 있어?"

인사를 나누던 중에 갑자기 머쓱해진 나는 만나 뵈어서 반갑다는 인사를 하고는 물러났다. 심포지엄은 고령화사회에서 여성이 생애 전체를 통해 겪어온 불평등을 제도적으로 해소하고 양성 평등적 접근이 이루어질 수 있도록 노력해야 한다는 것과, 그러기 위해서는 '성인지적 관점(Gender Perspective, 남녀 평등적 관점)' 에서 노인관련 예산과 정책이 추진되어야 한다는 데 의견을 모으고 막을 내렸다. 평소 '노인 문제는 곧 여성노인의 문제' 라고 생각해왔기에 그날의 심포지엄은 내게 아주 유익했다.

그러나 심포지엄 내내 나를 사로잡고 있었던 한 생각은, 전문직 여성에서 이제는 여성노인단체의 대표가 되신 K대표의 태도와 말씀이었다. 올해 일흔다섯 연세에 그 정도 위치에 계신다면 분명 동년배 여성 어르신 가운데서도 공부를 많이 하신 분일 테고, 공직 생활도 하셨으니 여성의 사회활동에 대해서도 많은 이해와 경험을 가지고 계실 것이다. 그런 분이 초면의 후배 여성에게 30년 인생 선배로서, 또 어르신으로서 덕담과 격려를 해주는 일이 그렇게도 어려웠을까.

그러고 보면 우리가 잘 늙는 방법은 그리 멀리 있는 것이 아닌 것 같다. 눈에 보이는 돈이나 지위나 힘으로 무엇을 이루고 앞장서 이끌어나가는 것이 아니라, 지금 내가 마주하고 있는 사람에게 좋은 영향을 미치고 긍정적인 길로 이끌어줄 수 있다면 그것만으로도 충분히 멋진 노년일 것이다. 그런데 중요한 것은 이름 있고 많이 가진 사람만이 이런 멋진 모습을 보여줄 수 있는 건 아니라는 사실이다. 이름도 없고 힘도 없지만 나름의 지혜를 가지고 뒤따라오는 후배들에게, 후손들에게 얼마든지 좋은 영향을 줄 수 있기 때문이다. 노년의 원숙함으로 젊은 사람에게 좋은 충고를 해주는 일, 얼마나 훌륭한 일인가. 잘 익은 열매처럼 잘 익은 노년은 자신에게뿐만 아니라 다른 사람에게도 큰 기쁨이 된다는 것을 확인하고, 또 잘 배운 하루였다.

노인들

젊었을 때 아무것도 모아 두지 않은 네가 늙어서 무엇을 찾을 수 있으랴? 백발노인으로서 분별력이 있고, 원숙한 사람으로

서 남에게 좋은 충고를 줄 수 있다는 것은 얼마나 좋은 일이랴? 노인이 보여주는 지혜와 지위 높은 사람이 주는 뜻 깊은 충고는 지극히 훌륭한 것이다. 풍부한 경험은 노인의 명예이며 주님을 두려워하는 것은 그의 참된 자랑이다.(집회서 25:3~6)

그동안 노인복지관과 노인대학, 경로당에서 무수히 많은 어르신들을 만나면서, 또 끊임없이 노년에 대해 이야기하고 글을 쓰고 방송을 하면서, 역시 가장 관심이 가는 것은 '어떻게 하면 잘 늙어갈 수 있을까? 가장 바람직한 노년의 모습은 과연 어떤 것일까?' 하는 점이었다. 위의 구절을 읽고 또 읽으려니 "아, 이게 바로 노년의 완성된 모습이구나!"하는 탄성이 나온다. 분별력과 원숙함에 바탕을 둔 좋은 충고, 지혜, 풍부한 경험 그리고 영적인 성숙까지, 더하고 뺄 것 없이 노년에 갖춰야 하는 덕목들이 모두 모여 있다. 거기다 젊어서 준비해야 제대로 된 노년을 맞이할 수 있다는 말로 시작하는 첫머리까지, 이러니 어찌 귀한 지침이라고 하지 않을 수 있겠는가. 이 지침을 염두에 두면서 잘 늙기 위해 실생활에서 배우고 실천해야 하는 일들을 정리해본다. 한마디로 '잘 익은 노년'을 위한 길 찾기랄까.

하나, 누구나 노력을 통해 잘 늙을 수 있다

어떤 일을 잘한다는

것은 하루아침에 하늘에서 저절로 뚝 떨어진 것이 아니라, 잘하고자 하는 소망을 간직하고 거기에 따른 계획을 세워 열심히 노력하는 것을 뜻한다. 늙는 일도 마찬가지다. 타고난 체력과 정신력으로 잘 늙는 것이 아니라, 자기 안에 바람직한 노년의 모습을 간직하고 끊임없이 그에 도달하기 위해 노력하는 가운데 잘 늙어 갈 수 있다. 태어날 때부터의 모습과 능력을 그대로 유지한 채 늙는 거라면, 그래서 그 어떤 것도 나의 노력과 의지로 바꿀 수 없다면, 우리에게는 아무런 꿈도 희망도 없을 것이다. 흔히 '골골 팔십' 이라고들 한다. 병약하게 태어나 병치레를 많이 하면서도 자기에게 맞는 건강관리를 해 오히려 오래 사는 경우가 많기에 나온 말이리라. 사람은 태어난 대로가 아니라 노력하는 대로 자신의 인생을 바꾸어나갈 수 있다. 누구나 노력을 통해 잘 늙을 수 있다.

둘, 우선 몸과 사이좋게 지내라

노년의 몸이 비록 낡은 의복과 같다고는 하지만 몸이 건강하지 않으면 잘 늙는 일은 무척 어렵다. 인생의 어느 단계에서나 마찬가지지만, 특히 노화가 시작되는 중년 이후에는 몸과 사이좋게 지내야 한다. 몸의 상태에 관심을 기울이고 몸이 원하는 것이 무엇인지 진지하게 귀를 기울여야 한다. 영적인 성숙을 도외시하고 그저 몸의 건강만을 생의 유일한 목표로 삼는 것이 노년의 지혜가 아니듯이, 몸을 무시한 채 살아가는 것 또한 현명한 태도는 아니다. 몸이 원하는 것에 귀를 기울이면 건강관리뿐 아니라 인간의 한계와 연약함을 배울 수 있으며, 그 안에서 존재의 의미를 깨닫게 된다. 그러니 젊은 사람들과 똑같은 체력을 유지하는 데 무조건 매달릴 것이 아니라, 자신의 나이와 건강상태를 고려해 적절한 운동과 관리를 하는 것이 중요하다.

셋, 변화와 상실을 인정하고 받아들이자

"백내장 수술을 하고 나니 이번에는 귀에서 파도소리가 들리는 것 같아서 이비인후과 치료를 받았어. 그런데 이제 좀 괜찮다 싶으니까 다시 늘 아프던 무릎이 더 심하게 쑤시는 거야……"

나이가 들면 잘 움직이던 몸이 제대로 말을 듣지 않고 여기저기 자꾸 병이 생긴다. 물론 잘 낫지도 않아서 그저 더 나빠지지만 않아도 다행이다. 돈을 벌기는커녕 그동안 조금 모아둔 돈을 곶감 꼬치에서 곶감 빼먹듯 쏙쏙 뽑아 쓰기만 한다. 시력과 청력, 후각, 미각이 둔해지는 데다가 기억력도 자꾸만 떨어진다. 미우나 고우나 평생 옆에 있어주었던 배우자나 친구들이 약속이나 한듯 하나씩 세상을 떠난다. 이렇듯 노년은 잃음, 즉 상실의 시기이다. 그러나 아기가 자라서 일어나 걷기 위해서는 기어다니던 능력을 버려야 하고, 새 이가 제자리에서 돋아 나오려면 먼저 있던 이가 빠져야 하는 것처럼, 우리는 잃어버림을 통해 성장하고 성숙한다.

넷, 베푸는 노년이 아름답다

부모님을 비롯해 주위 어르신들에게서 노화를 느끼는 것은, 언젠가부터 세상 돌아가는 것에 대해 지나치게 무관심해진다든가, 자신과 관계된 것 이외에는 전혀 관심이 없다는 것을 확인할 때이다. 물론 바깥보다는 자기 안으로 관심이 쏠리는 것이 노년의 한 특징이라고는 하지만, 그저 내 건강, 나 먹는 것, 나 아픈 것만 생각하면서 자신이 속한 가정과 사회와 나라 돌아가는 일에 담을 쌓고 살아간다면 다른 사람과 함께 어울려 살아가는 사회적 존재라고 할 수 없다. 어려운 경제상황에서 자식은 이리 뛰고 저리 뛰며 허둥대는데, 자식의 어려움을 미루어 짐작하기는커녕 그저 자신의 신경통과 날로 떨어지는 기력에만 마음을 쓰고 전전긍긍하는 분들이 있다. 이런 경우 지켜보는 것만으로도 가슴속에서 불이 날 수밖에 없다. 다른 사람에 대한 관심이 없어지면 더 빨리 늙는 법, 자기만 들여다보는 사람은 좁은 구덩이에 갇힌 것과 같다. 자전거를 탈 때도 바로 앞만 내려다보면 어지러워 비틀거린다. 멀리 내다보면서 돈으로, 체력과 재능으로, 혹은 넉넉한 시간과 정성으로 남을 위해 베푸는 노년은 뒤따라오는 세대의 가장 좋은 안내자이기도 하다.

다섯, 끝까지 삶에 참여해야 한다

'성공적인 노화(Successful

Aging)' 는 질병과 장애를 피해 가면서, 정신적 기능과 신체적 기능을 잘 유지하고 인생 참여를 지속하는 것이다. 여기서 적극적으로 삶에 참여한다는 것은 다른 사람들과 관계를 맺고 생산적인 활동을 한다는 뜻이다. 관계를 맺기 위해서는 다른 사람 '을' 필요로 하는 사람이면서 동시에 다른 사람 '이' 필요로 하는 사람이 되어야 한다.

노년에는 다른 사람에게 도움을 받기만 하는 것 같지만, 사실은 받음과 동시에 다른 사람을 위해 무언가를 줄 수도 있다. 예를 들어, 몸이 불편해서 다른 사람의 도움을 받으면서도 한편으론 이야기를 들어주고 조언을 해주는 도움을 제공할 수 있다. 받으면서 주는 것이 가능하다고 생각하면 다른 사람과 관계 맺기가 훨씬 수월해진다. 생산성이란 돈 버는 것만을 의미하는 것은 아니어서, 집안일을 거들고 가족과 친구들을 돌보는 것도 포함된다. 끊임없이 타인과 관계를 맺고 무언가 생산적인 활동을 해나가는 것은 성공 노년의 필수조건이다.

여섯, 감사함으로 행복한 노년을 만들 수 있다

상승보다는 하강, 도전보다는 포기, 얻음보다는 잃음의 시기가 노년이지만, 노년기 이전에 세상을 떠난 사람은 결코 노년을 맛볼 수 없다. 일정한 연령대까지는 살아남아야 노년을 맞고 노인이 될 수 있다. 그러니 노년은 그 자체로 하나님께서 주신 선물이며, 노인은 존재 자체로 귀한 사람들이다. 살아온 세월과 주신 생명에 대한 감사는 노년을 행복하게 만들어준다. 감사함이 없는 노년은 불행할 수밖에 없다. 불평불만의 눈으로 보면, 살아온 인생이 하지 못한 일, 가지 못한 길, 갖지 못한 것, 끝내 얻을 수 없었던 사람으로 가득하여 후회와 회한뿐일 것이다. 그러나 선물처럼 받은 한평생의 삶을 감사의 눈으로 돌아보면 무엇 하나 버릴 것이 없으리라. 컵에 물이 반이나 남았는지, 반밖에 안 남았는지 판단하는 것은 전적으로 자신의 몫이다. 내 안에 감사함이 있는지 없는지 여부가, 남은 인생의 하루하루가 별 볼일 없는 그렇고 그런 날들인지, 아니면 매일이 인생 최고의 길일(吉日)인지를 결정한다.

일곱, 젊음의 모방이 아닌 노년만의 지혜를 찾자

보기 좋은 노년의 모습을 말할 때마다 빠지지 않고 나오는 이야기가 있다. 바로 적당한 선을 유지하는 것, 요즘 말로 오버하지 않는 것이다. 거리에서 깔끔하고 깨끗하게 차려입은 어르신을 보면 기분이 좋고 자신도 저렇게 늙고 싶다고 생각하지만, 짙은 화장과 향수 냄새에 유난스레 튀는 요란한 옷차림은 싫다고들 한다. 늙음을 과장해 나이 든 사람 티를 내는 것도 보기 싫지만, 어울리지 않는 젊은 사람 흉내는 꼴불견이라는 뜻이다. 사람이 오래 살수록 늘어나는 것이 다른 것 없이 오로지 나이뿐이라면 얼마나 비참한 일인가. 그렇기 때문에 '풍부한 경험은 노인의 명예'라는 말에서 큰 위로를 받는다. 젊은 사람의 암기력을 도저히 따라갈 수 없는 대신, 나이 든 사람의 통찰력은 젊은 사람이 결코 넘볼 수 없다. 기준을 젊은 사람에게 둘 것이 아니라 노년의 강점인 삶의 통찰력과 지혜를 추구한다면, 이미 그 자체가 노년의 멋이다.

여덟, 감정 조절로 마음의 평화를 유지한다

감정을 적절하게 표현하는 사람은 건강하다. 반대로 감정을 겉으로 드러내 표현하지 못하면 스트레스가 쌓여 건강하게 살 수 없다. 지금의 노년세대는 감정을 표현하지 않는 것을 미덕으로 알고 살아온 세대이다. 여자 어르신에 비해 남자 어르신들은 그 정도가 더욱 심해서 자기감정을 드러내놓고 표현하는 것을 점잖지 못한 짓으로 여기신다. 그러니 웃음도 눈물도 인색하기 짝이 없다.

젊은 사람들과 수업할 때, 길에서 마주치는 어르신에게서 느껴지는 인상을 간단한 말로 표현해보라고 하면 '무표정'이란 단어가 가장 많이 나오는 것도 이런 배경과 무관하지 않다. 평소에는 무반응으로 일관하다가, 지하철 자리양보 문제 같은 것에 부딪치면 불같이 화를 내시는 것도 감정표현과 조절을 못하시기 때문이다. 상대를 배려하면서도 내 감정상태를 제대로 전할 수 있으려면 무엇보다 지속적인 연습이 필요하다. 그러니 지금부터라도 기쁨, 슬픔, 괴로움, 외로움, 행복 등 자신에게서 생겨나는 감정을 인정하고 알맞게 표현하는 방법을 찾아야겠다.

아홉, 신앙은 성숙한 노년의 가장 좋은 동반자이다

흔히 신앙은 인생의 석양을 우아하게 만들어준다고들 말한다. 물론 신앙인이라고 해서 나이 듦을 면제받거나 늙음을 피할 수는 없다. 또한 신앙을 가진 사람이 더 멋있게 잘 늙는다는 보장도 물론 없다. 그러나 신앙을 가진 사람은 인간 존재의 근원적인 문제에 대해 답을 구하며 자기수양을 해 나가는 과정에서 삶의 깊이를 얻고, 이웃에게 나누고 베푸는 삶 속에서 사회적인 관계망을 확장해 나간다. 아집에 매인 신앙은 자신에게나 타인에게나 해악이 되지만, 성숙한 신앙은 노년의 지혜와 어우러져 인생을 풍요롭게 한다.

열, 잘 익은 노년은 영적 성숙으로 완성된다

늙기 싫다고 발버둥치고 거부하고 외면하고 도망친다고 끝까지 노년을 피할 수 있을까. 노년이 되기 전에 죽음을 앞당겨 맞지 않는 한 노년은 우리에게 주어진 운명이며 숙명이다. 끝까지 나이 듦을 외면하고 늙음을 거부하는 사람은 설익은 노년을 보낼 수밖에 없다. 지나온 생에 대한 후회와 못다 이룬 꿈에 대한 미련으로 노년을 보내는 사람은 슬프다. 원망과 미움을 해결하지 못하고 분노에 가득 찬 사람의 노년은 불행하다. 누구에게나 고유한 삶의 모습이 있는 것처럼 고유한 늙음의 모습이 있는데도 불구하고, 그저 다른 사람의 삶을 흉내 내기만 하는 노년은 깊이 없이 얕은 물과 같다. 많은 것을 잃어버리는 시기이지만 그 잃음의 자리는 영적인 자유와 충만함으로 채워진다는 것을 모르고 산다면 생의 마지막 시기가 너무 아깝고 아쉽다. 이미 지나버린 것이나 아직 오지 않은 것에 마음을 쏟는 게 아니라, '지금 여기'에 집중하면서 삶의 마지막 과정을 맞이하고 보낸다면 잘 익은 노년을 그 열매로 거두게 될 것이 분명하다.

다시 나이듦을 생각하며

1. 어떤 얼굴로 늙고 싶은가
2. 제발 그러지 마세요!
3. 가르쳐드리지 않아도 아신다
4. 결혼 14년 차, 사이좋게 늙어가기로 결심하다
5. '1교회 1노인대학주의자'의 변(辯)
6. 효도법과 효도상품권
7. 잘 좀 해주세요!
8. 나는 지금 인생의 어느 계절에 와 있는가
9. 요즘 여성노인이 사는 법
10. 노년이 바꿔놓은 내 인생

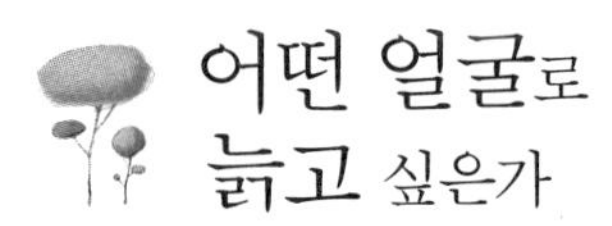

어떤 얼굴로 늙고 싶은가

식구 넷 중 여자가 셋이나 되지만 우리 집에는 아직(?) 화장대가 없다. 일부러 들여놓지 않은 것이 아니라 어쩌다보니 그렇게 됐고, 사춘기 소녀 둘을 생각해 지금이라도 샀으면 싶지만 25평 좁은 집에는 아무리 궁리를 해봐도 더 이상의 가구를 들여놓는 것이 불가능하다. 그러니 큰아이 방에 걸린 반신 거울 앞은 늘 붐빌 수밖에 없다.

잠자리에 들기 전 세수를 하고 나니 피부가 땅겨서 도저히 그대로 둘 수가 없다. 로션을 찾아 들고 거울 앞에 선 순간 아이 둘이 따라 붙는 바람에, 거울 속 내 얼굴 뒤로 두 아이 얼굴이 번갈아 들어선다. 세수 후에 얼굴이 땅기는 일이야 여름 한 철을 빼고는 늘 겪는 일이어서 새삼스러울 것도 없지만, 열네 살, 열세 살 두 아이의 팽팽하고 보드랍고 촉촉하고 말랑말랑한 피부와 한 거울 속에서 나란히 만나게 되자 나이 든 피부의 현실이 생생하게 전해져 온다. 마흔여섯 중년의 피부에서 나이 듦을 절감하고 있는 엄마 마음은 아랑곳없이, 두 아이는 각자 제 얼굴을 들여다보면서 조금씩 돋아나기 시작한 여드름과 모르는 사이에 생겨난 점들을 짚어가며 종알종알 수다를 떠느라 여념이 없다.

이마에는 가로로 제법 굵은 주름이 잡혀서 눈을 머리 쪽으로 조금 치켜뜨기라도 할라치면 그 모습을 확실하게 드러낸다. 눈썹과 눈썹 사이 양미간에는 세로 주름이 깊게 잡힌다. 무표정한 얼굴을 해봐도 주름 자국이 짙다. 이래서 누군가는 '흉터 같은 주름'이란 표현을 썼나보다. 눈 꼬리에는 이미 주름이 잡힌 지 오래여서 웃으면 볼 만하다. 입가로 내려오면 아직은 그런 대로 괜찮지만, 심술궂어 보이는 주름이 생기지 않도록 미리미리 조심해야 할 것 같다. 목으로 눈길을 내리자 그 사이 주름이 좀 굵어진 듯하다. 여자는 목부터 늙는다는 말이 맞긴 맞는 모양이다.

'주름은 살아온 세월이 새겨 놓은 훈장'이라며 부끄럽게 감출 것이 아니라 자랑스럽게 여겨야 한다고 강변하며 돌아다니는 처지지만, 막상 내 주름과 속속들이 마주하니 솔직히 눈길을 돌리고 싶어진다. 기꺼이 내 얼굴에 책임을 지겠노라 잘난 체하며 살아왔지만, 막상 구체적으로 나이를 드러내는 얼굴을 보니 마음이 편치만은 않은 탓이다. 여기저기서 넘쳐나는 젊음에 대한 무조건적인 선호와 숭배에 알게 모르게 영향을 받은 탓도 분명 있을 것이다. 이 젊음의 세상에서 하루하루 나이가 더해지고 젊음과는 조금씩 멀어지는 나는 그렇다면 과연 어떤 얼굴로 늙어가야 할까? 얼굴이야말로 한 사람의 생활과 사고방식과 인생의 궤적을 고스란히 드러내고 있으니 고민이 아닐 수 없다. 다만 한 가지 다행스러운 것은 내 얼굴에 담기는 그 무엇인가를 스스로 만들어갈 수 있다는 사실이다. 이 사실에 위안과 용기를 얻어 어떤 얼굴로 늙어갈지 한 번 궁리해 볼까.

아, 나도 이제 늙었구나……

30대에서 60대 주부

수강생 30명과 함께 하는 시간. 강의제목은 '준비하는 인생, 행복한 노년' 이다. 노년준비에 대해 공부하는 이 프로그램은, 마음 열기 – 나의 인생그래프 그리기 – 노년에 대한 이해 – 건강한 노년을 위한 준비 – 재정계획 – 일을 하기 위한 노력 – 인간관계 새롭게 하기 – 여가를 윤택하게 만들기 – 마음을 여는 대화법 등으로 짜여져 있다. 첫 시간에 자기소개를 끝내고 "나도 이제 늙었구나!" 하고 느낄 때는 언제인지 다같이 이야기하는 시간을 가졌다. 정답이 있는 것이 아니니까 누구나 떠오르는 대로 말하면 일단 내가 칠판에 죽 적고 나중에 꼼꼼히 살펴보기로 했다.

흰 머리카락, 늘어난 뱃살, 돋보기가 기다렸다는 듯 튀어나온다. 나도 모르게 아이들에게 잔소리를 많이 한다, 몸이 예전 같지 않다, 건망증이 심해졌다, 입맛이 변했다, 노래방에 가면 옛날에 불렀던 노래만 부른다, 예전에는 그렇지 않았는데 이제 일이 무섭다. 한 마디 한 마디에 모두들 "맞아, 맞아!" 박수를 치며 웃음을 터뜨리고 연신 고개를 끄덕인다. 그러면서 몇 가지 이야기가 덧붙여진다. 거울 보며 주름살 확인할 때, 사진 찍는 게 싫어졌다, 노인들을 유심히 보게 된다…….

이야기가 다 나왔다 싶을 때 마무리를 하고 하나하나 짚으면서 정리를 한다. 돋보기에서는 노화에 따른 자연스런 노안(老眼)을, 건망증에서는 장기기억력과 단기기억력을 간단하게 설명한다. 주름살에 이르러서는 주름살 제거수술이나 주사로 주름을 없애고 싶은지를 묻는다. 먼저 "할 수만 있다면 하고 싶지요."하는 대답이 나오자, 잇달아 "뭘 그런 수술까지 해요. 그냥 생긴 대로 살래요."한다. 그러자 또 한 사람이 받는다. "주름살 수술 한 번 해서 끝나면 할 만하지요. 또 보톡스 주산가 뭔가 한 번 딱 맞아서 주름이 확 펴지고 다시는 주름 안 생긴다면 얼마든지 맞지요. 한 번 해서는 안 되고 자꾸자꾸 해야 되니까 문제지요." 다들 또 고개를 끄덕인다.

노화의 첫 번째 변화는 바로 피부와 머리카락이다. 나이가 들면서 사람의 피부는 점점 창백해지고, 흔히 저승점이라고 부르는 얼룩 반점이 생기며 메마르게 된다. 거기다가 탄력성을 유지시켜주는 지방분이 줄어들고 조직들이 점점 쇠퇴하기 때문에 주름살이 생기는 것이다. 대부분의 사람들은 어느 날 문득 얼굴에서 깊어진 주름살을 발견하고 한 오라기씩 늘어나는 흰 머리카락을 확인하며 나이 듦을 실감하게 되는 것 같다. 주름살이라는 것이 아무리 수술을 하고 주사를 맞아도 결국 누구도 영원히 피할 수 없는 존재의 속성이며 특성이라면, 차라리 그 주름을 좀 보기 좋게 만드는 것은 어떨까. 누군가 그랬다. 피할 수 없으면 즐기라고.

햇살 주름과 심술보 사이

어르신들 가운데 어떤 분들은 "나만큼 살아봐, 반(半)관상쟁이지. 얼굴 척 보면 어떤 사람인지 대강 짐작할 수 있거든!"하고 말씀하신다. 그 말씀이 별스럽게 들리지 않는 것은 살아오신 세월만큼 인간을 파악하는 능력도 충분히 생겨났을 것 같아서다. 중년의 내가 젊은 사람들보다 암기력에선 비교할 수 없을 정도로 떨어지지만, 이해력과 직관력에서는 결코 밀리지 않는다고 은근히 자부하는 것과 같은 이유에서이기도 하다. 어르신들의 그런 말씀에 짝 지어 노인복지 현장에서 일하는 사회복지사들은 가끔 농담처럼 말하곤 한다. "하도 어르신들을 많이 만나서 어르신들 얼굴 척 보면 성격 정도는 금방 알아챌 수 있지!"

두 가지 얼굴을 가만 상상해보자. 눈은 부드럽게 웃고 있고, 입술 역시 웃음기가 묻어 있어 위로 살짝 올라가 있다. 이런 부드러운 인상의 어르신과 반대로, 한쪽은 화가 난 듯 눈 꼬리가 약간 위로

올라가고, 입술은 누가 아래에서 일부러 잡아당기기라도 하듯 축 처져 있다. 축 처진 입술 탓에 볼 살까지 따라 내려와, 한마디로 뺨에 심술보가 붙은 것처럼 보인다.

앞의 얼굴에 나는 '햇살 주름'이라는 이름을 붙였고, 뒤의 얼굴에는 '심술보'라는 이름을 붙였다. 노인대학에 가서 칠판에 두 얼굴을 나란히 그리면 어르신들은 다 웃으신다. 그림을 잘 그려서가 아니라 노년의 얼굴을 나타내는 가장 큰 특징을 잡아낸 그림에 당신들도 공감하시기 때문일 것이다. 웃는 눈과 웃는 입이 아름다운 것이야 당연한 일이고, 눈가의 주름이 햇살 퍼지듯 잡혀 있으면 쭈글쭈글한 주름보다는 훨씬 보기 좋게 마련이다. 그 웃음이 눈부신 햇살보다 못할 것이 없으니 '햇살 주름'이라고 할 수밖에. '심술보'에는 더 이상의 설명이 필요 없을 것 같다.

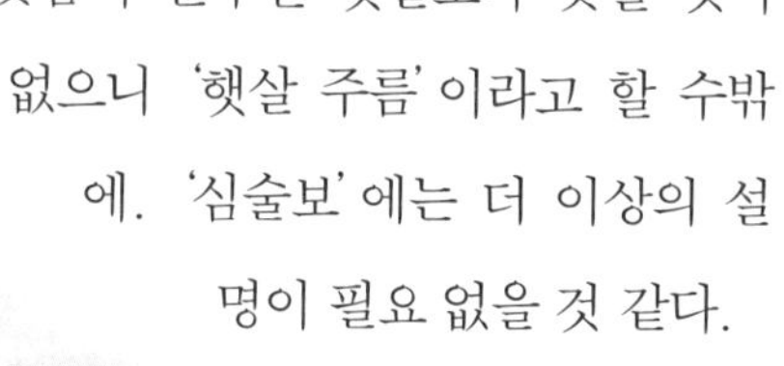

그림을 그린 후에는 어르신들께 내가 멋대로 개발한 '아름다운 햇살 주름 만드는 법'을 알려드리곤 하는데, 여기서 살짝 공개한다. 그 비결은 바로 '감사'이다. 어르신들이 내 일거

수일투족을 주목하는 가운데 먼저 내 눈을 가리키며 "비록 크기는 좀 작지만 글 잘 읽고 사람 잘 알아보고, 하나님께서 주신 아름다운 자연을 다 볼 수 있으니 어찌 감사하지 않겠습니까?"하고 시작한다. 벌써 웃음 짓기 시작한 어르신들은 "클레오파트라처럼 높지는 않지만 냄새 잘 맡고 숨 잘 쉬는 코! 잘 듣는 귀! 밥 잘 먹고 말 잘하고 뽀뽀도 잘하는 입!"에 이르면 큰 소리로 웃으신다.

이어서 몸으로 옮겨가 심장 근처에 손을 갖다 대고 "우리가 잠 잘 때 심장은 뭘 하고 있나요?"하면 곧바로 "쿵쿵 뛰지!" 대답을 하신다. 물론 간혹 "뭘 하긴 뭘 해, 같이 잠자!"하시는 분이 계셔서 강의실이 웃음바다가 되기도 한다. 24시간 365일을 쉬지 않고 움직여 우리를 살아가게 해주는 심장에 대해 고맙다는 인사를 해보신 적이 있는지 여쭈면 순간 고요해진다. 심장에 병이 들어서야 비로소 그 존재를 확인하고 귀하게 여기지 말고, 60년 이상 건강하게 움직이는 심장을 주신 분께, 그리고 그렇게 애써준 심장에게 지금 이 자리에서 감사합니다, 고맙습니다 인사를 하자고 하면 다 따라하신다. 그럴 때 어르신들의 얼굴은 어린아이처럼 순진하고 무구하시다.

계속해서 위장과 무릎을 거쳐 마지막에 이르는 곳은 발. 평생 우리들의 체중을 지탱해주면서도 좁은 신발 속에서 사는 발 이야기를 하면서, "왜 성서에 나오는 예수님께서 하필이면 제자들의 얼굴도 아니고 손도 아니고 발을 씻어주셨을까요?" 질문하면 어르신들은 다들 진지한 얼굴로 나를 쳐다보신다.

나는 이때 숙제를 내드린다. 숙제는 다른 것이 아니라 집으로 돌아가 저녁 때 발을 씻으면서 발의 한평생 노고를 치하하고, 이 모든 것을 주신 분께 감사를 드리는 일이다. 그러면서 덧붙인다. 이렇게 몸 구석구석에, 지금 누리는 순간 순간에 감사하는 마음을 지닌다면 어찌 '심술보' 얼굴을 하겠느냐고. '햇살 주름'은 억지로 만드는 것이 아니라 작은 일상에 대한 감사와 평생 받은 은혜에 대한 감사를 통해 저절로 만들어지는 것이라고. 앞으로 남은 시간 동안 감사하며 사실 수 있느냐 물으면 한 분도 빠짐없이 "예!"하고 큰 소리로 답하신다. 이 짧지만 진지하고 열성적인 답에 강의로 지친 몸과 마음은 늘 새 힘을 얻는다.

나 역시 스스로에게 묻고 또 묻는다. 어떻게 늙고 싶은가, 어떤 얼굴로 나이 들어가고 싶은가……. 아무리 잘 관리하고 보살펴도 나이 든 얼굴이 예쁘거나 섹시하긴 어려울 것이다. 솔직히 젊어서도 그렇진 못했으니 나이 들어 그렇게 되기란 도저히 불가능하다고 봐야겠다. 물론 그런 얼굴을 하고 싶지도 않다. 그저 누가 봐도 착하고 깨끗한 얼굴로 나이 들어가고 싶다. 나이 들어 지니게 되는 얼굴은 한순간에 만들어지는 것도 아니고, 타고난 모습 그대로는 더더욱 아니니 얼마나 다행이며 안심이 되는지. 내가 내 마음을 잘 간수하고 성정(性情)을 잘 다스려 얻을 수 있는 얼굴이니 얼마나 감사한 일인가. 얼굴의 주름살 하나에서도 우리는 나이 듦의 의미를 배우고 노년을 미리 맛보는 경험까지 할 수 있다.

제발 그러지 마세요!

할머니 새끼만 금쪽 같은가요?

노인복지관이나 노인대학에서 어르신들과 수업을 할 때, 일회성 특강이나 교양강좌가 아니라 두 번 이상 강의를 하는 경우엔 첫 시간을 마칠 무렵 늘 두 가지 숙제를 내드린다. 신문이나 텔레비전에 노인이란 단어가 등장하면 눈여겨보시는 것이 첫 번째 숙제이고, 또 한 가지는 동네 골목길이나 슈퍼마켓, 목욕탕, 지하철 같은 데서 동년배 노인들이 눈에 띄면 유심히 관찰해 오시는 것이다.

다음 번 수업에서는 시작인사를 나누자마자 잊지 않고 숙제검사에 들어간다. 노인관련 신문기사를 오려서 들고 오시는 분들도 계시고, 텔레비전 뉴스에 나왔던 노인관련 사건, 사고 소식을 기억했다가 자세히 전해주는 분들도 계시다. 그런데 두 번째 숙제, 즉 '동년배 노인 관찰하기'에 가장 많이 등장하는 것은 역시 지하철 노약자 보호석에 대한 이야기다. 지하철은 경로우대로 어르신들이 무임승차를 할 수 있어 아무래도 이용횟수가 많아서일 것이다.

하루는 아버님 한 분이 숙제로 아예 리포트를 써 왔다며 동급생들 앞에서 발표를 하겠다고 청하셨다. 제목은 〈전철 내 경로석 소고(電鐵內 敬老席 小考)〉. 한자를 섞어서 열심히 쓰신 그 정성을 봐서라도 발표기회를 드리지 않을 수 없었다.

A4 용지 두 장을 꽉 채운 아버님의 리포트에는 노약자 '보호석'을 노약자 '지정석'으로, '양보합시다'를 '착석 절대금지'로 바꾸자는 다소 급진적인(?) 제안도 있었지만, 그보다 더 눈길을 끄는 대목은 따로 있었다. '비(非)노약자의 좌석 무단점유 실태'라는 제목 아래 몇 가지 이야기와 함께 '2, 30대 딸을 억지로 좌석에 앉히려는 노인의 경우'라고 적힌 것이 그것이었다. 앞에 동년배 노인이 서 있는데도 불구하고 그저 자신의 젊은 딸을 앉히지 못해 애를 쓰는 노인의 모습에서 느끼는 거부감을 어찌나 생생하게 설명하시는지, 많은 분들이 박수로 공감을 표시하셨다.

그러고 보니 나 역시 며칠 전에 비슷한 일을 겪었다. 두 아이와 함께 탄 지하철에서 마침 자리가 있어 내가 가운데 앉고 아이들이 각각 왼쪽과 오른쪽에 앉았는데(물론 일반석이다), 할머니 한 분이 올라타서는 작은아이 앞에 서시는 것이었다. 다행히 아이가 얼른 눈치를 채고는 "할머니, 여기 앉으세요!"하고 내 무릎으로 옮겨 앉았다. 그런데 아이를 향해 고맙다는 인사 한 마디 없으셨던 이 할머니께서 연신 주위를 살피더니 저쪽에 서 있는 고등학교 교복을 입은 여학생을 손짓해 부르시는 것이었다. 여학생이 다가오자 하시는 말씀.

"할머니는 저기 저쪽 노약자석에 가서 앉을 테니 네가 여기 앉아서 가라. 얼마나 다리 아프겠니, 응?"

물론 손녀는 괜찮다며 고개를 가로젓는다. 아이에게 고맙다는 인사를 안 하신 것이 아니라 숨이 차고 너무 힘들어서 미처 못 하셨겠지라고 애써 좋게 해석하던 내 마음이 오히려 무참해지는 순간이었다.

옆에 앉은 내가 느낀 씁쓸함을 어떻게 설명해야 할까. 초등학교 아이가 자발적으로 일어나 싹싹하게 자리를 양보할 때는 건성 인사 한 마디 없더니 자신의 고등학생 손녀에게 자리양보라……. 누가 보나 노약자에 속하는 남의 손녀는 아랑곳하지 않고, 내 손녀만 금쪽 같은 할머니. 할머니 마음을 모르는 것은 아니지만 입이 쓰고 마음이 상했다. 2, 30대 딸을 억지로 앉히려 드는 어르신의 모습에서 동년배 어르신이 느꼈다는 거부감을 이해하고도 남을 것 같았다.

계속 손녀를 앉히지 못해 애달파하는 할머니께 기어이 참지 못하고 한 말씀 드린다. "저 다음 역에서 내리니까 조금만 참았다가 여기 앉히세요, 네?" 그제야 할머니 얼굴이 환하게 펴진다. 부모의 내리사랑이란 게 정말 그 할머니처럼 내 새끼에게만일까? 아니, 나는 결코 그렇지 않다고 믿는다. 믿고 싶다. 그동안 어르신들께 내가 받아온 내리사랑이 바로 그 증거다. 내 새끼 귀하면 남의 자식도 귀한 법. 다만 그 할머니도 순간 잠시 잊었던 것뿐이리라.

아들이 며느리하고 같니?

"시댁에 전화하는 것보다 차라리 때맞춰 가는 게 더 편하더라." "어머님이 하도 전화로 뭐라 하시니까 전화벨만 울리면 가슴이 벌렁벌렁해." "전화 걸면 딱히 할 말도 없고, 의무적으로 하려니 꼭 무슨 숙제 같아." 아무렇지도 않게 전화를 잘 걸고 받으며 사는 고부간도 많으련만, 전화 스트레스를 털어놓는 친구 또한 적지 않다. 그럼 시어머니 쪽은 어떨까. "같이 사는 것도 아니고 그깟 전화 효도도 못해?" "며느리 중 누가 며칠만에 전화하나 내가 하나하나 다 세고 있지." "지들이 먼저 안 거는데 내가 왜 해?"

아들만 넷 있는 집 셋째와 결혼하면서 친구는 정말 시어머니와 친 모녀처럼 지내리라 마음먹었다고 한다. 신혼 초부터 매일 문안 전화를 드렸고, 친구 남편은 어머니께 따로 드릴 말씀도 없고 아내가 잘 챙기니까 믿거라 하면서 지냈던 모양이다. 어느 날, 전화기 속 시어머니가 물으시더란다.

"네 남편은 어떻게 엄마한테 전화 한 통 없냐?"

"그이가 요즘 좀 바쁜 모양이에요. 그 대신 제가 이렇게 매일 전화 드리잖아요."

이어지는 시어머니의 말씀. "아들이 며느리하고 같니?"

물론 시어머니께 아들과 며느리가 결코 같은 무게일 수는 없겠지만, 전화 한 통화도 이렇게 구분을 하시는구나 싶으면서 순간 가슴이 싸늘하게 식어버리더란다. 그 이후 친구의 전화는 의무적이고 의례적인 절차로 변해갔고, 결혼 20년이 다 돼 가는 지금까지도 시어머니는 아들의 목소리는 물론 상냥하고 다정한 며느리의 전화 목소리도 되찾지 못하셨다. 시어머니만 외로워지신 것이다.

말 한 마디에 뭐 그렇게까지…… 싶은가? 그래서 고부관계는 참으로 어렵고 미묘하다. 같이 쌓아온 세월이 없는 상태에서 상처를 입게 되면 생각 밖으로 그 파장이 커져 돌이킬 수 없게 되기도 한다. 할머니들께 지난 시절의 시집살이를 여쭤보면 빠짐없이 하시는 말씀이 있다. "사소한 말 한 마디가 가슴에 콕 박혀서는 평생 안 지워지는 거지." 맞다. 친구도 그 말 한 마디가 친 모녀처럼 지내리라는 자신의 환상을 확실하게 깨뜨려주었다며, 차라리 일찌감치 환상이 깨진 것이 다행이라고 했다. 안 그랬으면 여태 시어머니께 아들, 며느리는 똑같을 줄 알고 계속 짝사랑할 뻔했다는 것이다.

한 설문조사에서 어르신들께 이 다음에 병 수발은 누가 해줄 거라 생각하는가 물었더니, 아들이 며느리보다 1.5배 높게 나왔다. 아들이 모신다 해도 실제 병 수발은 며느리 몫인데 '아들'이라고 대답하신 것이다. 아들 아닌 며느리가 실제 수발 담당자라는 것을 모를 리 없으면서도 말이다. 부모 부양과 같은 문제에서는 아들 부부가 일심동체(一心同體)로되, 평소에는 아들과 며느리를 나눠 아들 부부를 엄연한 이심이체(二心異體)로 여기는 것. 시어머니들의 속내가 이러니 며느리들의 전화 스트레스는 오늘도 이어질 수밖에.

제발 좀 그러지 마세요!

버스나 지하철에서

어르신들과 자리양보에 얽힌 이야기를 다들 한두 가지쯤은 알고 있을 것이며, 물론 직접 겪기도 했을 것이다. 나는 아주 가끔 복잡한 차 안에 어르신이 서 계신데 앉아 있는 젊은 사람들이 미처 그분을 보지 못하면 "여기 어르신 서 계신데 자리양보 좀 부탁드려도 될까요?" 하며 용기를 내서 말할 때가 있다. 당연한 일이기는 해도 여러 사람 있는 데서 그런 말을 하기는 좀 쑥스럽고 어려운 것이 사실이다. 하지만 앉은 사람이 미처 어르신을 발견하지 못해 노쇠한 분이 서 가실 수도 있기 때문에 쑥스러움을 무릅쓰고라도 얘기를 하는 편이다. 물론 이럴 때 화를 내거나, "당신이 뭔데?" 하는 표정으로 못마땅하게 위아래를 훑어보는 사람은 아직 한 명도 없었다.

그날은 노인대학에 강의가 있어 나선 길이었다. 몇 정거장 가지 않아도 되기에 지하철 출입문 가까이에 서 있는데, 60대 초반으로 보이는 한 여자 분이 짝짝 껌 씹는 소리도 요란하게 차에 오르셨다. 그런데 내 옆에 자리를 잡자마자 다짜고짜 "애고고!" 소리를 하시는 것이었다. '겉보기에는 건강한 것 같은데 어디 편찮으신가. 차라리 노약자 보호석 쪽으로 가셨으면 좋았을 걸' 하는데, 순간 인터넷에 떠돌아다니는 유머 한 토막이 떠올랐다.

할머니나 아줌마가 지하철에 타면 자리를 찾는 유형이 네 가지 있단다. 먼저, 들고 있던 가방을 빈자리에 던져 자리를 확보하는 농구선수형. 그 다음은 자리가 눈에 띄면 큰 소리로 "저기 자리 있다!"를 외쳐 입으로 맡아 놓는 웅변가형. 또 하나는 지하철 좌석에 조금이라도 틈이 보이면 일단 엉덩이부터 들이미는 굴착기형. 일곱 명 앉는 좌석이 늘어날 리 없으니 결국 다른 사람이 일어나고 만다. 마지막으로는 신음형. 귀 있는 자는 들을지어다 하고 "애고고, 다리야. 이래서 늙으면 나다니지 말아야지……" 끊임없이 혼잣말을 한다. 그러면 누군가 반드시 일어나고야 만다나.

앞에 앉은 사람들을 보니 다들 눈을 감고 있다. 자리양보를 부탁해? 말아? 잠시 갈등을 하고 있는데, 그분이 참지 못하고 큰 소리로 말씀하신다. "다들 자는 척하고 있는 걸 보니 자리양보 받기는 다 틀렸네!" 너무도 기세 등등하다. 한 자리 건너에 앉았던 청년이 눈을 번쩍 뜨더니 벌떡 일어선다. 고맙다며 그 자리에 가서 앉으시면 될 것을, 그 옆에 앉은 사람을 툭툭 치며 "아가씨가 옆으로 좀 가. 내가 가장자리에 앉게." 하신다.

이미 근처에 있는 사람들은 다 알아차렸다. 이 어르신이 지나치게 무례하고 경우가 없다는 것을. 그분 바로 앞에 선 내가 참다못해 최대한 상냥한 목소리에 웃음을 담아 말씀드렸다. "다리 아프시면 양보 좀 해달라고 하시면 되지, 젊은 사람들도 피곤해서 눈 감고 있을 수 있잖아요."하니, 눈을 부릅뜨며 곧바로 쏘아붙이신다. "그런 도덕군자 같은 소리 하지도 마. 일어나기 싫으니까 눈 감고 자는 척하고 있는 거 모를 줄 알고."

주위 사람들은 약속이나 한 듯 혀를 차며 고개를 돌려버리고. 아, 그때 내 심정을 무어라 표현할까. 말을 더 섞어봤자 봉변당할 일밖에 없는 것 같아 나는 쓰게 웃으며 입을 닫아버리고, 그분의 짝짝 껌 씹는 소리만 더 높아진다. 어르신들께 가서 젊은 사람들과 잘 지내는 법, 가족과 마음을 열고 대화하는 방법, 생활 속의 예절을 백날 강의하면 뭐하나 싶다. 젊은 사람을 멀리멀리 쫓아보내는 저런 어르신이 계시는데. 지하철에서 내려 노인대학을 찾아가는 발걸음이 그렇게 무거울 수가 없었다.

노년의 당당함은 무조건 목소리를 높이는 것이 아니다. 다른 사람의 처지를 생각해주는 너그러움이 없는 노년이야말로, 누구도 닮고 싶지 않은 노년의 모습이다. 성숙함이란 거창한 것이 아닌, 생활 속에서 배어 나오는 향기와 같은 것. 그날 나는 비록 그 어르신께 직접 말씀드리지는 못했지만, 마음속으로는 수도 없이 말했다. "어르신, 제발 좀 그러지 마세요. 네?"

가르쳐드리지 않아도 아신다

"만수무강!" "무병장수!"

〈대장금〉이라는 인기드라마가 있었다. 궁궐 수라간이라는 새로운 배경에다가 어떤 어려움을 당해도 굴하지 않는 씩씩한 여주인공 장금이의 매력과 멋진 요리가 눈을 즐겁게 해주어서 나 역시 아이들과 나란히 앉아 재미있게 보곤 했다. 드라마 속 장금이가 수라간에서 제주도로 쫓겨갔다가 고생 끝에 의녀가 돼 다시 궁으로 돌아왔을 때의 일이다. 장금이가 제주도에 있는 사이 수라간 최고상궁의 자리에 오른 라이벌 금영이 장금과 드디어 마주쳤다. 예기치 못한 장금의 출현에 눈이 휘둥그레진 금영에게 장금이가 또박또박 말한다.

"행복하십니까? 행복하셔야 할텐데요.……"

수라간 최고상궁의 자리를 차지하기 위해 치러야 했던 목숨을 건 싸움과 경쟁자를 향해 휘둘렀을 무자비한 칼날을 염두에 둔 뼈 있는 말이었다. 금영은 아무 대답도 하지 못한다. 드라마가 끝난 지 벌써 오래지만 내게는 그 질문이 아직도 남아 불쑥 불쑥 가슴을 두드린다. "행복하십니까? 행복하셔야 할텐데요.……"

'마음에 차지 않거나 모자라는 것이 없어 기쁘고 넉넉하고 푸근함, 또는 그런 상태'를 일러 '행복'이라 한다고 사전은 풀이한다. 그렇다면 과연 지금 나는 행복할까? 나의 행복은 어느 정도나 되는 것일까? 그런데 나처럼 이런 궁금증을 가진 사람들이 많았던 모양이다. 영국의 심리학자 로스웰(Rothwell)과 전문 상담가 코언(Cohen)은 무려 18년 동안 1,000명의 남녀를 대상으로 실험을 했다. 80가지 상황을 제시한 다음, 행복해지기 위해 가장 필요한 조건, 즉 자신을 더 행복하게 만드는 다섯 가지 상황을 고르게 한 것이다. 그리고 2002년 그 실험결과를 모으고 정리해 '행복공식'(Formula for happiness)을 발표하였다.

이 공식에 따르면 인간의 행복에는 인생관과 적응력 같은 개인적 특성이나 야망, 혹은 자존심 같은 좀더 고차원적인 요소들보다는 역시 건강과 돈, 인간관계 등 생존조건에 포함되는 것들이 더 중요한 역할을 하는 것으로 밝혀졌다.

2003년 초 시사주간지 《주간동아》에서 이 '행복공식'을 가지고 우리나라 사람들의 행복지수를 계산했는데, 100점 만점에 평균

64.13점의 행복을 느끼는 것으로 나타났다. 솔직히 내가 생각했던 것보다 훨씬 높은 점수였다. 같은 공식을 가지고 지금 다시 우리나라 사람들의 행복지수를 계산한다면 점수가 올랐을까? 아니면 형편없이 떨어졌을까? 살기가 점점 더 어려워지고 있는 현실을 감안한다면 아마도 후자가 아닐지.

또한 이 조사결과로 보면 남녀간의 행복지수는 차이가 거의 없지만 나이와 지역별로는 차이가 많아서, 10대의 행복지수가 71.43으로 가장 높았고 그 다음으로는 60대, 50대, 40대, 30대, 20대 순이었다. 30대와 20대는 전체 평균보다 아래였고, 특히 20대는 10대에 비해 거의 10점이나 행복지수가 낮았다. 지역별로는 강원도에 사는 사람들이 70.25로 전국에서 가장 행복한 사람들로 나타났다.

나는 노인대학이나 노인복지관에 강의를 하러 가면, 미리 강의실에 들어가서 일찍 오신 분들과 이런저런 이야기 나누는 것을 좋아한다. 어르신들과 친해질 수 있는 시간이기도 하고 어르신들의 생각을 알아볼 수 있는 소중한 기회가 되기도 한다. 요즘 어머님 아버님들이 가장 좋아하고 많이 부르시는 노래, 주로 나누는 이야기, 인기 있는 드라마, 참석인원이 가장 많은 복지관 프로그램, 어르신들 사이에서 유행하는 농담 등등을 전해 듣거나 아니면 평소 내가 어르신들께 궁금해하던 것들을 여쭤보기도 한다.

얼마 전 어르신들께 행복에 대해 여쭈니 많은 분들이 오복(五福)을 말씀하셨다. 단어는 조금씩 다르게 사용하셨지만 대부분 수(壽)와 부(富), 귀(貴 : 사회적 지위가 높음), 강녕(康寧 : 몸이 건강하고 마음이 편안함)에 고종명(考終命 : 명대로 살다가 편히 죽음) 또는 자손중다(子孫衆多 : 자손이 많음)를 꼽으셨고, 어떤 분은 다른 하나를 빼고 이〔齒〕를 집어넣기도 하셨다.

내가 어르신들을 보면서 '참 행복한 노년기를 보내시는구나' 할 때는 역시 건강하고, 의식주 걱정 없고, 당신을 필요로 하는 소일거리가 있고, 그래서 고독과 소외감을 느낄 새 없는 어르신들을 만날 때이다. 한마디로 노년기의 네 가지 고통인 질병과 빈곤과 고독과 역할 없음에서 어느 정도 벗어난 분들이시다. 그러니 화려하지는 않아도 누구에게나 행복해 보일 수밖에 없다.

지난해 가을 강의하러 가서 만난 한 노인대학 어르신들은, 아침에 등교하면서 서로 인사를 나누실 때 먼저 본 분이 소리 높여 "만수무강!" 하고 외치면 다른 분은 "무병장수!" 라고 화답하신다고 했다. 요즘 '백세인(百歲人)', 즉 100세가 넘으신 분들에 대한 연구가 활발히 진행되면서 많은 사람들이 그분들의 장수요인에 대해 관심을 기울이고 매스컴에서도 크게 다루는 것을 볼 수 있다.

인간의 수명연장을 반대하는 사람은 한 사람도 없겠지만, 길어진 시간만큼 행복한 삶이 보장되지 않는다면 사실 장수는 아무런 의미도 없을 것이다. 그러니 어르신들이 그냥 '장수'가 아닌 '무병장수(無病長壽)'를 말씀하시는 것은 '유병장수(有病長壽)'의 부질없음을 너무도 잘 알고 계시기 때문이다. 어르신들은 행복지수 같은 것을 몰라도, 설사 오복(五福)의 내용을 제대로 다 기억하지 못한다 해도, 살아온 세월을 통해 행복의 조건을 일찌감치 몸으로 마음으로 체득하고 계신 것이다. 그래서 오늘도 소리 높여 "무병장수!"를 외치신다.

우리들의 인생은 일흔 살부터……

요즘 노인대학 강의 준비물이 하나 더 늘어났다. 원래는 쉬는 시간에 잡수시라고 사탕을 가져가는데, 어르신들께 빈손으로 가는 것이 왠지 민망해서 갖고 다닌 것이 이제는 습관이 돼 사탕을 준비하지 않으면 내가 괜히 허전하다. 단것을 좋아하는 어르신들은 사탕 중에서도 특히 막대사탕을 드리면 손으로 잡고 쪽쪽 빨아 잡숫는 것이 재미있는지 아이들처럼 좋아하셔서 바라보는 나까지 저절로 웃음이 나곤 한다.

그런데 사탕 말고 요즘 들어 강의 준비물에 추가된 것은 다름 아닌 노래가사가 적힌 종이 한 장이다. 돋보기 없이 맨눈으로도 잘 보실 수 있도록 크고 진한 글씨에 여백도 넉넉하게 해서 만든 노래가사 한 장을 꼭 챙긴다. 복사해서 나눠드리고 수업 앞부분에 신나게 함께 부르는 노래는 바로 〈우리들의 인생은 일흔 살부터〉다.

1절 : 우리들의 인생은 일흔 살부터 / 마음도 몸도 왕성합니다 / 칠십에 우리들을 모시러 오면 / 지금은 안 간다고 전해 주세요

2절 : 우리들의 인생은 일흔 살부터 / 언제나 생글생글 웃고 삽

니다 / 팔십에 우리들을 모시러 오면 / 아직은 빠르다고 전해주세요

3절 : 우리들의 인생은 일흔 살부터 / 아무것도 불만은 없이 삽니다 / 구십에 우리들을 모시러 오면 / 재촉하지 말라고 전해주세요

4절 : 우리들의 인생은 일흔 살부터 / 언제나 감사하며 살아갑니다 / 백세에 우리들을 모시러 오면 / 서서히 간다고 전해주세요

곡조는 "학도야, 학도야, 청년 학도야"로 시작하는 개화시절 노래 〈학도가〉에 맞춰 부르는데, 혹시 글자를 모르시는 분이라 해도 곡조는 대부분 아시기에 흥얼흥얼하며 박수를 쳐 흥을 돋우신다. 이 노래가 점점 퍼져가면서 여기저기서 노래가사를 지은 사람이 누구냐고 물어오는데 사실은 나도 모른다. 3년 전쯤 한 노인대학에 갔더니 커다란 괘도에 가사를 적어놓고 다같이 배우고 계시기에, 가사를 옮겨 적어 와서 그분들이 부르시던 곡조 그대로 다른 어르신들께 가르쳐드리기 시작했던 것이다.

딱히 누가 노래용으로 일부러 가사를 지은 것이 아니라 원래 있던 글을 노래용으로 고친 것 같다는 생각이 든 것은, 일본의 조각가인 세키 간테이가 쓴 책 《불량 노인이 되자》 뒤표지에 적힌 글을 읽고 나서였다. 누구는 이 글에 자기 마음대로 '저승사자 퇴치법' 이라고 제목을 붙여 놓기도 했다.

回甲(회갑) : 六十에 저승에서 날 데리러 오거든 지금 안 계신
다고 여쭈어라

古稀(고희) : 七十에 저승에서 데리러 오거든 아직은 이르다고
여쭈어라

喜壽(희수) : 七十七에 저승에서 데리러 오거든 지금부터 노락
(老樂)을 즐긴다고 여쭈어라

傘壽(산수) : 八十에 저승에서 데리러 오거든 이래도 아직은 쓸
모 있다고 여쭈어라

米壽(미수) : 八十八에 저승에서 데리러 오거든 쌀밥을 더 먹고
가겠다고 여쭈어라

卒壽(졸수) : 九十에 저승에서 데리러 오거든 서둘지 않아도 된
다고 여쭈어라

白壽(백수) : 九十九에 저승에서 데리러 오거든 때를 보아 스스
로 가겠다고 여쭈어라

재미있는 것은 〈우리들의 인생은 일흔 살부터〉라는 노래의 가사가 처음에는 "~육십부터"였다는 사실이다. 노인대학 궤도에서 내가 노래가사를 옮겨 적기 훨씬 전, 그러니까 노래로 만들어지기 전인 5, 6년 전 어느 어르신께서 내게 좋은 글이니 한 번 읽어보라고 주신 종이에는 분명히 "우리들의 인생은 육십부터"라고 적혀 있었다. 물론 "~육십부터"에 이어지는 글은 지금의 노래가사와 거의 같다. 그러니까 "인생은 육십부터"가 어느 틈엔가 어르신들 사이에

서 저절로 "칠십부터"로 바뀐 것이다. 어르신들 스스로 장수시대를 실감하고 아주 자연스럽게 노래가사를 바꾸어 부르신 것이라 생각하니 참으로 신기하고도 재미있다.

이렇게 일일이 알려드리지 않아도 저절로 다 아시는데, 오늘도 나는 또 무엇을 가르쳐드린다고 어르신들 앞에 나서서 입을 열고 있는지 모르겠다. 아니, 어쩜 어르신들은 젊은 나의 재롱(?)을 보고 계시는 것인지도 모른다. 그러고 보니 인생의 까마득한 선배인 어르신들 앞에서 강의를 한다고 철없이 나대는 내 모습이 우습기만 하다. 그러나 아무리 우습고 민망하고 겸연쩍다 해도 내일도 나는 막대사탕을 두 손 가득 들고 어르신들을 만나러 갈 것이다. 그 한없는 내리사랑을 그리워하면서 말이다.

결혼 14년 차, 사이좋게 늙어가기로 결심하다

다시 태어나도 당신만을……?!

빨갛고 파란 점퍼에 등에는 배낭 하나씩을 메고, 친정어머니와 아버지는 드디어 그렇게 타보고 싶어하시던 고속철을 타기 위해 개표소를 통과하셨다. 허리 수술을 했지만 완치되지 않아 오래 걷지 못하는 아버지와 약해진 다리 때문에 걸음이 느린 어머니, 두 분 모두 잡은 손을 놓칠세라 조바심을 내시는 것이 눈에 보인다. 차라리 직접 모시고 다녀오면 좋으련만, 부산까지 무사히 잘 가실 수 있을지 내 마음에는 걱정이 가득하다. 순간 '이번 여행이 두 분이 가시는 마지막 여행일까?' 하는 생각이 들면서 가슴이 덜컥 내려앉는다. 내 마음을 아는지 모르는지 뒤를 돌아보며 손을 흔드시는 두 분의 얼굴에는 '금혼(金婚)여행'의 기쁨과 흥분이 넘쳐난다.

올해 여든셋, 일흔여덟이신 친정아버지와 친정어머니가 결혼을 하신 것은 1954년, 지난해가 딱 50년 되는 해였다. 흑백사진 속 신랑은 짙은 색 양복정장 차림이고 신부는 하얀 한복에 면사포를 썼다. 신기하게도 신랑 신부 뒤쪽 벽에는 커다란 태극기가 걸려 있고, 그 위로는 '화촉지전(華燭之典)'이라고 쓴 붓글씨가 보인다. 양쪽에 들러리를 세 명씩 거느리고 선 신랑 신부는 군살 하나 없이 날씬한 몸매에 깨끗하고 팽팽한 피부를 하고 있다. 어려서부터 보아온 사진이지만, 정말 50년 전에 이러셨구나 하는 마음으로 들여다보니 새삼 두 분의 젊음이 눈부시다.

아무리 인생 80시대라고는 하지만, 50년을 산 사람도 뒤를 돌아보면 언제 내가 이렇게 나이를 먹었나 감회가 깊을 텐데 부부의 연을 맺고 50년을 살았다면 이런저런 소회가 없을 리 없겠다. 워낙 표현을 잘 안 하시는 아버지지만 그래도 어머니를 향해 "무력무능(無力無能)한 나를 마다하지 않았던 아내의 고마움, 적빈(赤貧) 속에서도 삼남매를 낳아 기르고 가르친 아내의 노고, 지금도 쉴 새 없이 그들을 보살펴주는 아내의 사랑, 고맙기 그지없는 아내……"란 글을 당신의 자전 수필집 첫 장에 남겨두셨으니 그 마음 미루어 짐작할 수 있다.

그럼 어머니는 어떨까. '금혼여행' 며칠 전 어머니께 무릎걸음으로 다가앉아 여쭈어보니, 아버지가 돈을 못 번 것 외에는 그다지 큰 아쉬움은 없다면서, 돈이 많았다면 또 다른 어려움이 있었을 지도 모르니 차라리 돈 없이 산 것이 나았다는 생각이 든다고 하셨다. 하긴 아버지는 어머니와 결혼약속을 하면서 돈 벌어오라는 것만 아니면 뭐든지 하겠노라고 다짐했다니 더 말해 무엇하랴. 다시 태어난다면 아버지를 꼭 다시 찾아서 만나고 싶다는 어머니, 참 행복한 분이다.

노년의 부부가 서로에게 남긴 글이나, 지나온 날을 돌아보며 무심한 듯 툭 던지는 말에는 인생 선배, 결혼생활의 선배들이 걸어온 삶의 자취가 고스란히 살아 있으며, 서로 다른 두 사람이 만나서 지지고 볶으며 살아온 가정에 대한 고마움과 아쉬움이 골고루 녹아 있다. 그래서 이런 글이나 말을 대하면 코끝이 찡하고 눈시울이 뜨거워져 눈을 깜박이게 된다. 그 안에는 젊은 부부에게서는 도저히 찾아볼 수 없는 깊은 정과 더 이상 무거울 수 없는 사랑이 자리하고 있어서다.

부부란 그런 것일까. 사랑에 눈멀어 물불 가리지 않고 시작한 결혼생활이든, 아니면 미처 친해질 사이 없이 조금 서먹하게 시작된 결혼생활이든, 시간이 흐르면서 두 사람 사이에 아이들이 태어나고 먹고살아야 하는 생활의 때를 묻혀가며 한 해 한 해 같이 나이 들어간다. 두 사람 사이의 무수한 갈등과 다툼, 경제적인 고비, 자녀 기르는 일의 어려움, 부모님 봉양과 뜻밖의 질병 그리고 죽음까지, 이 모든 것을 함께 겪은 부부에게는 다른 사람들은 결코 알 수 없는 그들만의 끈끈한 동지적인 유대감이 생길 수밖에 없다.

세 시간의 기차여행 끝에 부산에 도착하신 두 분은 태종대며 자갈치시장을 구경하고 나서, 숙소에 도착했다고 전화를 해오셨다. 고향인 바닷가 마을을 잊지 못하는 어머니는 창 밖으로 바다가 보이는 숙소가 마냥 좋으신지 "이번에 바다 구경 원 없이 하고 가겠다."고 하신다. 무사히 도착하셨다는 소식만으로도 한숨 돌리는 나를 보면, 내가 두 분의 총기를 지나치게 염려했었나보다. 아이고, 죄송해라. 그나저나 그날 밤 두 분은 나란히 잠자리에 누워 무슨 이야기를 도란도란 하셨을까 무척 궁금하다. 순식간에 가버린 듯한 당신들의 50년 세월을 이불 삼아 단잠을 주무셨으리라 믿는다.

아내를 수술실로 보내고

소박하지만 부부 사이의 정이 깊은 친정부모님을 보면서 나도 남편과 사이좋게 늙어가리라 결심하곤 하지만, 그게 어디 마음대로 되는 일인가. 사는 것이 팍팍하고 고단해 편치 않을 때면 나도 모르게 남편에게 원망하는 마음이 생기고 야속해서 눈물이 나기도 한다. 그래서 남편은 그때 그 종이를 내게 주었던 것일까. 힘들 때, 화날 때, 같이 살고 싶지 않을 때 펴 보라고 말이다.

이제는 약간 누렇게 변한 A4 종이 두 장은 12년 전인 1993년, 둘째 낳고 얼마 지나지 않아 남편이 후배의 부탁으로 교회 대학부 주보에 쓴 것이라며 한 번 읽어보라고 내게 건네준 것이다. 이 글을 읽으면 어느 틈엔가 마음이 누그러지고 순해진다. 남편이 내게 직접 보낸 편지는 아니어도 그 안에 담긴 향기로운 첫 마음을 알기 때문이다. 아마도 남편은 내가 이 글을 지금까지 간직하고 있는 줄은 상상도 못할 것이다.

아내를 수술실로 보내고

10월 26일 오후 1시 40분. 아내를 실은 수술차는 수술실로 들어갔습니다. '관계자 외 출입금지' 라는 팻말을 경계로 남편인 저는 수술실 밖에 남겨져 '남의 편' 에 서고 말았습니다. 파란 시트에 덮인 아내를 실은 수술차가 드디어 시야에서 사라지고 나자 제 마음은 갑자기 밀려오는 초조감에 휩싸였습니다. 아내는 이렇게 둘째 아이를 낳기 위해서 수술실 안으로 들어간 것입니다.

제왕절개를 하는 수술이니 다른 수술보다 위험성이야 높지 않겠지만 수술실 밖에 있는 저의 마음은 편안할 수 없었습니다. 시간이 흐르면서 처음의 긴장감은 풀려갔지만 오히려 새롭게 떠오르는 온갖 생각이 머리를 어지럽힙니다. 수술실을 마주한 이 짧은 이별이 혹시 영원한 이별이 되지 않을까 하는 방정맞은 생각도 슬그머니 고개를 내밉니다. 또 수술차 위에 실려간 저 약한 사람을 홀로 놓고 문밖 멀리에서 대책 없이 기다려야만 하는 안타까움도 제 가슴을 저며 옵니다. 저는 아내가 들어간 수술실 복도 유리창으로 내다보이는 10월의 푸른 가을 하늘을 머릿속에 담아 놓기 위해서 눈으로 꾹꾹 사진을 찍어봅니다.
가끔씩 수술실에서 수술을 마친 환자들이 수술차에 실려 다시 복도로 나옵니다. 그럴 때마다 긴장되는 마음을 감출 수 없습니다. 복도에 늘어서 기다리고 있던 가족들이 혹시 자기네 환자가 아닐까 싶어 빠르게 지나가는 수술차 위의 환자를 확인합니다. 이런 술렁임이 몇 차례 지나갔습니다.
아내가 수술실로 들어간 지 30분쯤 지났을 때입니다. 수술실에서 간호사가 아내의 이름을 부르면서 보호자를 찾습니다. 저는 뜨끔 놀라면서 간호사에게 다가갑니다. 간호사는 분홍색 담요에 쌓인 우리의 둘째 아이를 보여줍니다. 아이의 얼굴을 자세히 보고 설명해달라는 아내의 얘기가 떠올라 아기의 얼굴을 살펴보지만 첫째 때처럼 그 모습이 눈에 잘 들어오질 않습니다. 아기의 얼굴보다 아내가 더 궁금했기 때문입니다. 간호사에게 산모의 상태를 물었지만 수술중이라는 짤막한 답변 밖에는 되돌아오는 것이 없습니다. 결국 아내가 수술실에서 나와 눈으로 확인해야 마음이 놓일 것 같았습니다.
이윽고 아내를 실은 수술차가 수술실 밖으로 모습을 드러냈습니다. 마취에서 채 깨어나지 않은 수술차 위의 아내 모습은 아름다운 전사(戰士) 같습니다. 이렇게 어머니들은 아이를 낳기 위해서 전쟁을 치르는 것이었습니다. 성서는 해산의 고통을 여자가 지은 죄의 결과로 얘기하지만 저는 해산의 고통에서 거룩함을 느낍니다. 저는 마취에서 깨어나는 아내를 위로했습니다. 얼마 후 의사가 찾아와서 수술이 잘 끝났노라고 흐뭇한 미소를 지어 보입니다. 아기는 하나님의 선물이라고 하는데 하나님은 그 선물을 그냥 값싸게 주시지는 않는구나 하는 생각이 스쳐 지나갔습니다.

수술이 끝나고 몸을 회복하기 위해서 아내는 병원에서 며칠 더 머물렀습니다. 저는 링거를 매단 스탠드를 밀며 아내의 걷는 연습을 도와줍니다. 그리고 병원 복도에서 잠시잠시 앉아 쉬면서 얘기를 나누기도 합니다. 이렇게 저는 살아가면서 아내와 한 가닥씩 굵은 동아줄로 서로를 엮어가고 있습니다. 사랑은 충동이 아닌 듯합니다.

이제까지 내가 살아오면서 내린 결단 중에 정말 잘했다고 생각하는 것이 딱 세 가지 있다. 다른 사람 아닌 지금의 남편과 결혼한 것, 아이를 하나만 낳자는 남편의 뜻에 반대해 둘째를 낳은 것, 그리고 기회가 왔을 때 노인복지 분야를 선택한 것이다. 첫 번째 탁월한 선택이었던 남편에 대한 이 마음을 잊지 않고 잘 늙어서 "나 사랑을 알았노라!"고 이야기하고 싶다. 이만하면 나는 남편과 사이좋게 잘 늙어갈 준비가 된 것일까?

'1교회 1노인대학주의자'의 변(辯)

노년을 각별히 보듬어야 할 이유

전주에 있는 용머리 성당에 가서 어르신들을 만난 것은 2004년 11월 어느 일요일이었다. 65세 이상 어르신들의 모임인 '은빛회'를 조직하면서, 그 전단계로 노년과 관련한 강의를 듣고 싶다고 연락을 해 오셨기에 망설임 없이 달려갔다. 사실 1시간 30분의 강의를 위해 왕복 6시간 거리를 오간다는 것이 쉬운 일은 아니었다. 그것도 온 가족이 모처럼 낮 시간을 함께 보낼 수 있는 일요일에 말이다. 그래도 노년과 관련해 내가 도움이 될 수만 있다면 최대한 노력하겠다고 평소에 품은 마음이 있어 즐겁게 출발할 수 있었다.

성당에 도착해보니 큼지막한 현수막에 '아름다운 노년' 이라는 강의제목과 '강사 : 유경' 이라고 또렷하게 적혀 있었다. 기다리고 계신 분들은 대부분 어르신들이었고 간간이 중년들이 섞여 있었다. 소개를 받고 앞으로 나서자 예쁜 여자 어린이가 커다란 꽃다발을 내게 선물로 주었다. 환영의 마음이 듬뿍 담긴 꽃다발에서는 진한 향기가 뿜어져 나왔다. 드디어 강의 시작! 눈으로는 웃고, 입으로는 크게 "안녕하세요?" 인사를 하면서 박수를 치는 '인사 연습' 으로 마음을 풀고, '100 빼기 7, 빼기 7, 빼기 7……' 로 이어지는 숫자문제를 함께 풀면서 잠깐 머리운동도 했다.

아름다운 노년을 보내기 위해 꼭 필요한 몇 가지를 간추려 말씀드리고, 이어서 인간관계의 기본이 되는 '마음을 여는 대화법' 으로 들어갔다. 중간에 지루하지 않도록 두 분씩 짝을 지어 서로 '눈맞춤' 을 하고, 소리내어 자기소개를 하는 '입맞춤' 도 하고, 서로 손을 잡는 '손맞춤' 과 칭찬을 해주는 '마음맞춤' 을 하면서 함께 웃기도 했다. 마지막으로는 중년과 노년에 꼭 필요한 10가지를 모은 '중년과 노년을 위한 십계명' 을 알려드리고, 다같이 일어나서 내가 만든 '웃음운동' 으로 마무리를 했다.

성당이라는 경건한 분위기에 점잖은 분들이 많으셔서 그런지 분위기가 활발하고 왁자하지는 않았지만, 그래도 진지하게 들어주시고 종이에 열심히 메모를 하며 집중을 해주셔서 잘 마칠 수 있었다. 성당 지하식당으로 옮겨 맛있는 점심식사를 하는 시간. 기차시간이 급해 요기만 하고 서둘러 나오는데 식사하시던 어르신들이 다

같이 따뜻한 박수로 배웅을 해주신다. 그 내리사랑의 마음을 잘 알기에 고단한 줄 모르고 서울행 기차에 올랐다.

돌아오는 기차 안에서 성당이나 교회, 혹은 사찰 같은 종교기관에서 특히 더 노년에 대해 관심을 갖고 노인에 대해 신경을 써야 하는 이유를 다시 한 번 생각해봤다. 가장 큰 이유는 노년인구가 많으며, 그 숫자가 점점 늘어난다는 사실이다. 사회 전체의 노인인구 비율보다 종교기관 내 노인인구 비율이 훨씬 높아서, 그 안에서는 아주 오래 전부터 고령화가 진행되어 왔다. 그 많은 노년에 대해 어찌 나 몰라라 할 수가 있겠는가. 둘째 이유는, 노년은 머지않아 만날 우리의 얼굴이기 때문이다. 지금의 노년을 위해 아무것도 하지 않으면서, 이 다음에 우리 자신이 노년이 되었을 때 과연 젊은 세대에게 무엇을 요구할 수 있겠는가. 받으려면 먼저 베풀어야 한다. 셋째로, 이웃을 사랑하는 일이 종교의 본래 사명임을 기억해야 한다. 약자에 대한 배려와 사랑과 돌봄이 종교의 가장 기본적인 덕목인데, 노인이야말로 이 사회의 약자 중의 약자가 아닌가. 마지막으로, 노년은 존재 자체가 우리에게 주어진 선물이다. 전쟁과 질병과 사고에서 살아남아 노년을 맞으신 분들은 그 자체로 생명의 존엄성과 삶의 엄숙함을 느끼게 해준다. 우리들 생이 경박함에서 벗어나 진지해지고 깊어지는 데 노년만큼 귀한 본보기가 없기 때문이다. 어르신들의 사랑이 그런 것처럼, 그날 선물로 받은 꽃에서는 오래도록 향기가 떠나지 않았다. 그 향기에 취해 나는 꿈을 꿨다. 언젠가는 현실에서 꼭 만나고 싶은 아름다운 꿈을 말이다.

상상: 노인들 세상에서 모두 사라지다!

이제 세상에는 노인들이 단 한 명도 남지 않았다. 65세 이상 노인들이 한꺼번에 자취를 감춰버린 것이다. 자식들과 같이 살던 노인도, 쪽방에서 힘겹게 연명하던 노인도, 사이좋게 살던 노부부도, 최고급 실버타운의 부유한 노인도, 무료양로원의 가난한 노인도, 치매요양원에서 마지막을 보내던 노인도, 한 끼 점심을 위해 이른 아침부터 무료급식소 앞에 줄서 있던 노인도, 모두 동시에 그리고 완전하게 사라져버렸다.

넘치는 실종신고에 경찰 업무는 마비됐고, 신문과 방송은 연일 특보를 내보내며 수선을 떨었다. 갑작스레 효자, 효녀, 효부가 된 사람들은 눈물 콧물 섞어가며 부모님을 그리워하고 자신들의 불효를 고백했다. 온 나라가 눈물바다로 변했고 엄청난 충격에 휩싸여 휘청거렸다. 그러나 슬픔은 얼마 못 가 사라지고, 대신 노인들이 남기고 간 집과 땅과 재산을 놓고 자녀들 간에 싸움이 일어나기 시작했으며 여기저기서 칼부림까지 하는 사태가 그칠 줄 모르고 이어졌다.

속절없이 세월은 흐르고, 노인이 사라진 세상에 어느덧 적응이 된 사람들은 이제 모두 편안해 보였다. 솔직히 너나 할 것 없이 홀가분하고 행복해 보이기까지 했다. 노부모 부양을 고민할 필요도, 허리가 휘는 수발 걱정도 깨끗이 사라졌기 때문이었다. 노인복지 예산은 젊은 사람들의 삶의 질을 높이기 위해 수정 배분되었고, 노인복지관과 양로원, 요양원은 모두 어린아이들과 청소년, 중·장년

층을 위한 여가시설로 옷을 갈아입었다.

그런데 이상했다. 아무 문제 없이 편안하게 잘 살아가던 사람들이 알 수 없는 불안에 휩싸인 것이다. '내 부모님도 어느 때가 되면 말 한 마디 없이, 아무런 흔적도 남기지 않고 눈앞에서 자취를 감춰버리는 것일까? 그럼 나도 노인이 된 어느 날 가진 것 모두 내려놓고 갑자기 사라져버린단 말인가?' 사람들의 불안은 걷잡을 수 없는 공포로 이어졌고, 너도나도 노인이 되지 않는 길을 찾아 헤매는 지옥 같은 나날이 시작되었다. 아, 그러나 어쩌랴! 노인이 되지 않는 길은 그 어디에도 없었으니. 주름살을 없애고 호적의 나이를 고칠 수는 있어도 늙는 것을 끝까지 막아낼 수 있는 무기와 기술은 이 세상 어디에도 없었다.

그제야 사람들은 비록 지금은 사라지고 없지만 묵묵히 노년의 삶을 살아 내던 지난 시절의 노인들을 기억해 냈다. 맞아, 그들이 여기 있었지. 젊음이 주인인 세상에서 거추장스럽고 무거운 짐이었던 노년이 분명 우리 옆에 있었지. 아, 그런데 그들은 도대체 어디로 가버렸단 말인가. 이제라도 그들이 간 곳을 알아내야 하지 않을까, 그들의 흔적이라도 찾아봐야 하지 않을까. 앞으로의 우리 삶이 어떻게 될지 그들은 분명 알고 있을 텐데, 어디에 가야 그들을 찾을 수 있을까. 아니, 노인 없는 세상이 뭐가 어때서 우리는 이렇게 불안하고 불편하고 두려운 것일까. 왜 모든 게 엉망진창이 돼버린 것일까. 우리들 삶은 영영 이렇게 무언가 부족한 채로 막을 내리고 마는 것일까…….

잠에서 깬 김 장로는 땀을 흘리고 있었다. 이 이상한 꿈을 벌써 며칠째 꾸는지 몰랐다. 별 이상한 꿈도 다 있다고 머리를 내저으며 자리에서 일어나 현관문을 열고 신문을 집어 든다. 신문 1면의 머릿기사에는 '고령화사회, 거대한 재앙'이라는 제목이 붙어 있다. 2018년에는 전 인구의 14% 이상이 65세 노인인 '고령사회'에 속하게 되고, 2026년에는 노인인구가 1,000만 명을 돌파해 전체 인구의 20%를 넘어서는 '초고령사회'가 되며, 2100년에는 국민 절반이 노인이 될 것이라는 내용이었다.

문득, 번개를 맞은 듯 온몸에 전율이 일었다. 그래, 이건 분명 앞날을 준비하라는 신호이다. 반복되는 이상한 꿈도, 신문기사도 무언가 공통의 메시지를 가지고 있다. 그래, 맞다, 그건 바로 노인이다! 언론과 정부가 젊은 대한민국이 사라진다, 늙어 가는 한국, 세계에서 가장 빠른 고령화 속도, 고령화 충격을 소리 높여 외치는 가운데 부양 부담이 점점 커지면서 누구나 노인을 무거운 짐으로, 우리 사회의 발목을 잡고 늘어지는 고약한 존재로만 여기고 있는 것이 사실이다. 노년의 지혜, 경험, 원숙함, 너그러움 같은 미덕은 잊은 지 벌써 오래. 교회 역시 솔직히 노년이 부담스러웠다. 헌금을 많이 내는 것도 아니고 교회 일에 발 빠르게 움직여주는 것도 아니지만, 그래도 마땅히 대접은 해드려야 하니 거추장스런 존재임이 분명했다. 그럼, 어떻게 하지?

노년이 함께 있어 행복한 교회

깊은 고민과 기도가 이어졌고, 김 장로는 마침내 교회를 노인 중심으로 바꾸기로 결심했다. 제일 먼저 시작한 일은 노인을 위해 교회 공간을 최대한 활용하는 일. 지금의 노인은 과거의 청년이었으며, 청년은 미래의 노인. 청년과 노인은 서로를 비추는 거울이며 교회를 지탱하는 두 개의 기둥이라는 믿음이 없이는 불가능한 일이었다. 처음엔 무슨 뚱딴지 같은 소리냐며 고개를 젓던 교인들도 김 장로의 간곡한 설득에 조금씩 마음이 움직이기 시작했다. 결국 교회는 건강하면 건강한 대로, 아프면 아픈 대로 노인을 위해 공간을 사용하기로 했다. 교회가 곧 경로당이면서 노인복지관이면서 집이 되기도 하는 것. 평일에 텅 비어 있던 교회가 비로소 살아나기 시작했다.

교회가 개방되자 노인들이 모여들었지만, 처음에는 주는 대로 잡수시고 아무 하는 일 없이 무료하게 보내실 뿐이었다. 하지만 시간이 흐르면서 당신들 스스로 조금씩 움직이기 시작했다. 어느 날 '대접받기보다는 섬기는 노년!' 이라고 표어를 정하더니 건강한 분들이 먼저 어린이를 돌보겠다고 나서고, 교회 식당의 식사당번도 힘닿는 대로 자체 해결하겠다고 팔을 걷어붙이고 나섰다. 그뿐이 아니었다. 주로 청년들의 차지였지만 늘 부족한 인원에 시달렸던 주일학교 교사도 자연스레 할머니 할아버지들로 채워지기 시작했다. 덕분에 아이들은 할머니 할아버지 무릎을 베고 누워 이야기 듣는 재미를 알게 되었다. 성경 동화는 물론이고 우리 교회의 역사,

할머니 할아버지의 고향과 어린 시절로 이야기 범위가 넓어지면서 분망하던 아이들도 조금씩 차분해져가니 부모들이 더 좋아했다. 또한 나이가 들면 알아서 물러나던 성가대에도 노인들이 적극적으로 참여하기 시작했고, 주일학교 노인교사들의 능력을 확인한 젊은 사람들은 이제 더 이상 그들을 돌려세우지 않았다. 높은 음이 잘 안 올라가긴 하지만 하나님을 찬양하는 데는 아무 문제가 없다는 것을 모두 알게 되었고, 할 수 있는 일은 무엇이든 한다는 노년의 각오는 이렇게 교회 여기저기에 새 힘을 불어넣었다.

이제 교회의 모든 것이 노년에 맞추어 움직였다. 예배가 5분만 길어져도 몸을 비비틀며 시계를 보던 교인들, 그러면 왠지 미안해하시던 목사님. 그러나 교회에서 더 이상 이런 모습은 찾아볼 수 없었다. 노인이 듣고 보고 생각하고 행동하는 속도에 맞추면서 교회는 물론, 교인 전체가 시간의 올무에서 벗어났다. 젊음에 기준을 두었을 때는 어린아이도 노인도 따라가느라 헉헉댔지만, 노년을 중심에 놓자 모두가 편안해진 것이다. 노약자와 장애인을 위해 경사로를 만든다고 해서 다른 보행자가 불편해지지 않는 것처럼, 약자가 편안한 세상은 약자 아닌 다른 사람들에게는 더더욱 편안한 세상이란 걸 모두 깨닫게 되었다.

이런 변화와 함께 김 장로는 노년준비는 어릴 때부터 시작하는 게 좋겠다는 의견을 모아 교회 안에 '세대별 노년이해교육' 프로그램을 만들기에 이르렀다. 연령별, 세대별로 만든 교재는 〈할머니 할아버지 이마에는 왜 라면 무늬가 있을까?〉 〈틀니와 돋보기의 사랑이야기〉〈외할머니와 잘 지내는 법 50가지 : 일하는 엄마를 둔 어린이를 위하여〉〈만일 사람이 늙지 않는다면〉〈준비하는 중년, 아름다운 노년〉〈하나님께서 주신 선물, 노년〉〈늙음과 죽음을 넘어〉와 같은 것들이었다. 젊은이 중심에서 노인 중심으로 조금 방향을 틀었을 뿐인데도 변화는 엄청났다. 이제 노인은 더 이상 주체할 수 없는 모두의 짐이 아니었다. 어느새 함께 있어 행복한 존재, '머지않아 만나게 될 나의 얼굴'이 되어 있었다.

우리는 늘 잃음을 통해서만 무언가를 얻는 어리석은 존재다. 그러나 지금 돌아보지 않으면, 바로 여기에서 준비하지 않으면, 우리는 400만 노인이 이 땅에서 몽땅 사라진 다음에야 노년은 존재 자체가 선물임을 깨닫게 될지도 모른다. 하나님께서 우리들 생에 노년을 주신 신비하고 오묘한 뜻을 알지 못한다면 생의 가장 중요하고 소중한 부분을 영원히 잃어버리게 될 것이다. 상상은 자유라고 했다. 노년이 교회를 바꾸고 교회가 세상을 바꾸는 이 엉뚱한 상상이 현실이 될 수는 없을까? 노년을 위한 배려는 지금 나의 삶을 더불어 편하게 만들어주며, 머지않아 내가 걷게 될 노년의 길을 미리 편안하고 탄탄하게 닦아놓는 일임을 새긴다면 그리 어려운 일도 아니리라.

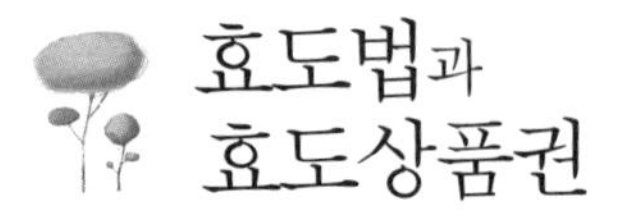

효도법과 효도상품권

분부만 하시옵소서!

어느 해인가 어버이날 선물로 초등학생이던 두 아이에게서 '효도쿠폰'을 받은 적이 있다. 알록달록한 색종이를 요리조리 오려서 만든 '효도쿠폰'에는 심부름하기, 안마하기, 방 청소하기 등의 효도내용과 유효기간이 삐뚤빼뚤하게 써 있었다. 하는 짓이 귀엽고 재미있어서 그 '효도쿠폰'을 몇 차례 사용했던 기억이 난다.

세월이 흘러 중학생이 된 큰아이가 이번에는 도덕시간 숙제로 '효도상품권'을 만든다고 색 도화지며 색연필, 사인펜 등을 마루에 한가득 늘어놓았다. 어깨 너머로 슬쩍 들여다보니 교과서에 '효도권 작성의 예' 가 나와 있었다. 그 견본을 보고 창의성을 발휘해 자신만의 멋진 효도권을 제출하는 것이 과제라고 했다. 책에 실린 견본을 보니 '효도권' 이란 제목 아래 유효기간과, 부모님 은혜에 감사드린다는 효도권 발행취지, 발행인 이름을 쓰는 자리가 있었다. 그리고 가운데에는 좀더 큰 글씨로 '방 청소하기' '설거지하기' '15분 안마' '자유이용권' 이라고 적혀 있었다. 특별히 눈에 띈 것은 '자유이용권' 이라고 적힌 종이에 써 놓은 글귀였다.

"분부만 하시옵소서!"

방 청소나 설거지, 안마라고 딱 정해 놓지 않고 원하는 것은 무엇이든 해드린다는 뜻일 것이다. 효도 자유이용권에 분부만 하시옵소서라니, 재미있어서 웃음이 나왔다. 내가 관심을 보이자 아이가 자기 아이디어를 스케치해 놓은 것을 선뜻 보여준다. '자기 방은 자기가 청소하기' 상품권은 놀랍게도 유효기간이 평생이었다. 내 입에서 "우와!" 소리가 저절로 나올 수밖에. 또 숟가락과 포크를 그려 넣은 '식탁 차리기' 상품권 역시 유효기간은 평생이었다. 이럴 수가. 그 외에 '윤슬(동생)이랑 하루 동안 안 싸우기' '웃음 짓게 해드리기' 등이 있었다.

자기 방 청소야 하도 잔소리를 들으니 자동적으로 떠올랐을 것이고, 식탁 차리기는 아무래도 시간이 많은 동생이 늘 엄마를 도와 수저도 놓고 컵에 물도 따르고 하니까 좀 미안하지 않았을까. 아무튼 집안일을 도와야겠다는 생각이 마음 한구석에 있구나 싶으니 고마웠다. 그러나 유효기간 평생이라니, 그 과장과 허풍에는 솔직히 헛웃음이 나오지 않을 수 없었다. 또 '동생이랑 싸우지 않기' 상품권에서 유효기간을 '하루 동안'이라고 분명히 밝힌 것을 보면 그것만은 영 자신이 없는 듯하다. 그러나 한 번도 안 싸우고 지나는 날이 없는 연년생 자매 사이에 하루 동안 안 싸우는 것만 해도 대단한 일임은 분명하다. 마지막 '웃음 짓게 해드리기' 상품권이 미완성인 것은 그만큼 어렵다고 여겨서 목하 고민중인 것 같았다. 아이는 부모가 언제 웃음 짓는다고 생각할까. 시험성적이 좋거나, 공부를 열심히 하거나, 말을 잘 듣거나, 남들에게 칭찬받을 때가 아니라 어느 순간 이 부족한 어미에게 저렇게 예쁘고 착한 아이를 주시다니 하면서 고마움에 저절로 웃음 짓고 눈물 글썽인다는 것을 아이는 아마 꿈에도 생각하지 못하리라.

2003년 한나라당이 '효도특별법 제정안'을 발표했을 때, '오죽 노인 괄시가 심하면 법까지 만들겠느냐' '언제는 법이 없어서 효도를 못했느냐'며 찬반의견이 뜨겁고 날카로웠던 기억이 난다. 노인복지 현장에 몸담고 있는 나는, 노인복지란 그동안 가정 안에서 개인이 감당해오던 '전통적 효'를 넘어서서 사회 전체가 약자인 노인을 보호하고 돌보는 '사회적 효'를 실천하는 것이라고

생각해 왔다. 따라서 '제정안'이 발표되었을 때 다시 개인에게로 그 짐이 되돌아간다고 생각하니 답답해지는 것이었다. 물론 법안에서는 현대적 효 문화를 조성하겠다고 했지만, 문화라는 것이 법으로 정해 강제한다고 해서 자리를 잡을 수 있는 것인지도 의문이었다.

더구나 '효도법'에 반대한다고 해서 '효도'를 반대하는 것이 아닌데도, 반대의견에 날을 세우고 달려들어서 논의 자체가 어렵기도 했었다. 노인 부양과 공경의 책임을 개인과 가정에 모두 떠넘겨 왔던 데에서 이제 막 벗어나, 그 책임을 사회구성원 전체가 나누어져야 하는 이유와 실천방법을 찾기 위해 갖은 애를 쓰는 노인복지 현장의 노력이 무색해지는 순간이었다. 과연 효라는 게 무엇일까? 아이의 교과서를 들춰보니 공자가 말한 '효'가 실려 있다.

"요즘은 부모를 물질로써 봉양하는 것을 효도라고 한다. 그러나 개나 말도 집에 두고 먹이지 않는가? 공경하는 마음이 여기에 따르지 않는다면 무엇으로써 구별하랴?"

그 아래에 설명이 실려 있다. 부모에게 효도하는 것은 물질적 봉양도 중요하지만 그 밑바탕에는 반드시 공경과 정성된 마음이 있어야 하는데, 이것이 바로 효도의 핵심이라고.

만일 어른인 내가 부모님을 위해 '효도상품권'을 만든다면 무엇을 담을 수 있을까. 자주 찾아뵙기, 하루에 한 번 문안전화 드리기……. 아니, 아무래도 부모님께서 진정 원하시는 것이 무엇일까 헤아리는 게 먼저일 것 같다. 상대가 원하는 것을 주는 것, 사랑과 마찬가지로 효도에도 적용되는 기본원칙일 테니 말이다.

솔직히 효도법이 없고 효도상품권이 없어서 부모님께 효도를 못하는 건 아니다. 그릇의 문제가 아니라 그 안에 담기는 내용의 문제일 것이다. 효도를 법으로 강제하면 문제가 해결되리라는 단선적인 사고를 가지고는 노인복지 확충에도 별 도움이 안 되고, 부모님을 향한 자녀들의 효심을 독려하는 데도 아무 소용이 없을 것이다. 중요한 것은 인간에 대한 기본예의와 존중, 먹고살 수 있는 기반, 서로에 대한 감사와 사랑, 맘 놓고 효도할 수 있는 경제적 · 사회적 환경과 부양의 책임을 덜어주는 사회체계를 만드는 데 힘을 쏟는 일이다.

"자꾸 노인만 살기 힘들어지는구나……"

22평 아파트 한 채가 전 재산인 83세 친정아버지와 78세 친정어머니는 지금도 국민으로서, 또 서울시민으로서 내야 할 세금을 꼬박꼬박 내고 계신다. 나이 많은 어르신이라고 해서 일상생활에서 혜택을 받는 것은, 3개월에 한 번씩 나오는 1인당 36,000원(한 달에 12,000원)의 교통비 보조금과 전철(지하철) 무임승차, 고궁 무료입장 그리고 근처 영화관에서 경로우대를 적용받아 4,000원에 영화를 보시는 정도다. 물론 법으로 정해져 있는 노인복지시책은 몇 가지 더 있지만, 부모님께 해당되고 또 두 분이 실질적으로 누리는 것을 꼽아보면 이렇다.

금전적인 도움과는 별개로 서울이라는 대도시에서의 노인생활이 무척 편리할 것 같아 보여도 사실은 참 어렵다. 온갖 편의시설이 갖추어져 있다고는 해도 어르신들의 생활과는 직접 관련이 없을 뿐만 아니라, 이용하는 경우에도 높은 벽이 가로막혀 있다. 지하철만 해도 갈아타는 곳이 워낙 많고 복잡해서 한 번 길을 잘못 들면 수십 칸의 계단을 오르내리면서 헤매기 일쑤다. 길눈이 밝은 편인 데다가 안내판을 충분히 읽을 수 있고 다리가 튼튼한 나도 처음 가본 역에서 순간적으로 길을 잘못 들어 헤맬 때가 있는데, 그럴 때마다 눈 침침하고 길눈 어두운 어르신들 고생하시겠구나 싶다. 글을 읽을 줄 모르는 분들이라면 또 얼마나 많은 길을 일일이 물어보며 가셔야 할지 짐작이 가고도 남는다.

어르신들 가운데는 요금도 무료고 해서 지하철을 즐겨 이용하는 분들도 많지만, 반면에 길도 잘 모르고 헤매게 되니까 다른 사람들한테 자꾸 묻기도 민망해 지하철 타기를 아예 포기했다는 분들도 의외로 많다. 서울생활에서 지하철을 이용하지 못하면 몹시 불편하니까 조금씩 익숙해지도록 연습을 하시라고 권해도 고생을 많이 하신 까닭인지 대부분 완강하게 고개를 내저으신다.

그런데 복잡한 지하철과 달리 집 앞을 지나는 버스 번호와 노선은 잘 알고 다니던 어르신들에게 그만 어려운 일이 생겨났다. 2004년 7월 1일부터 서울 버스의 노선과 번호, 요금 등 기존 틀이 완전히 바뀌면서 새롭게 공부를 하셔야만 하게 된 것이다. 파란색 간선버스, 초록색 지선버스, 빨간색 광역버스, 노란색 순환버스의 구분부터가 쉽지 않은데, 버스 색깔을 나타내는 영어 알파벳 B(Blue), G(Green), R(Red), Y(Yellow)-우리말로 하면 '파, 초, 빨, 노'를 써놓은 것-은 또 어찌나 생뚱맞은지, 주위 어르신들께 여쭤보니 영어 글씨가 무슨 뜻인지는 물론 왜 써 있는지도 모른다고 하셨다. 이 영어 표기 문제는 논란을 거듭한 끝에 바뀌긴 했지만 입에는 여전히 쓴맛이 남아 있다.

서울시에서는 버스 번호를 눈여겨보면 이 버스가 어느 권역에서 어느 권역으로 다니는지 알 수 있어서, 동대문구의 어디에서 영등포구의 어디로 갈 때 도움이 된다고 한다. 하지만 솔직히 가는 동네가 어느 구(區)에 속하는지까지 헤아리면서 다니는 어르신들이 얼마나 계시겠는가. 아니, 젊은 나도 광화문으로 가는 버스인가를 볼 뿐이지, 광화문이 종로구인지 중구인지 서대문구인지를 알지도 못하며 왜 그래야 하는지도 이해하지 못한다.

인터넷을 통해 자신이 타고 다니는 버스와 정류장을 알아두는 게 제일 좋은 방법이라고 안내를 하기에, 버스 노선이 바뀌기 전날 부모님이 자주 다니시는 곳을 하나하나 확인해 종이에 큰 글씨로 적어드렸다. 버스 정류장의 표지판에 버스 종류와 번호, 노선이 표시돼 있긴 하지만 글씨가 너무 작아 중년의 나도 아주 가까이 다가가 눈을 들이대야 한다. 정류장 표지판 앞에서 불평하는 어르신들을 많이 만났는데, 하루는 오십을 갓 넘긴 듯한 남자 분이 큰 소리로 말씀하셨다.

"이 나라는 눈 어둡고 나이 든 사람들은 어디 다니지도 말고 방에 처 박혀 있으라는 거야, 뭐야. 도대체가 사람 대접을 해줘야 말이지……."

글자를 읽지 못하는 어르신들은 또 어떻게 한단 말인가. 간단한 숫자 모양을 암기해 버스를 이용하던 어르신들이 한참 고생하실 것을 생각하니 가슴이 아팠다.

시간이 약이라고 이제는 다들 적응을 한 듯하지만, 여전히 정류장 표지판 아래에서 어두운 눈을 찡그리며 들여다보시거나 누구 물어볼 사람을 찾아 두리번거리는 어르신들을 보면 화가 난다. 얼른 다가가 "어디 가는 버스 타시려고요?"하고 상냥하게 먼저 묻긴 하지만 내가 바쁠 때면 그것도 역시 어려운 일이다. 이런 것이 어디 개인적인 노력만으로 해결될 일인가 말이다.

젊은 사람들을 중심으로 만들어지고 돌아가는 '우리들의 나라'가 노인들에게는 '또 다른 나라'일 수밖에 없다. 젊은 사람들의 눈에는 전혀 보이지 않는 '또 다른 나라'에서 노인들은 오늘도 한숨을 쉬고 계실지 모른다. "노인만 자꾸 살기 힘들어지는구나……."

효도를 법으로 규정하려는 그 에너지와 정성을 실제 노인들이 살아가는 세상을 조금이라도 더 편리하게 바꾸도록 만드는 데 쓰면 좀 좋을까. 당신들도 다 노인이 된다! 아니지, 당신들은 앞으로 죽을 때까지 기사가 운전하는 승용차를 타고 살아갈 사람들이니 버스 노선이나 버스 정류장 표지판이야 아무려면 어떻겠는가. 잠시 내가 그 사실을 잊었을 뿐이다.

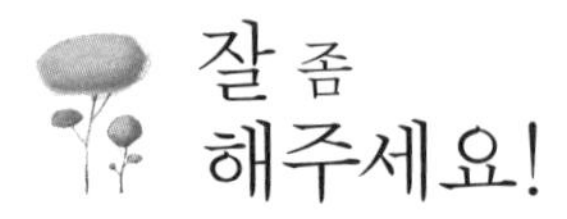

잘 좀 해주세요!

"엄마, 안 때리고 잘 돌봐줄게!"

중학생인 큰아이의 전화를 받은 것은 어르신들 앞에서 오전 강의를 마치고 집으로 돌아오는 버스 안에서였다. '동방삭이 대학'이라는 학교 이름 덕인지, 어르신들은 모두 건강하고 행복해 보였다. 어르신들께서 집중해서 잘 듣고 호응도 잘 해주셔서 아주 만족스럽게 강의를 마치고 나니, 등은 땀으로 흠뻑 젖었지만 기분만은 아주 가뿐했다. 홀가분한 마음으로 느긋하게 전화를 받으니 내 목소리를 확인한 아이는 기다리지도 않고 다짜고짜 말한다. "엄마, 나 다쳤어!" 순간 철렁 내려앉는 가슴. "어디를? 얼마큼이나? 많이 아파?" 숨쉴 틈도 주지 않고 정신 없이 해대는 질문에 아이가 오히려 태연하다. "무릎이 찢어졌는데 양호선생님이 피 멈추게 해주셨고, 이따 병원 가서 꿰매야 된다고 하셨어."

초등학교 1학년 때는 짝꿍이 던진 돌에 맞아 오른쪽 눈 옆이 찢어져 네 바늘을 꿰매더니, 2학년에 올라가서는 롤러스케이트를 배우다가 넘어져 4주 동안 오른팔에 깁스를 했다. 게다가 얼마 전에는 가위질을 하다가 자기 손끝을 잘못 건드려 피가 많이 나는 바람에 한 바늘을 꿰매고 파상풍 주사를 맞았다. 이번에는 또 얼마나 다쳤는지 애가 타서, 집으로 오는 길이 그렇게 멀 수가 없었다. 다행히 상처는 그리 크지 않아 세 바늘을 꿰매고 말았지만, 구부렸다 폈다 하는 무릎 부위여서 꼬박 2주일 동안 아이는 붕대를 감은 채 불편한 생활을 해야 했다. 학교를 오가는 데는 큰 문제가 없었지만, 뻗정다리로는 도저히 할 수 없는 일이 있었으니 바로 머리감는 일이었다.

사춘기에 접어들었으니 아침밥은 못 먹어도 머리는 꼭 감아야 하고, 따라서 아침마다 전쟁이 따로 없었다. 목욕탕 문턱에 아이 머리를 걸쳐 놓고 감기는데, 어느새 그렇게 자랐는지 무겁고 버거워 등에서 땀이 흐르곤 했다. 가뜩이나 건초염에다가 인대가 끊어지는 사고로 두 번이나 손목에 깁스를 한 전력이 있는지라, 내가 땀을 흘리며 끙끙대면 아이가 보기에도 안쓰러운지 미안해 어쩔 줄 모르다 애교 섞인 한마디를 한다.

"엄마, 내가 나중에 엄마 아프면 머리 잘 감겨줄게요. 또 이담에 늙어서 힘 빠지면 잘 씻겨드릴게요. 치매 걸려서 똥 싸면 엉덩이도 깨끗하게 닦아드릴게요. …… 아니, 아니, 혹시 내가 바쁠지도 모르니까 엄마 잘 돌봐줄 사람 구해서 내가 돈 낼게요"

'아이고, 못살아. 치매에 걸려 똥 싸면……?' 얼마나 무서운 이야기인지도 모르고 재잘대는 아이의 마음만은 모르지 않기에 "그래, 그 약속 잊지 말고 꼭 지켜라!"하고는 웃어넘겼다.

비슷한 시기에 친정에서는 아버지가, 백내장 수술을 하신 어머니 머리를 감기느라 쩔쩔매고 계셨다. 딸인 내가 감겨드리는 게 나을 것 같아 가겠노라 했더니 아버지가 맡겠다고 하셨단다. 아버지가 어머니께 "당신이 내 머리 감겨준 적 많은데 이번에는 내가 잘 감겨줄게" 하시더란다. 크고 거친 아버지의 손이 세심하지 못해 가끔 머리카락이 당겨 아프긴 해도 어머니는 아버지가 머리 감겨주시는 게 좋은 눈치이셨다.

양쪽 집의 '머리 감겨주기 비상사태'를 겪으며, 문득 아이들이 아기였을 때 품에 안고 목욕시키던 생각이 났다. 나중에 나 아프거나 늙으면 목욕시켜달라고 어린 자식을 씻기는 부모가 있을까. 내가 해준 대로 그대로 돌려 받으려고 아이를 먹이고 입히는 부모가 있을까. 받으려고 주는 사랑이 아니기에 그토록 귀한 것인지.

그런데 하루는, 딸에게 맞아 멍이 들고 몸을 못 가누게 된 치매 할머니의 모습을 텔레비전에서 보던 작은아이가 한 마디를 보태는 것이었다. "나는 이담에 엄마 안 때리고 잘 돌봐줄게!" 이유야 어찌

됐든 딸한테 맞은 할머니 이야기가 아이에게 충격은 충격이었나 보다 생각하며 "정말?"하고 물으니, 아이는 진지하게 고개를 끄덕거린다.

"아니야, 그러지 말고 엄마가 아파서 아무것도 모르고 너희들도 못 알아보면 망설이지 말고 그런 사람들 돌봐주는 집에 보내줘. 엄마가 너희들 절대 원망 안 할게. 알았지?"

내가 당부하자 아이는 곧바로 대답을 하지 않고 갸웃거리기만 한다. 그러더니 하는 말.

"알았어. 그럼, 그런 집 중에서 좋은 집 엄마가 미리미리 알아보고 잘 적어 놔. 나쁜 사람들이 엄마 밥도 조금 주고 그러면 안 되니까."

연년생 자매 중 둘째인 이 이야기의 주인공은 아기였을 때 잘 먹지도 자지도 않고 울기만 했다. 하도 지치고 힘이 드니까 아이가 태어나던 순간의 감사와 기쁨도 잊은 채 누구에게랄 것 없이 마구 원망을 해댔다. '자녀는 선물이라고 하던데 이렇게 힘든 존재가 무슨 선물이야' 불평하면서도, 한편으로는 자녀라는 존재가 왜 선물인지 그 대답을 찾고 싶었다. 어느 날 겨우 잠든 아이를 떼어놓고 누우니 고단함에 지쳐 한없이 눈물이 나왔다. 그때 문득 떠오르는 답. '그렇구나. 이 세상에 되돌려 받지 않고 그저 주기만 하는 것은 부모 자식 밖에는 없구나. 어디에서 내가 또 이런 경험을 하겠는가. 아! 아이는 존재 자체가 선물이로구나. 나를 키우는 양식이며 성장의 뿌리로구나…….'

"자녀는 선물입니다. 어려서 예쁜 짓 할 때 이미 평생 효도 다 받으셨으니까 호의호식시켜달라 바라지 마시고, 건강하고 행복하게 잘 살아주면 그게 효도다 생각하십시오. 잘잘못을 따지기 전에 자녀들이 이 세상에 있다는 자체가 얼마나 행복한 일인지 생각해보십시오."

"부모님께서 이 세상에 존재하시는 것 자체가 선물입니다. 세상에 단 한 분, 우리를 낳아주신 어머니와 아버지만은 대신해줄 사람이 없습니다. 부모님의 행동이나 태도를 못마땅해 하기 전에 그 분들께서 이 땅에 존재하심을 한 번 생각해보세요."

앞의 이야기는 노인대학에서, 뒤의 이야기는 노년준비교육에서 만나는 중년세대에게 하는 이야기다.

잘 좀 해주세요!

일주일에 한 번, 금요일 오전마다 아줌마 성서공부 모임에 간다. 먼저 지난주 공부한 내용을 공책에 정리해 와서 차례로 읽으며 복습을 하고, 이어서 새로 읽은 성서의 내용 중 특별히 자신의 가슴에 와 닿은 구절을 소개하면서 묵상한 것을 나눈다. 물론 복습과 묵상의 범위는 정해져 있다. 천주교 성서공부 모임인데, 개신교 신자인 내게 기꺼이 입학을 허락해주셔서 2년 넘게 재미있게 공부하고 있다. 그런데 특히 묵상시간에는 성서의 구절을 내 생활과 직접 연결시키기 때문에,

그 내용이 너무도 생생하고 절실해 이야기를 하면서 다들 같이 울기도 하고 웃기도 한다. 다른 사람의 아픈 이야기에 먼저 눈물 쏟기도 하고, 기쁜 일에는 누구라 할 것 없이 같이 기뻐하며 즐거움을 나눈다.

그날은 나보다 대여섯 살 위인 선배 아줌마가 첫 순서였다. 성서를 읽는데 앞뒤로 연결되는 성서 속의 사건과는 상관없이 "그대를 잘 보살펴 드리리다."라는 구절이 눈에 들어오더란다. 그 집에는 치매에 걸린 시어머니가 오래도록 자리보전하고 계신데, 우리들이 다같이 모여 점심식사를 할 때도 집으로 달려가 어머님 점심을 떠먹여드리고 다시 나올 정도로 정성껏 돌봐드린다는 것을 이미 알고 있었다. 그런데 이 선배 이야기가 처음에는 시어머니가 정말 미웠다고 한다. 사이가 좋지 않았던 데다가 며느리 가슴을 몹시 아프게 하던 어머니가 몸마저 못 쓰고 누워 계시니까 그렇게 미울 수가 없더란다. 기저귀를 갈 때면 같은 여자지만 수치심이 끓어올랐고, 막 화가 나서 거칠게 대하곤 했다고 털어놓았다.

그러던 어느 날, 기저귀를 갈아드리고 있는데 정신이 들락날락하던 어머님이 멀쩡한 목소리로 마치 다 알고 부탁하시는 것처럼 말씀을 하시더란다.

"잘 좀 해주세요!"

순간 가슴이 뜨끔하면서 후회가 밀려들었다고 했다. 내 손으로 돌봐드리지 않으면 한 시도 사실 수 없는 분, 이런 분께 미움이 무슨 소용인가 싶으면서 부모에 대한 당연한 수발인데 하는 생각이

들더란다. 요즘도 시어머니는 이따금 생각났다는 듯이 "잘 좀 해주세요!" 하신다고 했다. 그래서 며느리는 아예 먼저 "어머니, 잘해드릴게요!"하면서 기저귀를 간다고 웃으며 이야기했다.

비록 같이 웃기는 했지만 말하는 사람이나 듣는 사람 모두 눈시울이 촉촉해졌다. 직접 얼굴을 뵌 적은 없지만 늙어 몸을 움직이게 되지 못하리라는 사실을 상상조차 할 수 없었던 젊은 시절의 어머니가 생각났고, 누군가의 도움 없이는 단 한순간도 살아갈 수 없는 그분의 남은 생이 떠올랐고, 어머니를 향한 미움을 착한 마음과 신앙의 힘으로 이기고 자신에게 맡겨진 귀한 생명으로 받아들인 며느리의 그간의 고생이 가슴 아프고, 시어머니를 향한 지금의 정성과 사랑이 고마워 같이 웃으며 울었다.

주위를 둘러보기 전에 나 자신만 봐도 가까이 있는 내 부모님께 잘하는 일이 제일 어려운 것 같다. 오히려 아무 관계도 없는 다른 어르신께는 예의바르게 잘 대해드리면서도, 부모님이 걱정스러워 건네는 말씀은 괜한 간섭과 잔소리로 듣고, 몰라서 물어보시면 답답해 하고 짜증스럽게 대답하고……. 아무리 부모 자식이라도 적당한 거리와 정도를 지켜야 하는데, 이미 끈끈하게 얽혀 살아온 세월이 너무 길어서일까. 아니면 내 부모님만은 멋있게, 건강하게, 총기 있게, 그래서 끝까지 자존심을 지키는 모습을 보여주셨으면 하는 기대 때문일까. 다른 사람에게 하는 친절함과 상냥함의 반의반만이라도 내 부모님께 해드리면 우리는 정말 효자, 효녀, 효부 소리를 들을 것이다.

그러고 보면 "잘 좀 해주세요."는 치매 걸리신 그 할머니만의 이야기가 아니라, 자식에게 다 표현하지 못하고 가슴속에 진심을 꽁꽁 숨겨놓은 모든 부모님들의 속내가 아닐까. 그러니 노인복지를 한다고 돌아다니면서도 내 부모님을 살갑게 대하지 못하는 나는 중이 제 머리 못 깎는다는 이치를 날마다 실감하면서, 누가 나한테 "노인복지 내세우지 말고 먼저 네 부모님께나 잘해라." 할까봐 오늘도 무서워하고 있다.

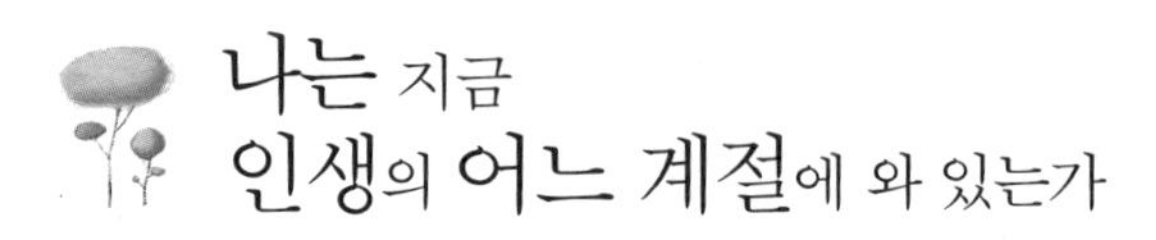

나는 지금 인생의 어느 계절에 와 있는가

호주 멜버른에 살고 있는 언니가 캥거루, 코알라, 오리너구리 같은 호주 동물을 구경하라며 아이들에게 달력을 보내주었다. 한 장씩 넘겨보는데 3월 1일 밑에 쓰인 작은 글씨가 눈에 들어온다. 'First Day of Autumn' …… 3월 1일이 가을의 첫날? 아, 그렇지. 호주는 우리나라와 계절이 정반대지. 한여름 서머타임이 적용돼도 두 시간 시차밖에는 나지 않지만 남반구에 속해 있어 계절은 완전히 반대이니 3월 1일을 '가을의 첫날' 이라 해도 조금도 이상한 일은 아니다. 호기심에 계속 달력을 넘기자 6월과 9월, 12월의 1일에 차례로 겨울, 봄, 여름의 첫날을 알리는 글씨가 적혀 있다. 처음에는 좀 낯설었지만 우리의 입춘, 입하, 입추, 입동 정도로 생각하면 될 것 같았다.

그런데 정말 우리는 봄의 시작을 어떻게 아는 것일까. 꼭 달력을 봐야만, 입춘이라는 글자를 봐야만 아는 것은 아닐 것이다. 김장김치의 묵은 내에서 저절로 겉절이 생각이 나고, 문득 눈을 돌려 바라본 마른 잔디밭에서 설명할 수 없는 초록의 기운이 느껴지고, 쌀쌀하고 매운 바람 속에서도 이미 도착해 때를 기다리는 봄바람의 냄새가 풍겨올 때…… 봄은 늘 이렇게 찾아온 것 같다. 물론 여름과 가을, 겨울도 마찬가지였고.

흔히들 사람의 한평생을 봄, 여름, 가을, 겨울에 비유해서 이야기하는데, 그렇다면 우리는 인생의 계절이 바뀌는 것을 또 어떻게 아는 것일까. 몇 달 전 서울여성플라자 문화탐방 프로그램에 참여해 '행복한 중년기 보내기' 라는 제목으로 강의를 할 기회가 있었다. 그 자리에는 40대 후반부터 50대에 이르는 지역사회 여성단체의 대표들이 모여 있었다. 강의를 시작하면서 지금 인생의 사계절 가운데 어느 계절에 와 있는 것 같으냐고 물었더니 답이 각양각색이었다. 초가을, 늦가을을 포함해 가을이라는 대답이 가장 많았는데, 한 분이 유난히 카랑카랑하고 높은 목소리로 "꽃피는 봄!"이라고 대답하는 바람에 강의실 안에 웃음꽃이 활짝 피어나기도 했다.

봄 · 여름 · 가을 · 겨울 각 계절마다 시작되는 징조와 증거들이 있긴 하지만, 어느 순간 금을 긋듯이 "겨울 끝!" "봄 시작!"은 아니다. 이제 봄인가 하면 겨울의 찬 기운이 남아 있어 손질해 집어넣은 코트를 다시 꺼내 입기도 하고, 아직도 겨울인가 하면 어느새 부드러운 봄바람이 뺨을 건드리며 가슴속으로 슬쩍 파고들기도 한다. 우리가 거쳐 지나는 인생의 각 단계도 마찬가지다. 어느 일정한 시점, 어느 한 사건에서부터 청년기, 중년기, 노년기가 갑자기 시작되는 것은 아니다. 우리의 매일매일이 아이에서 청년으로, 또 중년으로, 노년으로 이어지는 길인 셈이다.

지난 2000년 말부터 운영하고 있는 노인복지 현장 실무자들의 공부모임인 '어르신사랑연구모임(http://cafe.daum.net/gerontology)'에서는 한 달에 한 번 얼굴을 맞대고 공부하는 오프라인 '공부방'을 열고 있다. 모이는 인원은 그리 많지 않지만, 노인복지 현장의 사회복지사들뿐만 아니라 공무원, 방송인, 주부, 학생, 가수, 간호사, 물리치료사, 출판인 등 여러 직업을 가진 사람들이 노인복지에 대한 관심 하나를 공통분모로 하여 자리를 함께한다. 물론 연령대도 다양해서 대학을 갓 졸업한 20대 초반의 젊은이부터 30대, 40대, 50대, 60대가 골고루 섞여 있다. 덕분에 위아래로 12년 차이가 나는 띠 동갑을 심심찮게 만날 수 있는 자리이기도 하다.

공부방 모임은, 한 사람씩 돌아가며 현재 자신이 하고 있는 일과 노년 관련 이슈를 접목시켜 발표하고, 이어서 다함께 토론하는 방식으로 진행한다. 예를 들어 노인요양원에서 일하는 회원이 '노인 장기요양보호'에 대해 발표를 하면, 다음 달에는 교통 관련 신문사에서 일하는 회원이 '노인 교통안전'에 대해 준비해 오고, 그 다음에는 경제부처에 근무하는 공무원 회원이 차례를 맡아 '노인복지

예산안'에 대해 설명해주는 식이다. 모일 때마다 밥값과 찻값을 합해 일인당 만원씩 내는데 강의를 맡은 사람도 회비에는 예외가 없어서, "강사가 자기 밥값 내면서 강의하는 곳은 여기밖에 없을 것"이라며 서로 농담을 주고받기도 한다.

그런데 지난번 공부방의 주제가 많은 사람들의 관심사인 '노년준비'였다. 심리학과 가정학, 사회복지학 전공의 전문가 다섯 명이 함께 연구한 〈고령사회를 대비한 생애단계별 노년준비 프로그램 개발〉이란 논문을, 그 연구에 참여했던 회원의 요약 발표로 듣게 되었다. 그동안 발표된 노년준비에 관한 다른 연구들과는 달리, 이번 연구는 청년기 · 장년기 · 중년기 · 노년기로 나누어 각각의 인생단계에 맞게 미래설계를 할 수 있는 방법을 찾아본다는 점이 눈에 띄었다.

연구조사에는 모든 연령층이 다 참여하지는 못했고, 20대와 60대 두 집단에게만 새로 개발한 노년준비 프로그램을 실시했다. 프로그램은 노년에 대한 이해 · 경제준비 · 직업 · 건강유지 및 증진 · 죽음대비 · 심리적 안정 · 사회적 활동 · 평생교육 · 가족관계 · 노인주거 등 모두 10개 영역으로 구성되어 있었다. 노년을 준비하는 데 빠져서는 안 될 내용들이 모두 들어 있어 누가 보나 많은 도움이 될 만한 프로그램이었다.

그런데 재미있는 것은 프로그램 참가자들을 대상으로 한 조사결과였다. 노년준비를 잘 못하고 있는 이유로 40%가 '경제적 여유가 없어서'라고 답했지만, 노년준비 프로그램이 꼭 필요하다는 데는 65% 이상이 동의를 하였다. 그러나 이런 동의에도 불구하고 노년준비 프로그램에 자기 돈을 내고 참가하겠다는 사람은 13% 정도였고, 국가나 지방자치단체에서 비용을 부담해달라는 의견이 가장 많았다. 아무리 필요하고 훌륭한 프로그램이라 해도 아직 내 돈을 내면서까지 참여하지는 않겠다는 의미로 읽을 수 있겠다.

두어 해 전, '중년 여성들을 위한 자기 성장 프로그램' 이라는 제목으로 노년준비 프로그램 기획안을 작성해 몇몇 복지관과 사회단체에 보냈을 때 예산 문제로 모두들 난색을 표했던 것이 기억난다. 오히려 소식을 들은 늦깎이 대학졸업 주부들의 동창모임에서 노년준비 강의를 듣기 위해 회비를 갹출했다면서 연락을 해왔다. 한걸음에 달려간 곳은 동창회가 열리는 도시 외곽의 한 뷔페식당이었다. 식당에서, 그것도 노래방 기계에 달린 마이크를 사용해 강의를 하는 바람에 강의실 환경이 좋지 않아 땀을 뻘뻘 흘리긴 했지만 그들의 욕구와 열성이 반갑고 고마워 행복한 기억으로 남아 있다.

노년준비교육이 무상 의무교육이 되는 날이 아마도 그리 쉽게 오지는 않을 것 같다. 그러나 뜻이 있으면 길이 있는 법. 지금도 정부예산이 배정돼 노년 관련 교육 프로그램이 실시될 때면 간간이 그 내용에 노년준비가 포함되는 경우가 있다. 그런 기회라도 이용해 일단 공부하자. 늙는 것도 배우면 더 잘 늙을 수 있으니 말이다.

인간이 출생하여 죽음에 이르는 과정의 전반적인 변화를 노화(aging)라고 한다. 노화는 결코 질병이 아니지만 그 누구도 그 무엇으로도 막을 수 없으며, 해가 더할수록 심해지고 아무도 피할 수 없다는 특징이 있다. 우리는 인생의 모든 단계에서 노화의 과정을 겪게 되며, 그러면서 자연스럽게 노년기로 들어서서 노년의 삶을 서서히 몸으로 마음으로 실감하게 된다. 결국 매일매일의 삶의 누적이 바로 늙어 감이며, 인생의 총합이 바로 노년인 것이다. 지금 내가 인생의 어느 계절에 와 있는지 돌아보는 것은 그래서 참으로 중요하다. 그래야 다가올 날들에 대한 계획도 준비도 할 수 있기 때문이다. 자, 당신은 지금 인생의 어느 계절에 와 있는가?

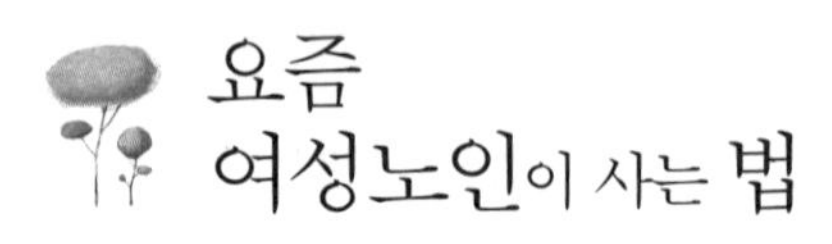

요즘 여성노인이 사는 법

어려서는 아버지, 결혼해서는 남편, 늙어서는 아들에게 의지하며 살아온 이른바 삼종지도(三從之道)의 시대를 지나, 이제는 여성도 나름의 삶을 꾸려나갈 수 있을 것 같았다. 그러나 웬걸, 너도나도 오래 사니 '노-노(老-老)부양'이라고 해서 60대가 된 딸이나 며느리가 8, 90대 노부모님을 여전히 봉양해야 되고, 남편의 노후까지 보살펴줘야 하는 처지에 놓이게 되었다. 이제는 60대 며느리와 80대 시어머니가 나란히 노인복지관이나 노인대학에 다니게 된 것이다. 노인을 위한 시설이나 기관이 그래도 좀 많은 편인 대도시라면 또 모를까, 중소도시에서는 한 지역 안에 노인들이 이용할 만한 곳이 손가락에 꼽을 정도여서 시어머니와 며느리가 같이 등교할 수밖에 없는 상황이 벌어지기도 한다. 문제는 며느리들이 그곳에 가려고 하지 않는다는 데 있다. 좋은 프로그램이 다양하게 준비되어 있으니 한 번 나오시라는 이야기에 어림없는 소리 하지 말라는 듯 펄쩍 뛰신다.

"평생을 시어머니 모시고 살았는데, 이제 다 늙어서까지 시어머니랑 같은 교실에서 노래하고 춤추라고?"

83세 시어머니를 모시고 산다는 60대 초반 며느리의 일리 있는 항변이다.

맞다. 20년의 나이 차이가 있는 40대 중반의 나와 20대 중반의 청년이 만나 이야기를 나누게 되면, 당사자인 청년과 나는 물론 옆에서 보는 다른 사람들도 세대 차를 떠올릴 것이다. 그렇지만 똑같이 20년 차이가 나는 60대 노인과 80대 노인에 대해서는 세대 차를 전혀 고려하지 않는다. 그저 모두가 '노인' 일 뿐이다.

그러나 노인이라고 다 같은 노인이 아니어서, 연령으로 나누면 보통 74세까지를 전기고령자(young-old, 연소노인), 75세부터를 후기고령자(old-old, 고령노인)로 구분한다. 물론 지금은 노인복지 상황이 그리 좋지 않아 질보다는 양을 늘리는 것이 우선이지만, 앞으로 여건이 조금씩 나아진다면 노인도 연령대로 구분해서 맞춤 서비스와 맞춤 프로그램을 제공해야 할 것이다. 그 이유는 젊은 노인 '영 올드(young-old)' 와 진짜(?) 노인 '올드 올드(old-old)' 가 서로 살아온 배경, 경험, 노년준비의 정도, 욕구, 건강상태, 원하는 노인복지서비스의 종류 등에서 확연하게 차이가 나기 때문이다.

다들 알고 있는 것처럼 노인인구 중에는 여성이 남성보다 훨씬 많으며, 특히 후기고령자로 갈수록, 즉 나이가 많아질수록 여성의 수가 압도적으로 많아진다. 이런 상황에서 노인 부양의 주체가 여성노인인 까닭에 '노-노(老-老)부양'이라는 말이 나온 것이다. 거기다가 같이 늙어 가는 신세이면서도 아내의 돌봄을 기대하는 남편까지 챙기려면 여성노인은 말 그대로 부양만 하다가 인생이 끝나는 셈이다. 바로 이것이 여성노인들의 현주소이기도 하다.

어머님들 사이에 한창 유행하던 '어리석은 할머니 시리즈'는 원래 '일찌감치 재산 물려주고 자식한테 용돈 타 쓰는 할머니, 나이 들어 집 평수 늘리는 할머니, 몸매 생각하지 않고 옷 욕심내는 할머니, 사소한 일에 목숨 걸다가 친구들과 의 상하는 할머니, 손자 손녀 봐주는 할머니'였는데 언제부턴가 한 가지가 더 붙었다. '놀다가 영감 밥 챙겨준다고 달려가는 할머니'

덧붙여 놓은 맨 마지막이 재미있다. 친구들과 놀다가도 식사시간이 되면 "영감 밥 차려줘야 한다."고 달려가는 친구가 보기 싫었던 모양이다. 하긴 복지관에 같이 오시는 부부들 중에 늘 아내가 종종걸음 치며 남편 뒤를 챙기는 경우도 더러 보긴 했다. 점심시간에 식당에서는 어르신들이 식판을 들고 배식대 앞에 죽 줄을 서서 각자 자신의 점심을 받으시는데, 한 아버님은 줄을 서시는 법이 없었다. 부인이 줄을 서 두 사람의 점심을 받아 오시는 것이었다. 식사 후 컵에 물을 떠 오는 것도 물론 어머님이었다. 건강하신 분들은 가능한 한 다른 사람의 도움 없이 자기 일은 자기가 하자는 것이 복지관 교육 프로그램의 방향이었지만, 그 어르신은 아내가 결석하는 날을 빼고는 한 번도 당신 식판을 손수 챙기지 않았다. 그 어머님은 아버님이 돌아가실 때까지 남편 뒷바라지에서 벗어나실 수 없을 것 같았다. 오히려 다른 어머님들이 "남편 길을 잘 못 들였다." "같이 늙어 가는 마누라를 아끼지 않는 남편이 나쁜 사람이다." "차라리 복지관을 따로따로 다니지."하며 안타까워 하셨던 기억이 난다.

그러던 여자 어르신들이 변하고 있다. 여자로, 아내로, 어머니로 살아온 세월을 뒤로 하고 노년에 이르러서 자신의 인생을 새롭게 디자인하며 다시 만들어 가는 것이다. 노년기 여성들은 남성에 비해 만성질환도 많고, 경제적인 능력도 떨어지고, 사회활동의 경험도 부족하지만 그래도 나름의 생각과 방법으로 멋지게 잘 늙어 가는 분들이 많으시다. 그런 선배 여성노인들이 있어 나는 힘과 용기를 얻는다. 여성의 멋진 노년, 그 비법을 한 번 배워 보는 것도 도움이 되리라.

내 인생 내 마음대로!

자의든 타의든 억눌러 왔던 끼를 노년기에 유감 없이 발휘해 자유롭게 생각하고 분방하게 활동한다. 내가 살고 싶은 대로 살겠다는데 누가 내 앞길을 막을쏘냐. 자식이나 손자녀에게도 결코 얽매이고 싶지 않아, 손자녀 길러

주는 일 같은 건 꿈에도 생각해보지 않았다고 말씀하신다. 복지관이나 노인대학에서 만나는 남학생들과도 내외하는 일 없이 편안하게 잘 사귀며 누구의 눈치도 보지 않는다. 젊은 사람들의 머릿속에 새겨진 노년의 전형적인 모습과는 엄청 거리가 멀어, 젊은 사람들도 깜짝깜짝 놀랄만한 말씀과 행동을 서슴없이 하신다. 이런 어르신들의 힘찬 한마디. "한 번뿐인 인생, 하고 싶은 것 하면서 살아보니 이보다 더 행복할 수는 없다!"

그 어머님은 남편 사별 이후 몹시 힘들었지만 잘 견뎌내셨고, 두 딸과 가까이 살면서 '새로운 인생'을 사신다고 했다. 노인복지관에 나와 처음 사람들이 춤추는 것을 봤을 때는 다른 나라에 온 것 같았단다. 분명 겉모습은 노인들인데, 남자와 여자가 짝을 이뤄 깔끔한 옷차림으로 음악에 맞춰 빙빙 도는데 선남선녀가 따로 없더란다. 고민 고민하다가 신규반에 등록을 하고 나서야 그런 춤을 스포츠댄스라고 부른다는 것을 알았다. 한 스텝씩 배우며 춤에 빠져든 어머님은 하루하루 자신에게 숨겨져 있던 흥과 열정과 재주를 발견하며 새로 태어나는 기분이었다고 하셨다. 그러면서 시작된 자유로운 생활은 어머님을 여행으로, 혼성 모임으로 이끌었다. 젊어서는 안방마님으로 불리며 집밖 세상을 전혀 몰랐던 어머님. 이제는 여러 명의 남녀 친구들 사이에서 대장 노릇하시며 넘치는 끼를 마음껏 발산하시느라 행복하고 화려한(?) 노년생활을 즐기고 계신다.

나는야 '짬짬이형' 인간!

아내로 어머니로

아직도 가정 안에서의 역할을 수행해야 하지만, 짬짬이 자기 시간을 만들어내는 주부생활이 몸에 배어서, 신나게 자기생활 하면서도 집안일 다 챙기는 경우다. 때론 어린 손자나 손녀를 포대기로 업고 등교하기도 해서, 노인복지관 안에 따로 어린이 놀이방을 만들어야 하는 것은 아닌지 고민하게 만든다. 알뜰한 시간관리로 나름의 즐거움을 찾는 분들이다.

정말로 그분이 막 걸음마를 시작한 손자를 포대기에 업고 등교하셨을 때는 깜짝 놀랐다. 같이 사는 며느리가 갑자기 병이라도 난 줄 알고 가슴이 다 덜컹했다. 아기를 받아 안으며 어떻게 된 일인지를 여쭤보니, 어머님이 예의 걸쭉한 목소리로 화통하게 웃음을 토해 내신다.

"내가 좋아하는 민요시간이 이번에 바뀌었잖아. 수요일 오전에 내가 아기 보는 당번인데 민요 부르고 싶어서 참을 수가 있어야지. 들춰 업고 달려왔지, 뭐. 그나저나 선생님들 아기 봐줄 걱정 안 해도 돼. 민요교실에 아기 데리고 들어갈 거야. 애가 낯도 안 가리고 순해. 혹시 칭얼거리면 얼른 데리고 나올 테니까 염려 마!"

복지관 역사상 최연소 노인대학 수강생이 된 그 아기는 이날 어르신들의 손에서 손으로 둥둥 떠다니며 인기를 독차지했다. '손자 손녀 보느라 못 오시는 분들을 위해 놀이방을 만들고, 놀이방 선생을 따로 채용할 것이 아니라 아기를 좋아하는 어머님들이 실비를 받고 아기를 돌보는 시스템을 만들면 어떨까. 아기 있는 복지관 직원들도 직장 탁아로 해결하고 말이야…….' 마구 가지를 치며 뻗어나가는 상상을 옆의 직원들에게 들려주며 그날 나는 참으로 즐겁고 행복했다. 세대간 교류와 통합이 어디 먼 곳에만 있는가. 가까이, 생활 속에서도 이루어낼 수 있을 것 같았다. 그러나 그 후 어디에서도 노인복지관에 아기 놀이방이 생겼다는 이야기는 들려오지 않았다. 내가 너무 앞서갔던 것일까?

도전하는 인생이 아름답다!

여태까지는 그렇게 살지 못했지만 이제부터라도 인생은 도전의 연속임을 증명하겠다. 무엇이든 배운다, 영어회화에서부터 게이트볼, 평생의 소원이었던 서양화, 포켓볼까지. 노인의 날 잔치라도 열리면 마다하지 않고 무대에 올라 노래도 하고 단체로 춤도 춘다. 이 재미를 모르고 늙은 게 억울할 뿐, 도전하는 인생에 좌절이란 없다!

'노인의 날'을 기념해서 열린 노인문화제에서 어머님들은 직접 뜬 손뜨개 옷을 차려입고 패션모델이 되어 무대 위에 섰다. 예쁘게 걷다가 한 바퀴 뱅그르르 돌고 나서 허리에 손을 척 얹고 멈춰 서니, 무대 가장자리에서는 스타라도 등장한 듯 방송사 카메라가 돌아가고 생전 보지도 못한 커다란 사진기들이 연달아 플래시를 터뜨린다. 같은 동네에 살면서 모여 앉아 늘 뜨개질을 하시던 어머님들이 있었다. 복지관에 와서도 틈만 나면 뜨개질을 하는 어머님들을 보며, 무엇으로 그동안 해 오신 일을 자랑하고 보람 있게 만들어 드릴까 고민이 시작되었다. 뜨개질로 만든 옷을 다 모으고, 음악을 틀어 놓고 워킹 연습을 하고, 드디어 '실버니트 패션쇼' 무대에 서신 것이다.

늘 무대 아래쪽, 아니면 무대 뒤에서 뒷바라지만 하시던 어머님들이 무대 한가운데에 주인공으로 오르셨다. 새로운 경험은 어머님들의 생활에 자극이 되어, 무엇이든 열심히 참여하고 배우셨다. 배움의 열정을 주체할 수 없어 행복한 비명을 지르실 정도였다. 남은 시간이 많지 않아 하고 싶은 것 다하고 가려면 더 부지런하고 더 건강해야 한다며 웃으시는 어머님들. 어디에 이보다 더 아름답고 당당한 노년의 얼굴이 있으랴.

이제는 가정을 넘어 사회로!

내 가족, 내 남편, 내 아이들만 알고 살아왔고 나름대로 보람 있는 인생이었다. 그러나 이제 나와 가족을 넘어 이웃에게 마음을 열리라. 그동안 다른 사람에게서 받은 도움과 사랑과 정을 남김없이 나눠주고 가리라 결심한다. 우리 아이들만의 어머니에서 이웃의 어머니, 사회의 어머니로 자리를 넓혀 나가시는 분들이다.

그 어머님은 글자를 읽을 줄도 쓸 줄도 모르셨다. 고향 마을이

좌우로 나뉘어 피 흘리던 어수선한 시절을 지나오면서 그만 글 배울 기회를 놓치셨다고 했다. 남편 장사 도우랴, 자식들 뒷바라지하랴, 앞만 보고 달려오느라 세월이 어찌 흘렀는지 모르겠다고 하셨다. 먹고살 만큼 벌었고, 5남매 다 결혼시켰으니 됐다 싶었는데 덜컥 큰아들이 암으로 세상을 떠났고, 어머님은 세상이 무너져 내리는 고통을 겪으셨다. 그러나 이대로 그냥 갈 수는 없다는 생각에 어머니는 일어나셨고, 그때부터 어머님 눈에 이웃이 들어오기 시작했다.

복지관 자원봉사실에 직접 찾아오신 어머님은 글도 모르고, 재주도 없지만 남 돕는 일이라면 뭐든지 하겠노라고 하셨다. 그러면서 이왕이면 아이들 돕는 일이 좋겠다고 말씀하셨다. 일찍 아빠를 잃은 손자들 생각을 하셨던 모양이다. 부모에게서조차 버림받은 장애아들이 모여 살고 있는 곳과 연결해드렸고, 어머님은 오래도록 변함없이 봉사활동을 하고 계신다. 가정 안에 머물던 어머님의 사랑이 다른 세상과 만나 새로운 기쁨과 사랑을 만들어 낸 것. 어머님들의 넉넉한 품은 이렇듯 고통과 장애마저 끌어안아 좀더 나은 세상을 만드는 터가 되어주신다.

노년이 바꿔놓은 내 인생

언제부터였을까, 신문기사를 볼 때마다 이름 옆 괄호 안에 적힌 나이에 내 나이를 대입해보기 시작한 것이. 또 언제부터였을까, 책을 펼칠 때마다 겉표지 안쪽 날개에 씌어 있는 저자 약력에서 맨 먼저 출생년도를 찾아 내가 태어난 해와 맞춰보기 시작한 것이. 내 나이보다 많으면 '와, 오래 일하고 경력을 쌓으면 이렇게 되는구나, 멋있다'고 부러워하고, 내 나이보다 적으면 '젊은 나이에 얼마나 똑똑하고 난 사람일까, 대단하다'며 감탄한다. 나랑 동갑이거나 한두 살 차이면 '같은 때에 태어나 같이 배우고 살면서도 어쩜 이리 다를까' 하며 내가 가지 못한 길에 대해 은근히 시샘도 내고, '그래, 우리 나이의 여자들이 했다 하면 다 똑똑하지' 하며 괜히 내가 잘한 것처럼 으쓱대기도 한다.

서두르지 않아도 누구에게나 공평하게 한 살씩 더해지는 나이는, 아무리 발버둥을 쳐도 결코 피할 수 없다. 그래서 누군가 그런 말을 했나 보다. 나이 먹는 것과 맞서 싸우면 불행하다고. 어쨌거나 나이는 먹는 거니까 말이다. 그런데 가만 생각하니 인생의 전반기를 무사히 마치고 마흔여섯, 이제 막 후반생(後半生)에 들어선 내게는 고맙게도 나이와 일과 인생을 보는 눈을 변화시킨 두 번의 전환점이 있었다.

15년 전인 1990년, 내 나이 서른하나에 아나운서 생활을 접고 노인복지 현장으로 가겠다고 했을 때 사람들은 하나같이 손을 내저으며 말렸다. 노인복지라는 말은 먼 나라 이방인들의 이야기였고, 평균수명 80세니 고령화사회니 하는 단어는 듣도 보도 못한 때였으니 그들의 만류는 당연했는지도 모르겠다. 지금은 서울의 각 구(區)를 비롯해 여러 곳에 자리 잡고 있는 노인복지관이 당시만 해도 전국을 통틀어 서울에만 달랑 두 개 있었던 때이니 정말 그럴 만도 했을 것이다.

그때 나를 노인복지로 이끌었던 힘은 과연 무엇이었을까. 내게 남다른 특별한 능력이 있어 머지않아 노인시대가 도래하리라 예견한 것은 물론 아니었고, 노인들을 위해 헌신 봉사하겠다는 대단한 각오나 사명감에 불탔던 것도 아니었다. 지금 생각하면 순전히 젊음의 용기와 무모함 탓으로 돌릴 수밖에 없지만, 〈할머니 할아버지 안녕하세요?〉라는 방송 프로그램을 오래 진행하면서 만난 어르신들의 내리사랑이 나를 노인복지 쪽으로 강하게 끌어당겼던 것 같다. 그래서 '다시 한 번 시작할 기회가 오면 노인복지를 하리라' 소망했고, 소망대로 기회가 왔을 때 한 순간의 망설임도 없이 그 길로 달려갔을 뿐이다.

두 번째 전환점은 뜻밖의 시기에 전혀 예상치 못했던 방식으로 다가왔다. 일 중독은 필연적으로 인간관계의 삐걱거림과 심신의 걷잡을 수 없는 소진을 낳았고, 결국 비자발적 퇴직으로 이어졌다. 노인복지관 퇴직 후 여기저기서 함께 일하자는 제의가 왔지만, 깊은 고민 끝에 나는 평생직장보다는 평생직업을 염두에 두고 프리랜서의 길을 택하기로 했다. 막상 프리랜서가 되기로 결심은 했지만 선례가 없어 내가 알아서 길을 만들어야 했고 경제적인 보장도 되지 않아 무척 힘들었다. 그래도 초심(初心)으로 돌아가 열심히 공부하면서 책과 영화 속의 노년을 이야기했고, 사람들은 내가 들려주는 노년 이야기에 조금씩 귀를 기울이기 시작했다.

이렇게 나는 아나운서에서 사회복지사가 되었고, 노인복지관 근무를 거쳐 지금은 프리랜서 사회복지사로 일하고 있다. 그 사이 사회환경이 급격히 바뀌면서 노인복지가 많은 관심을 모으게 되자, 사람들은 곧잘 내게 묻는다. 어떻게 그렇게 일찍 노인복지에 눈을 떴느냐고, 어떻게 직장에 다시 들어가는 것을 마다할 수 있었느냐고. 대단한 비법 따위는 없다. 그저 무엇보다 나를 아는 것, 즉 내가 하고 싶은 일과 잘 하는 일을 제대로 아는 것이 가장 큰 힘이었다고 말할 수 있다. 그리고 내게는 친정어머니와 남편이라는, 비난보다는 늘 사랑으로 감싸주고 격려하는 응원군이 있었다. 끝으로 한 가지를 덧붙이자면, 꾸준함이었다. 아주 뛰어난 몇몇을 빼고는 다들 비슷한 능력을 가진 사람들 속에서 꾸준함과 성실함만한 실력은 달리 없는 것 같다.

앞으로 내 인생에 언제 또 어떤 전환점이 올지 모르지만, 나는 가지 않은 길을 돌아보며 후회하기보다는 내가 가기로 한 길을 그저 꾸준히 걸어가려 한다. 노인복지는 그 누구도 아닌 바로 내 삶을 바꿔놓았기 때문이다. 다시 말해, 내게 무엇보다 중요한 것은 노년을 만난 후 내 삶이 달라졌다는 사실이다. 늙음을 생각하며 사는 사람이 어찌 눈앞의 이익만을 좇아갈 수 있으며, 어찌 내가 조금 더 많이 갖겠다고 다른 사람을 밀쳐낼 수 있겠는가. 가진 것을 다 내려놓고 말없이 돌아서야 할 때가 반드시 오는데 어찌 집착과 욕심으로 생을 마무리할 수 있겠는가. 노년을 알고 인생길을 가는 사람은 남은 인생의 방향을 알려줄 신호등을 만난 것과 같기 때문이다.

위로는 60대와 70대, 80대이신 친정부모님과 시부모님이 계시고, 아래로는 10대 초반의 두 아이를 기르며 이 위태롭고 불안한 세상을 살아가는 중년의 나를 버티게 하는 힘. 그것은 한치 앞도 알 수 없는 인생길에서 내가 분명히 알고 살아가는 두 가지 덕분이니, 다름 아닌 늙음과 죽음이다. 늙음과 죽음이 그만큼 중요하기에 하나님께서는 누구나 늙고 누구나 죽는다는 사실만은 인간이 미리 알고 살아가게 만드신 것이 아닐까. 인간의 성장과 노화가 한 뿌리이고, 진화와 소멸이 한 몸에 존재하는 것에서 우리는 배워야 한다. 우리 모두 오늘도 늙어 가고 있다는 사실을. 그리고 지금 살아가는 모습 그대로 노년을 맞으리라는 것을.

늙고 주름지는 것이 싫어 약을 먹고, 주사를 맞고, 젊음을 유지하고 되찾으려는 노력이 지나치다 못해 목숨을 건 집착이 되면 차라리 슬프다. 젊음을 잣대로 인생을 잰다면 나이 듦은 죄악이며 늙음은 불필요한 과정이다. 그러나 생각을 바꾸면 노년이야말로 생의 마지막에 맞게 되는 가장 자유로운 시기이며, 그동안 시달리던 모든 욕망에서 놓여날 수 있는 절호의 기회가 되기도 한다. 우리가 노년과 더불어 살아갈 때에만 그것을 알 수 있고 배울 수 있다. 그런데도 우리는 노년이 바로 과거의 청년이었고, 청년이 바로 미래의 노년인 것을 늘 잊고 산다. 노인이야말로 내가 걸어갈 길을 앞서 걸어가며 방향을 짚어주는 선배들인 것을 왜 그리도 거부하고 거리를 두려 하는가.

노년은 젊음의 저울로 달아서 내버려야 할 무엇이 아니라, 젊음을 고스란히 비추어주는 거울이다. 노년준비는 바로 이 거울을 말갛게 닦는 일이다. 그러므로 재테크나 노(老)테크에 앞서, 주위 어르신들을 보며 내게도 그들과 같은 노년이 오리라는 사실을, 어떻게 살든 결국 나도 늙으리라는 것을 인정하고 받아들이는 일이 가장 우선되어야 한다. 노년에 대해 거리감과 거부감을 지닌 채 노년준비를 이야기하고 노후자금을 모은다는 것은 있을 수 없다. 노년을 모르고 노년에 대한 애정이 없는데 어찌 나의 노년이 아름답고 행복하겠는가.

내 나이 올해 마흔여섯, 늙지도 젊지도 않은 낀 세대로 이제 막 중년역(驛)을 출발해 노년역(驛)을 향하는 기차에 몸을 실었다. 노년을 알고 떠나는 여행이기에 슬리퍼를 벗어 놓고 운동화를 꺼내 끈을 단단히 매고 길을 나섰다. 내가 가야할 길을 밝혀줄 노년이라는 등불을 켜들었으니 어찌 행복하지 않겠는가. 즐겁고 행복한 노년을 위한 마음가짐은 노년을 아는 이 마음에서 시작된다는 것을 알기에, 오늘도 내일도 나는 사람들에게 쉬지 않고 이야기할 것이다. 우리는 지금 이 순간 모두 늙어 가고 있다는 사실을. 그리고 우리가 잘 늙는 가장 확실한 방법은 지금 여기에서 잘 사는 일이라는 것을.